主编 凌翔

当代作家精品·散文卷

方言里的中国

郭 娟 著

文化发展出版社
Cultural Development Press

·北京·

图书在版编目（CIP）数据

方言里的中国 ／ 郭娟著. — 北京：文化发展出版社，2023.7

ISBN 978-7-5142-4015-3

Ⅰ.①方… Ⅱ.①郭… Ⅲ.①散文集－中国－当代 Ⅳ.① I267

中国国家版本馆CIP数据核字(2023)第113818号

方言里的中国

著　者　郭娟

出 版 人：宋　娜

责任编辑：孙　烨　　　　　　　责任校对：岳智勇

责任印制：邓辉明　　　　　　　封面设计：邓小林

出版发行：文化发展出版社（北京市翠微路 2 号　邮编：100036）

发行电话：010-88275993　　010-88275711

网　　址：www.wenhuafazhan.com

经　　销：全国新华书店

印　　刷：唐山楠萍印务有限公司

开　　本：710mm×1000mm　1/16

印　　张：15

字　　数：210 千字

版　　次：2023 年 10 月第 1 版

印　　次：2023 年 10 月第 1 次印刷

定　　价：69.80 元

ＩＳＢＮ：978-7-5142-4015-3

◆ 如有印装质量问题，请与我社印制部联系　电话：010-88275720

序

　　郭娟老师的著作《方言里的中国》付梓之际，希望有一些知情读者的回声作为引荐，我于是有了先睹为快的俯允。捧卷在手，数行寓目，便知晓，这是一次愉快的阅读。字里行间透着真率，以真率的语言讲真切平实的故事，但见她侃侃而谈，不假修饰，思路所触，走笔如驰，如见其人，如闻其声。让人感觉到她的性情之开朗，游思之捷利，语速之畅快。分明是在无拘无束地和你对面接谈。

　　每篇标题，都是一句乡土的老俗话。但你不要以为这是俗话辞典之类的表述，细读便知，这乃是作者一个很新颖的表述方式。她以一句俚语作话头，引述出记忆中的人物和故事，远远超出了释词的本义，驰骋于文学胜境。就如同欲说淑女的君子好逑，却先说关关雎鸠一样。

　　通篇作品可以分为两种命意。一种引申自身童年生活，写亲历的人和故事；一种阐发文献典籍中的文史故实。写童年生活的部分，所展开的生活内涵真实而细腻，各篇加起来，就是一个时期的历史画卷，是改革开放前后中国农民的生存状态，由小切口切入，写的却是中国农村状况的大文章。

　　因为是作者亲历亲闻，在不经意的侃侃叙述中，一个个生动的人物形象便跃然纸上，了无雕琢痕迹。如写老姑对小侄女的爱心护持，如非经历过也不见能妙得神韵。即使有同样经历的人，或也难以表述得那样逼真生动。作者天性幽默，笔触间，时时令人忍俊不禁笑出声来。

　　借俗语话头阐述典籍故事，显示了作者教师职业的特长，文章里带着她讲课的优长，令读者感到她教师职能的卓荦。作者信马由缰地就能摘取个个小故事，谈古论今，涉猎非常广泛，既有四书五经，又有中外文学名著，可见作者读书博洽，腹笥渊博，而叙述间只说平常话，没有文饰奥语，把古奥的经典，数叨如说身边事。

刘景周

2022 年 5 月 2 日

目 录

屁鸭子

你知道天津女孩儿说的"屁鸭子"是什么意思吗？当不同意对方的观点，表示不屑和轻视的时候，就会说"屁鸭子"。所谓"屁鸭子"，直接点说，就是指出对方说的话其实就是在"放屁"，鸭子此时是无辜的，似乎是为了在表述上显得委婉，好让对方接受，所特意加上的后缀。如果是女孩儿说，还有点撒娇的意思，当然这句"屁鸭子"大多用在比较熟悉或者亲密关系的人之间。

可别小看了这句"屁鸭子"，这个词一度所向披靡，可以将其用在许多种语境下。

表示质疑。小时候，我们小姑娘们一起玩藏猫猫儿，我问："小静，你眼睛蒙严实了吗？"小静答："黑漆漆的嘛也看不见。""屁鸭子，嘛也看不见，我藏在草垛后，你一下子就找到了？"

表示状态。"小静，你们班第三课字词留了几遍？""每个五遍，外加抄两遍课文，今天我写完作业，肯定会累成屁鸭子。"

不屑的时候。午后，我和小静在玩跳皮筋。小静说："今天我真担心万征来打搅乱，昨天万征看见我说，他也要和咱一起跳，如果不带他玩儿，他就打搅乱。"我说："万征跟个屁鸭子一样，他敢来，我就打他。"

还有的时候表示瞧不起。我们村子里有一户人家，儿子、儿媳妇不孝顺，村子里的人提起这家，都说："这家是个屁鸭子家庭。"

还可用于紧急情况。"打雷了，还吃饭，吃你个屁鸭子，就知道吃，快去收粮食，一会儿都烂地里了！"如此看来，这个"屁鸭子"还真是个万能词，不过已经很多年不说了。

前不久，我和朋友聊天，聊到兴头上，我说："说好了和我一起出去看电影这又不去了，说话不算数，你就是个大屁鸭子。"朋友瞪大眼睛开心地说："我天，三十多年没听这词儿了，好亲切啊！"

上中学时，我们从家里到学校有三里地左右的路程，走着去要半个钟头，我们每天早上 7 点出发，到学校正好 7 点半。我们几个同班的小姑娘每天一起走着去学校。深秋的早晨总是雾气昭昭的，去学校要途经一片小树林，树林里有很多麻雀和各种不知名的小鸟，每天经过那里听着叽叽喳喳的鸟鸣声很是惬意。

一天早上，我们照常去上学。雾很大，往远处看朦朦胧胧的像是从天上垂下一张白色的幔帐，什么都看不清。我们几个人一边走着一边说说笑笑，一会儿就走到了这片小树林。耳边忽然传来中年男人的呵斥声："你们几个人看着点儿路，走哪来了？"我们定睛一看，原来是这个人在小树林里挂了一张很大的网，网线特别细，不仔细看，根本发现不了，我们几个人已经撞进了这张大网。网上粘了很多小鸟，它们奋力地挥动翅膀，越使劲，羽毛粘得越牢固，怎么也挣脱不开。我们看着这些小鸟特别心疼，还没等我们说话，这个男人很生气地说我们把他的网撞坏了，让我们快点离开这里，别耽误他逮鸟。

看着这些粘在网上的小鸟，有的羽毛都挣脱掉了，有的已经奄奄一息。我们特别气愤，大声质问他："你凭什么捉这些小鸟？这都是野生禽类，伤害它们是有罪的，如果不把鸟放了的话，我们就报警！"我们几个人虽然年纪不大，可胸膛里是满满的正义感，也不知哪来的胆量和勇气竟然站在那里和这个中年男人对质起来。这个人也许是看我们人多，也许是被我们的大嗓门儿震撼到了，嘴里连连说："好吧，不逮了，我现在收网。"我们一听乐坏了，赶快把粘在网上的小鸟轻轻地弄下来，然后放飞。我们大声地告诉他："我们天天走这条路，你如果以后还来捉鸟，我们还会看到，有我们在，你连个屁鸭子也不会抓到！"

　　站在枝头的小鸟满心欢喜看着我们，叽叽喳喳叫得很是欢快，仿佛也在为我们的行动喝彩。渐渐散去的雾气还在我们身边环绕着，我们背着书包，哼着歌儿，脚步更加轻快。远远地就看见学校上空飘扬的五星红旗，那一刻我们浑身充满了力量，感觉路变得特别近，才走了几步就到了学校。

蒺藜狗子

说一个人是"蒺藜狗子"，是说这个人不合群、有侵略性，和这种人打交道会无端受伤害，容易受到攻击。用天津话说，这人浑身是刺儿，"大刺儿头"一个。

其实这种"蒺藜狗子"在田间地头经常能看到，看外表挺平常的，开的花也挺好看的，是一种黄色的小花，但是结的果实就比较"震撼"了，这种果实有很多名字，有的人叫它鬼头针，也有的管它叫拦路草，我们小孩子则叫它"小妖怪"，后来在书上找到了对应的图片，原来这种草学名叫"蒺藜"。

老百姓用"蒺藜"这个词儿来形容人也很久远。我玲姐素来说话"冲"，妈妈就爱和爸爸说，"这孩子说话不顺南也不顺北的，是吃的炒蒺藜狗子——张嘴就带刺儿的褶咧丫头"。"蒺藜"这词儿，有讽刺的意思，村子里的长辈们斥责不听话的毛头小伙子说话不中听，做事愣手愣脚时，就会摇着头说："这小子，是个愣头青，看着蒺蒺藜藜的，没多大出息！"

蒺藜狗子，也叫"蒺藜"，花生米般大小的果实上布满有毒的尖刺儿，如果走路不小心，扎在脚上那是奇痛无比。这种蒺藜草不仅可以滋阴补肾还可以活血祛风，是上好的药材，其中最著名的成药是明目蒺藜丸，具有清热散风、明目退翳的功效。在《云笈七签》中曾记载："白蒺藜，久服有奇效，长生之品。"看来这种草还是长生不老药呢！住在农村的人都知道，蒺藜草是有一定的药用价值的，尤其一些上了年纪的老人会用蒺藜捣碎来止痛消炎，并且蒺藜草在治疗风湿、医治冻伤方面也有很好的功效，听说有些地区的朋友还会用蒺藜煮水来治疗白癜风。

以前看书，看到这样一段，司马懿领兵作战要经过一段蒺藜遍地的地方，他让两千士兵穿上草衣、木屐走在前面把地上蒺藜的刺儿用木屐全部踩下，并用草衣沾走，后面的大部队就可以顺利通过。蒺藜的确厉害，连猪羊等家畜的腿上扎了蒺藜也会疼得走不了路，有的人家为了防止皮孩子爬墙头，就在土院墙上种蒺藜。更可气的是，你对这个小东西无可奈何，只能尽量躲着它，和小伙伴们在田野里玩上一会儿，无论怎么小心，头发和衣服上总会沾上几个。

上小学的时候，班里那些淘气的男孩子会趁着上课起立的时候，把蒺藜摆在前面同学的椅子上，随着一声尖叫，那几个搞恶作剧的男同学笑得更欢了，当然别看现在乐得欢，到家就会挨一顿打，保证下次不敢了。还有的趁着上体育课同学脱鞋的时候，悄悄把蒺藜放到同学的鞋窠里，等同学穿鞋的时候，脚就会被扎破，让人十分恼怒。为啥这种名叫蒺藜的植物后面要加上"狗子"二字呢？我是这么琢磨的：狗子是大多数方言口语中狗的称呼，是表示亲昵的一种说法。这种植物，不小心碰到就会被扎伤，非常疼，由于不易发现，感觉就像被不叫的狗咬了一样，所以就把那些不顺从、太淘气、有个性的，会突然给别人造成伤害的人叫作"蒺藜狗子"吧。

现在和姐姐去大学城挖野菜的时候，还会看见蒺藜，只不过似乎它没有以前那么讨厌了，反而有一种很亲切的感觉，仿佛是看见了儿时的玩伴，看见它"刺头儿"的模样，就能想到童年的纯真和沃土的丰饶。

那天，我本来精心准备的饭菜，可儿子还说我做的饭不好吃。我说："儿子啊，你可真难伺候，就是个蒺藜狗子哦！"儿子眼睛里写满了惊奇，问我啥意思，我忽然就笑了，想起了妈妈当年就是这么说我和姐姐的。我觉得，儿子成年后也会这样说他的子女吧，这些词儿也许就是这么不经意间传承下去的。

扯子

"扯子"是天津话，意思是有点疯狂的人，但不是真正的疯子，只是指人特别开朗，开朗得有点过头。如果加上一个"大"字，也就是有点接近疯狂了。"扯子"这个词儿最有"规矩"，很讲究个先来后到，还会按照疯狂的级别排序，分成"大扯子"和"二扯子"，"大扯子"有点和"二百五"接近，是很"危险"的级别。

不难看出"扯子"就是在生活中，做出了不合常规的事情。记得我和好朋友一起看《大江大河》，当看到程开颜在某晚灌醉了男主角宋运辉，然后假装披头散发地从宋运辉的住所里出来，厂里的人都误以为宋运辉和程开颜发生了关系。朋友愤愤地说："这个程开颜就是个大扯子啊！"我应答着："《欢乐颂》里的曲筱绡也够扯的。"我的朋友一下子提高嗓门："程开颜和曲筱绡可不一样，曲筱绡的个性里带着一股泼辣和为好姐妹两肋插刀的义气，但是程开颜就是个彻头彻尾的大扯子！"

我理解朋友的意思，那个年代，女孩的名誉非常重要，而且程开颜还是故意让很多人看见，故意让别人误会，这要传出去自己怎么做人？父亲的脸往哪放呢？我故意问朋友："那开朗和扯子怎么区分呢？"朋友说："程开颜这种变相逼婚的行为就是大扯子，明明知道对方不爱自己，明明知道强扭的瓜不会甜，还幼稚地以为，时间会改变一切，以为宋运辉会爱上自己。"朋友接着说："结果怎样，最后没有办法，宋运辉虽然娶了她当老婆，但最终还是过不下去了，害了别人不说，其实最终害的还是自己。"朋友越说越起劲，"曲筱绡是属于精灵古怪的富二代，是一朵有刺儿的玫瑰花，性格开朗活泼、有趣好玩、真实还不矫情，人格魅力超群啊！平庸的生活由她来过，马上曼妙多姿、活色生香。人家是该打时打、该闹时闹，活的是肆意潇洒、我行我素啊，能让人恨得牙痒痒，又能让人爱到心窝子里去的人啊。"朋友这番话，我是认同的。有句话在一定时间内挺流行的：生得漂亮不如活得漂亮，以前我一直困惑，开朗和扯子的区别，这下真的明白了。

可以这样理解，有一种开朗叫奔放，如果奔放大了劲儿就叫扯子。现在这个词儿的用法有了改变，很多人会用这个"扯"字自嘲。

那天我听一个新来的学生这样自我介绍："我是一个特容易满足的女生，我还是一个幽默的人。我的性格就是开朗、阳光、乐观、积极向上，可我知道自己其实就是一个大扯子。用同学的话说，我就是疯疯癫癫还二了吧唧，别以为我不计较事儿，其实我还有很多小脾气。其实我自己是什么人，我也不清楚，大家在今后的接触中慢慢体会吧，希望你们给我贴上新的标签。"同学们听了她的介绍，都很开心，气氛很是欢快，那天的巴掌拍得也格外响。看到自称"大扯子"的同学还挺受欢迎，我也要反思一下这个词儿到底什么意思了。

前两天，我也犯了一回"扯"。朋友打电话问我："你有《时间简史》吗？"我忽然想开一下玩笑。我装作很生气的样子，大声回答："神经病啊，大早晨的问我这个，我有时间可以干点儿别的，为什么要捡屎？别说我没时间，有时间也不捡屎！"我朋友听完后，马上心领神会，哈哈大笑起来。我爸爸最近也犯了一回"扯"。我养的仓鼠生病了，爸爸想起来家里还有点老鼠药，于是就按一天三次、一次两粒的标准给仓鼠吃了，结果仓鼠死了。我问爸爸为什么把仓鼠害死？爸爸理直气壮地说："我们这代人，不认识仓鼠，我们看见'四害'必须除掉！"哈哈，人生长河中，谁还不扯几回啊。看来，扯事人人皆有，巧妙各自不同罢了。

拾毛蓝

我们单位体卫主任姓冯，体院毕业的。冯主任大高个，挺魁梧的，说话大嗓门，做事情麻利、干活利索。每年春天我们开运动会的时候，2000多人走开幕式，就靠冯主任一人调度，口号洪亮、指挥有力，整个开幕式井然有序。

有一次，上级领导要来学校视察工作，冯主任让我们几个班主任带着学生利用中午时间拿着垃圾兜在操场捡废纸。捡了一会儿，冯主任说不太干净，还要彻底一些，干脆下午放学的时候，再捡一会儿。有一个教数学的王老师说："我们又不是专业拾毛蓝的，干脆您给我们一人发个筐，再来个铁钩子，我们几个人围上个破头巾保证一天工夫彻底捡干净。"听她这么一说冯主任乐得"噗噗"说不出话，我们也觉得特别有意思，都笑得直不起腰。

那时候如果哪家的男孩子太调皮、有些不着调，家长们就会说："这小子太笨了，也不好好学习，满脑子糨糊，我看他长大了也就是个拾毛蓝、捡破烂的货！"如果遇上个敢顶嘴的孩子就会接上一句："拾毛蓝怎么了，就拾毛蓝去，就算不拾毛蓝反正饿不死我，有农业社、生产队接着我呢，我修理地球去！"

20世纪50年代，人们习惯把流浪汉称作"拾毛蓝的"，他们背一个大筐，手里拿个铁钩子，看见废品往筐里一扔。说实在的，以前也没有什么垃圾，地上有个小铁钉子都会被人捡走，看见一根苇子都会拿回家留着点炉子用，垃圾堆里最多的也就是炉灰渣子和废纸，哪像现在连家具、沙发都可以捡到。活得久了，每个人都是活着的历史，可以见证从来没有见过的新世界。当年那些拾毛蓝的流浪汉如果活到现在就开心了，因为有拾不完的废品，如果再碰巧捡点儿老东西、旧货，当个收藏家也是有可能的。

记得我一年级期末考试的时候，有一道题是看图说话。画的是一个鸟窝里有几只小鸟，有只大鸟在喂它们。意思看明白了，我提起笔来就写：春天来了，鸟妈妈给鸟宝宝捉虫子吃，宝宝在窝里说，谢谢妈妈。可是我写"窝"字的时候，怎么也想不起来了，小时候脑子也不灵便，可以不写这个"窝"字，这句话也通顺，憋了半天，结果写成"窟"。

过了几天，我们返校来拿期末成绩的时候，老师拿着我的语文卷子冲着全班同学笑着说："你们看看，咱们还没学这个字，人家都会写了，而且这个'窟'这么难写，人家都没写错，真棒啊，希望同学们向她学习！"然后老师拿起粉笔在黑板上写了"窝"和"窟"两个字，给我们继续讲解，"窝"是指禽兽或其他动物的巢穴，如窝巢、鸟窝；也可以用来表示临时搭成的简陋的小屋，如窝棚、窝铺；也比喻坏人聚居的地方，如贼窝。"窟"字指洞穴，如石窟、狡兔三窟、窟窿等。也可以形容人聚集的地方，多指歹徒聚集之所，如匪窟、魔窟。

听着老师详细的讲解，我们都明白了这两个字的用法了。老师还对着全班同学说，虽然郭娟同学的这个"窟"字用得不是很贴切，但看在把没学过的字写对了的情况下，还是给了满分。我当时心里那个美啊，心想：写错了，都可以受表扬，这可真是歪打正着，长大了，不用拾毛蓝了，因为运气还行。

没眼眉

出个谜语，你猜猜，"有眼没眼眉，有肚没肚脐。有翅不会飞，无脚行千里"。你们猜得出吗？公布答案吧，是鱼。我曾经想过，鱼的记忆只有7秒，也许会记不住那么多的"鱼情世故"，所以才没有眼眉吧。

"没眼眉"这个词儿就是说这个人不懂得眉眼高低，不会看情况。单说词语"眼力见儿"的意思是指非常敏感或特别透彻的观察能力，那您就知道，没眼力见儿是啥意思了。

眼力见儿指能正确判断当时的情况，及时决定自己该做什么的能力。小时候住在胡同里，吃饭的时候都喜欢串门，如果吃大螃蟹或者炖肉，那可不希望有人"看嘴"，因为东西太稀罕，不让串门的吃，显得主家不礼貌；如果让的时候，遇上个没眼眉的主儿，真吃了，那主家肠子都悔青了。大人们常说："这人怎么没眼眉啊，也看不出个门道，人家要吃饭了，他还絮絮叨叨说个没完。""瞧瞧人家这孩子有眼力见儿的，看见丈母娘病了，马上主动上医院去挂号了，这眼力见儿，媳妇儿能不耐吗！"

有眼力见儿是一种本领，引申一步说，它更是一种特殊的为人处世的学问。有眼力见儿虽是一种不自觉的天性，但也是可以训练培养出来的。有眼力见儿的人无论是在生活中，还是在职场上，都是深受人们欢迎和喜爱的。

朋友跟我说："现在健身房的推广员太没眼眉了，我挺着6个月的肚子正遛弯呢，遇上个发广告的追了我一路，推荐我学肚皮舞的课，还说，看你这么大年纪了，有点发胖了，一定要抓紧锻炼了。"我说："这算啥啊，人家没看清你的肚子，只看见岁数了，说说我的没眼眉的事儿吧。"

大表侄女前两年离婚了，最近听说又找了个新男友。春节时家族聚会，我到饭店的时候晚了，大家已经吃上了，于是挨个敬酒。看到一个跟我大表哥坐在一起，皮肤略黑、微胖，还有点秃顶的男人时，我心想：这个人，虽然不认识，肯定是我家亲戚。于是我拿起酒杯，想缓解一下尴尬的气氛，学着电影里的腔调："激动的心，颤抖的手，我来和您喝杯酒。杯中酒，酒中情，杯杯都是真感情。叔，我干了，您随意。"

话音落定，鸦雀无声，我正得意呢，以为大家被我别致的敬酒震住了，旁边小表侄女拉了拉我衣襟，在我耳边悄悄说："老表姑，那是我新大姐夫……"

当不当正不正

"当不当正不正"指的是不当不正。元·无名氏《渔樵记》第三折中有这样的话："老汉也分开人丛，不当不正，站在那相公马前。"看到这里，大家明白了当不当正不正就是形容待的位置不对。

不仅待的位置重要，家中排行的位置同样重要。前几天看韩国电视剧《请回答1988》，剧中成德善家，因为德善的父亲无法偿还银行贷款，所以在地下室居住。德善的父亲因为是担保人，每个月只能拿到工资的一半，并且要养活一个五口之家，因此德善家的日子过得很艰难。德善是家里的第二个孩子，是最容易被忽视的，处于那个当不当正不正的位置。德善的生日离她姐姐的生日很近，所以只能和姐姐一起庆祝生日，位置不对，连自己的生日都不能单独过。

无论什么，正了才好。那天，听邻居聊天，一个说："我家老房子是二楼，煤气管道装修时铁管横着走的，接的是三楼管子，这个管子在厨房中间当不当正不正的，简直是太添堵了。"另一个说："家里的网断了，赶紧报修，家里是光纤进户，请了师傅过来，整得当不当正不正的。"

什么都是正了好，包括"三观"。人的观念不正，位置再对，干得也是不当不正的事情。《汉书·朱云传》："今朝廷大臣，上不能匡主，下亡以益民，皆尸位素餐。"空占着职位而不做事、白吃饭，占着茅坑不拉屎。尸位素餐现实表现为"为官不为"。为官不为绝不是小事，在人民群众心目中，"喝茶看报纸"成了办公室里工作人员的日常工作，机关仿佛是"闲置机构"，纳税人的钱养了一群"闲人"。"清茶报纸二郎腿"这样的人，一定是要让他从位置上下去的。

睡觉的位置也很重要。家里老人时常告诫我们"睡觉不要脚朝西"，劳累一天，如果晚上的休息不能保证，那么第二天肯定会无精打采。我们的睡眠质量提高了，第二天肯定是神采奕奕。那为什么睡觉不能脚朝西呢，因为磁场方向是由南向北，如果我们朝西睡觉，那么我们身体周围的磁场就会和地球产生的磁场发生冲突，也会导致不能充分睡眠。"睡觉不要脚朝西"确实体现了古人对睡觉方向的重视，虽然那时候的人并不知道磁场的存在，但是更能体现出古人智慧的博大精深。

古人不仅对睡觉的位置有要求，对坐的位置也很讲究。《礼记·曲礼》还有对席坐、朝向的记述："席，南向北向，以西方为上；东向西向，以南方为上。"这就表明了如果坐席不当，有违礼仪。孔子推崇礼，故如果坐席排位不按礼仪，便有失体统，违背礼教。"席不正不坐"出自《论语·乡党》："席不正，不坐。乡人饮酒，杖者出，斯出矣。乡人傩，朝服而立于阼阶。""君赐食，必正席先尝之；君赐腥，必熟而荐之；君赐生，必畜之。"

春秋时代人们的坐卧用具大多为席，古代人坐时很讲究礼仪，严格区分长幼贵贱等级尊卑。所以，当不当正不正，可就不是添不添堵的事了，而是要上升到一个政治和教养的高度了。

二把刀

"二把刀"从字面上解释是指对某项工作知识不足、技术不高的人的称呼。老舍《四世同堂》二十九中有："我只会搭棚这点手艺，我的拳脚不过是二把刀。"对于"二把刀"的来源有很多说法，一种说是来自泥瓦匠，瓦工只是夏秋干活，冬春赋闲在家。闲暇时码蜜供、卖萝卜，所以瓦工都有雕萝卜花的手艺。夏天砍砖、冬天砍萝卜，于是有了"二把刀"的称呼。还有另一种说法，人们把技术最好的泥瓦匠称为"头把刀"，头把刀常常垒墙角，叫"把垛子"，技术不够好，能勉强凑合干活的则称为"二把刀"。

现在的"二把刀"，引申出很多意思，仁者见仁智者见智。现在有的人总想当老师傅，指点个张三调教个李四的，就不怕舌头伸出去再也缩不回来了，更不怕风大闪了舌头，有事没事净说些似是而非的话，给后来人"指点江山"，以为自己是退隐江湖的朝堂高官，还能叱咤风云。还有的以为自己是古代武功高的人，一只手握着刀，另外一只手可以抓痒、抽烟，如果再腾出工夫还可以偷袭一招九阴白骨爪。而事实却不是如此，无论干什么都不能"二把刀"，世外高人、九品大宗师可以这么悠闲，如果习武的人是个半吊子那可不行，因为武功学不好，高手对决，有性命之忧。

也有的人把"二把刀"叫"半吊子"。"半吊子"的意思指对某种知识只有一个粗略的、肤浅或零星的了解。还可以形容那些不通情理、说话随便、举止不沉稳的人。这样一看"二把刀"和半吊子的确很像。

"半吊子"这个诙谐的称谓与古钱币有关，古钱币外圆中间有方孔，曰"孔方兄"。古人为了便于数钱、付钱和携带方便，就用绳子从孔中把钱串起来，一千枚为一贯，也叫一串，到了清朝，一串又称一吊。一千枚钱为一吊，一枚钱又称一个大子，那么五百钱就是半吊子，半吊的一半是二百五，"半吊子""二百五"都是从钱引申出来的，用来嘲讽那些智商低、行为鲁莽做错事的人。这么一说，"二把刀"可不仅是技术上不过关了，更重要的是技术不过关导致的行为和认知上也有很大差距了。

以前部分国产电视剧粗制滥造，出产的作品成倍地增长，但是质量却是直线地下滑，在一段时间内很难看到经典之作，很多电视剧里都存在着雷人片段。甚者，为博得部分观众的眼球，使用一些"二把刀"的演员再加上拙劣的制作手段，故事情节啼笑皆非，价值观颠倒是非，以前这种事屡见不鲜。

用"二把刀"形容人虽然有些贬义，却恰到好处地反映了这些人的真实水准。有些"二把刀"做出的事，让人贻笑大方。比如，某位大师把"身陷囹圄"念成了"深陷灵佑"，把"吹毛求疵"读成"吹毛求屁"，还有一位高级别的作家把"苦心孤诣"读成"苦心孤旨"，这还无大碍，顶多是博人一笑。但是作为司机，"二把刀"就让人放心不下了，因为他们手中的方向盘很有可能变成"杀人的武器"。我发现马路上的"二把刀"还真是不少，刚拿了几天本子就敢在马路上风驰电掣，见车就超、见缝就插，这样的"杀手"，难免让人提心吊胆。

"二把刀"这个词儿虽然不中听，却恰到好处地形容出这些有一点本事，却还达不到精深的人，比如那些似懂非懂的教书匠、似会不会的技术指导、似明白又不明白的专家和似写非写的却总也写不好的作家。

有两把刷子

说某人有"两把刷子"意指某人有本领，有能力。按照常规思路，刷子与本领或者能力应是毫无瓜葛的，两者本风马牛不相及，但总有一种力量，把几个词汇纠缠在一起，发生某种联系，从此割舍不断。

有"两把刷子"就是形容有一定技能或者能力的人，通常用在称赞或者评估一个人在某一方面有特别的能力或者才能。这个词也可以用来表达自己有能力去完成一些事情。

"两把刷子"这个词语的横空出世据说是来自某个文人一次谦虚。谦虚作为国人尊崇的美德，广为流传，自古有云：谦虚使人进步，骄傲使人落后。所以，谦虚在人们中间作为最重要的修养被相互言传身教，这种美德在知识分子中相当盛行，如果把"两把刷子"的使用频率做一个统计的话，那么应该是自谦的时候用得最多。也就是说，当别人夸自己的时候，会说："没有什么，只是有两把刷子而已。"

这个词无可阻挡地在某一地域范围内迅速普及起来。这是一句鲜活的口头语言，具备了某种非凡的生命力，在传播之中，无形间又会不断汲取一些丰富的元素，推陈出新。含义由最初的简单，变得凝练和丰盈起来，最终达成共识。于是，"两把刷子"成了某种本领和能力的代名词。

古代有许多才华横溢的文人，"笔墨纸砚"无一例外地成为他们眼中的珍宝，构成生命中不可或缺的一部分，那些文章写得精妙、书法自成一家的文人在别人称赞自己时，干脆谦称自己有两把刷子，这个"刷子"估计就是指毛笔。有一把刷子都这么厉害了，更别说有两把刷子了。

总有人这样说："做领导不必样样精通，但一定要有两把刷子。"这句话是非常有道理的。现代职场中，很多年轻人极具张扬，个性都比较突出，会看得上比自己强的，不见得佩服职务比自己高的。要是领导没两把刷子，根本不容易让他们老老实实地工作，现在的领导不好当，没有两把刷子的真功夫，还真带不好团队。两把刷子并不是真的要有两种能力，其实两把刷子只是一个代名词，也泛指能力强。

　　把有"两把刷子"用得最出神入化的是北京的一个科技公司，在很早的时候就用这个词注册了公司的商标。公司名字起得好，事业自会风生水起。比如，卖饭的注册个"饿了么"，听着那么贴心，仿佛亲人正在厨房为你煎炒烹炸，肚子都会咕咕叫。我们再来看一个众所周知的"Uber"，这个 U 来自德语，读"污"，所以其实它的正确发音是"污步儿"，进入中国后取名叫"优步"，"优步"和"污步"一字之差，高下立见。

水猫

人们常说的"水猫"实际是"水摸",这两个字解释出来就是说用手在水里摸鱼。为什么把打短工叫"水摸"呢?因为找他们干活你不知道他的手艺如何、来自哪里、住在何处。他也不知道雇主什么单位、姓甚名谁、脾气秉性,干了活是否痛快结工钱。双方谁也不了解谁,就如同在水中摸鱼,凭的是运气,靠的是感觉。

后来天津人把"水摸"叫成"水猫",这个称呼无疑是天津人的发明。天津自古是水旱码头,地处九河下梢,形成了天津独有的特色风俗并孕育出风趣幽默的百姓文化,这个称呼无贬义和歧视,就是一种形象的比喻。水中摸鱼是一种原始的捕鱼方法,却又十分有效。在水中用双手顺着石缝、草丛以及脚窝慢慢地摸,一旦有鱼,就赶快捉住。马南邨《燕山夜话·一个鸡蛋的家当》:"他打算把这个拾来的鸡蛋,寄在邻居母鸡生下的许多鸡蛋里一起去孵,其目的更显然是浑水摸鱼。"这很像蹲在桥头的水猫和雇主的关系,一切都是机缘巧合,谈好交钱,一拍即合,谁还能说这个叫法不贴切呢!一般的老百姓,进行家庭简单的拆改工作,不需要技术,就是拆墙,砸瓷砖,找路边的水猫干,少了很多烦琐的手续,价钱也便宜,简单省事。

天暖和的时候总有在路边、桥下蹲着等活儿的农民工,我们当地人把这叫"蹲桥头的"。一个"蹲"字写出了打工人的状态,他们蹲着抽烟、聊着天,漫无目的地看着路人。这些农民工啥活都能干,木工、瓦工、管工还包括扛楼。遇上好的雇主,干完活儿,会管上一顿好饭,还会把家里穿不上、用不上的衣物送给他们，其中不乏名牌。还有的主家看着工人技术不错，留下号码，介绍给亲戚朋友，以备不时之需。

有一次，我家老房子要攒腻子和刷大白，请的是大桥下面的"水猫"。干活儿时，我一看，活干得不仅利索，而且墙刷得特别匀。只见他执刷的手在半空中悠然来去，每一摆刷，那带浆的毛刷便在墙面"啪"的清脆一响，刷子舔过屋面，似白光横空，立时匀匀实实一道白，白得透亮，白得清爽，满屋光亮。天啊！简直可以和"刷子李"媲美了。我伸出大拇指赞叹道："你可真有两把刷子啊！"只听"水猫"脆生生地答道："对，姐姐，我就是带了两把刷子，大的刷墙，小的刷墙角，大、小配合起来刷得贼拉快。"

有的"水猫"装修的时候也会和你签合同，但合同暗藏玄机，殊不知装修合同中要列清楚材料和工艺需要十几页，"水猫"的合同那只叫"粗略版"，不会标明材料品牌型号和工艺做法，更不会约定增项控制比例，更谈不上违约责任了，写入合同的其实都无效。结果是，后期变更设计方案，增项、增材料，名正言顺地增加装修费。工艺、质量，业主更是无据可依，无从把控。

品牌公司一般都会在合同里面将主材、水电等物料做了明确的划分，非常细致。里面清楚地规范了主材、辅材、水电等项目。尽管国内有太多家全国连锁、本土资深的知名装饰公司，但业内人士统计，仍有50%以上的装修业主还在选择"水猫"进行装修。为什么被业内嗤之以鼻的"水猫"业余施工队一直是老百姓眼中的"香饽饽"呢？它们真的又便宜又好吗？难道业主不知道有风险吗？由于家装工程涉及环节多，专业性强，工作又极其琐碎，所以找"水猫"非常方便，还省去了很多条条框框，对于业主来讲也便捷很多。有很多的"水猫"，他们不仅专业，还很务实，而且价格合理，服务也很周到。

几年前，家里厕所的墙皮有些脱落，在大桥下找了一个"水猫"。师傅说，是厕所的防水不行，潮气浸到了墙上，需要重做。这个"水猫"有些书卷气，技术也好，干活很细致。师傅姓陈，干完活儿还主动留了号码，说如果还返潮就给他打电话。

　　一般来说，"水猫"干活都是"一锤子买卖"，不管售后，没想到这个陈师傅这么周到贴心。又过了几年，姐姐家里装修房子，需要拆改，我把电话号码给了姐姐。姐姐打通了电话，电话那端传来了浑厚的声音："您好，维美工作室，我姓陈。"拆改工作很顺利，活干得一如既往地好。姐姐后来告诉我，这个小陈师傅当初自己一边上学一边干零活，现在成立了自己的工作室，还有一个工程队。我听完特别高兴，正是有了这些不起眼的小人物，为了自己的梦想踏踏实实、努力奋斗，我们的城市才会变得那么美丽、安宁。

半瓶醋

"半瓶醋"从字面来看就是说瓶子里只装了一半醋。"一瓶子不满，半瓶子晃荡"常用来形容那些对知识或技术一知半解却骄傲自满的人，描述这些自以为是的人用这句俗语简直再恰当不过了。

这个词自古就有，早在元杂剧《司马相如题桥记》中就写道："如今那街上常人，粗读几句书，咬文嚼字，人叫他做半瓶醋。"清代《石头记》六十四回有："又有一等半瓶醋的读书人。"从这两个出处来看，所谓"半瓶醋"是说那种没有大学问，却总是沾沾自喜的读书人，这些人对学问一知半解却好为人师，喜欢人前卖弄，也有把这种人叫"半吊子"的。

听过这样一个故事：有个人将一个装满醋的瓶子和一个装半瓶醋的瓶子挂在骡车边，去赶集。骡车走动，半瓶醋就高兴地晃荡起来，"哗啦哗啦"唱起歌。半瓶醋的歌虽然唱得不好，可兴致一来，就唱个不停，愈唱愈高兴。当然，爱显示的人，光是自弹自唱总是不满足的，他们需要有听众，半瓶醋唱了半天，见没人喝彩，就问满瓶醋："嘿！老伙计！我唱得怎么样啊？"满瓶醋一言不发。"喂！我在叫你啦！你说话啊！"半瓶醋大声喊道。满瓶醋依然没有说话。半瓶醋说道："真是笨呀，自己不会唱歌，又不懂欣赏别人唱歌。"半瓶醋又继续唱，这时，骡车经过了一个小山坡，半瓶醋停止唱歌，开始跳起舞来，为了表示自己的舞技高超，甚至还翻筋斗。半瓶醋又问满瓶醋："嘿，你会跳舞吗？你看我跳得美不美？"满瓶醋还是一言不发。半瓶醋长叹一口气："哎呀！真是没办法，不懂唱歌也就罢了，连跳舞也不懂得欣赏，你的人生又有什么意义呢？"就这样，一路上半瓶醋又跳又唱，甚至因为它太激动了，把瓶塞都冲掉了。到了市集，农民把两瓶醋拿下来，他看见了半瓶醋："糟糕！怎么瓶塞掉了，瓶身还那么脏，都是土，干脆扔掉吧！"半瓶醋连后悔都来不及，就被扔在了垃圾堆里。这个半瓶醋像极了什么都不会，还特别骄傲的人。

当然也有很多人为了表示谦虚，说自己是半瓶醋的，比如杨沫《青春之歌》十二章中写道："许宁常去找白莉苹，顺便也常看看她。每次见到他，道静都要提出许多似懂不懂的问题。弄得许宁常常摇头摆手地笑道，'啊呀，小姐！你快要变成大腹便便的书虫子了！人怎么能一下子消化掉这么多的东西呀？我这半瓶子醋，可回答不了你。'"

单位里有位办事员还差一个月退休，文化水平不算高。有次要报材料到局里，就打电话："喂，是科长吗？我单位的复历表已经寄去了，你们收到了吗？"人家听不懂："什么，什么复历表？"他急了："就是你们要我寄的那个新参加工作人员的复历表啊……"当然这位同志临退休得到一个"复历表"的绰号。

《醒世姻缘传》第二十五回："狄宗羽虽是读书无成，肚里也有半瓶之醋，滉滉荡荡的，尝要雌将出来。"看到"雌将"这个动词我不禁笑出声。

单位有个领导，每次给我们开会快结束时，总会说："想我当年才华横溢，如果不是当初做了老师，肯定也是济世的良才。"这个领导把"溢"字总是读成"漾"，不知道是真不认识，还是故意为之，这样就变成"想我当年才华横漾，如果不是当初……"想必这位领导，认为自己的学问实在太大已经到了装不下的程度，用"横溢"这个词已经满足不了自己的要求，满了自然要"漾出来"才行，殊不知满招损，谦受益，时乃天道。

车把式

赶大车的之所以被称为"车把式",主要原因是他们有能耐、有本事。一挂马车最少一匹马,多的连辕带套有三四匹牲口。从套车到装车、赶车、修车这一套活儿下来,可是不简单。

单说独立掌鞭,起码要学上一两年,外出拉活儿,会遇到各种道路状况、气候险情,保护好马匹安全、车上财物,绝非易事。拉大车挣钱不多,还要起早贪黑、顶风冒雪,是很辛苦的。拉车驾辕不是任何人都能干得了的,牲口也欺负人,如果是生瓜蛋子可降伏不了。就说把牲口从槽上牵出来就不老实,仰头长嘶,前腿高高抬起,打着"噗噜噗噜"的响鼻,任凭你使出九牛二虎之力就是不入套,只有车把式几声鞭响,牲口像接到命令一样安静驯服。

车把式不光使用牲口,平时对它们更是爱护有加,拉完货卸了车,马上让牲口就地打几个滚,解解乏,喂上精细的饲料,用刷子好好蹭蹭鬃毛和肚子,然后在河里打一桶清凌凌的水,让它们喝个够。过去谁家有一套大车,相当于家里有三间青砖红盖大瓦房这种气派,能养起大车的都是家境殷实的富裕主。

大车的用途可太多了,除了春天往地里送粪和秋天往家里拉粮食、秸秆外,主要是外出"拉脚"跑运输赚钱。过去运货汽车的数量十分有限,主要运输工具就是大马车。讲究点的,在大车上罩个油布篷子,遇上风雨天气,赶车的坐在篷子里一点也浇不着,看着横斜的雨点,嘴上骂着:"什么鬼天气,把我的牲口浇坏了,这可崴泥了!"心里是得意的，高兴程度相当于，正好在家放假，外面下半尺厚的雪，自己围着火炉，看着闲书这么惬意。再讲究点的，油布上面再围上一层花布装饰一下，外出赶集和走亲戚串门、接闺女回娘家就更威风了。

听妈妈说，我姥爷就是远近闻名的车把式。姥爷最拿手的是赶马车，生产队里的牲口，他使着都很顺手，也很听话，而别人使着就不是很顺当。后来才知道原因，原来别人教训牲口基本上都是简单粗暴的，不听话了就一味地用力挥鞭子打。姥爷的成分高，是富农，如果使劲儿打牲口，就会被别人认为是对集体有意见，扣上破坏集体财产的坏分子帽子，弄不好还要挨批斗。姥爷驯牲口更多地通过了解这些牲口的脾气和习性，软硬兼施，刚柔并济，有时候一边撸着鬃毛一边讲道理，仿佛牲口也能听懂人话，最后完全驯服了，使起来就得心应手。

那个年代，尤其在农村，马车是最主要的交通和运输工具。姥爷经常出车，有时候一走就是好几天，拉的货物也比别人多。有一次，姥爷赶车去给市里的铁路上运砂石，经过一个铁路道口的时候，车轮卡在了石头的缝隙里。姥爷正在使劲驱赶牲口往外拉的时候，火车过来剐蹭到了马车尾部。马车被带倒了，砂石散落一地，牲口被甩到了5米远的地方，所幸姥爷只是摔了一跤，没有生命危险，牲口也只是磨破了一大块皮，没有伤及筋骨，这可真是不幸之中的万幸了。

爸爸妈妈是1958年的春天结的婚。妈妈说，她结婚的时候就是坐着大马车来的，马头上系着大红花，车篷也是新的油布，特别好看。车把式驾婚车，喜气洋洋，坐在车前边，赶上道路平整的地方，手执长鞭在空中打一个清脆悦耳的响哨——"啪啪"，鞭梢打在马耳边上，痛得马一激灵，尥起蹶子撒了欢地往前一溜小跑，清脆的马蹄声"嗒嗒嗒"的带着喜庆。

赤脚医生

看过影片《红雨》的人，一定对歌唱家郭兰英演唱的主题歌有很深的记忆，其中有几句这样的歌词："赤脚医生向阳花，贫下中农人人夸。一根银针治百病，一颗红心暖千家。出诊愿翻千层岭，采药敢登万丈崖。迎着斗争风和雨，革命路上铺彩霞。"看着歌词，就仿佛回到了那个特殊年代，那个时候的人，有着一股冲天的干劲儿和永远保持的淳朴与善良。

"赤脚医生"，顾名思义，就是光着脚丫下田种地的大夫，没有收入保障，没有正式编制的医疗卫生工作人员。为什么要光脚？一是穷，没有鞋穿；二是为了劳动方便，也许光脚在地里干着农活，有人来喊，泥脚在水里涮涮，就去治病了。

"赤脚医生"，虽然半医半农，但是医术还大多不错，而且技术全面，类似于现在的全科大夫。当时村里的赤脚医生主要有三类人：一是医学世家，家里几代行医，虽然没有正规学过，但耳濡目染就全会了；二是初中毕业也有的就只上过小学，聪明伶俐、自学医术病理的；三是一些上山下乡的知识青年。

那个时代，国家贫穷，医科人才奇缺，一时培养不出那么多专业的医生，只有培训一批略懂医术的赤脚医生来应急。"赤脚医生"们的身份还是农民，就生活在农村，靠挣工分生活，因此农民们养得起。他们大多就是本村人，所以这些医生和当地农民血肉相连，即使是城里的知青担任"赤脚医生"，也是住在村里的人，感觉和老百姓很亲，因而农民用得动、请得起。

"赤脚医生"手中有"两件宝"，一是银针，二是药箱，"治疗靠银针，药物箱里拿"。"赤脚医生"作为农民健康的守护神，除了要有一定的医疗知识，更重要的是，必须有一种全心全意为老百姓服务的奉献精神。

　　当年的中国农村还普遍贫穷，上级部门能够提供给"赤脚医生"使用的药品很匮乏，他们手中有的只是一般的止疼药片、酒精、消炎针剂、红药水、碘酒等。打针的针管都是重复使用的，赤脚医生的保健站里常年点着一个小炉子，里面有一个铝锅，锅里有几个针头，里面的水"咕嘟咕嘟"冒着泡。为了增加为农民治病的药品，减少农民的医药负担，他们经常在自己家的房前屋后和院子里种草药，有时也去地里采。

　　我们村子以前有个赤脚医生姓张，他家世代都是老中医，在村子里很有威望。一天，村子里一个小伙子在地里干活突然身子倒仰过去，头正好砸在身后的草地上，脑袋流血了，人登时没了知觉。人们慌忙把他抬到张大夫家里，张大夫见了，先是拿出一根银针在小伙子的胸口和太阳穴上各扎了一针，然后又拿一团酒精棉在小伙子头上擦了擦，然后用力一挤，"噗"的一声，一股脓水夹在血水中流了出来。原来是小伙子头上长个脓疮，足有鸡蛋大，鼓鼓的，里面已经化脓了，张大夫将伤口清理干净，上好药包扎完毕，小伙子苏醒了，大家都松了一口气。张大夫说，没关系，是中午日头足，有些中暑，再加上头有脓疮，急火攻心，没有大碍。

　　不管深夜还是风雨交加，只要有病人需要，张大夫都会赴诊，认真地为病人看病打针。自己治得了的，就一心一意尽力去治；自己治不了的，就建议送医院治，有时还亲自陪着送去。赤脚医生治病收费不高，只收回成本钱，因为赤脚医生都拿了生产队的补贴。有的赤脚医生如果碰上困难户和五保户，还得倒贴钱。

　　贫穷落后的年代，生病的人也特别多，这些赤脚医生护佑着一村百姓的安危，谁有个头疼脑热、红白外伤、妇女生孩子、老人的突发病症，都是这些人冲在前面，解了多少普通人的燃眉之急，救了多少百姓的命啊！直到今天，"手提药箱走千家，汗水伴着泥土香"，仍然是那个时代的农民对"赤脚医生"最温馨的回忆。

看青

　　看青就是看护未成熟的庄稼，直到庄稼成熟并收获到家。看青也叫护青，河北一带也有叫护秋的。孙犁在《白洋淀纪事·村歌下篇》中写道："地主们开始破坏庄稼……武委会的人们，夜晚背上枪，到地里看青。"茹志鹃在《高高的白杨树·澄河边上》也有这样的句子："他们看见不远的田野中央，孤零零地有一所看青人的矮草房，别的什么也没有。"

　　看青是特殊时期的产物，那个年代，为了防止那些游手好闲，好吃懒做的人偷窃田地里的果实而采取的措施。从庄稼半成熟开始，一直到收获前都派人看管。为了避免瓜田李下的说不清，就连打草拾柴都不允许，生怕有人手脚不干净，做点顺手牵羊的事。因此，村里经常找一些脾气暴躁，性子耿直，不怕得罪的人做这项差事。因为看青的工作重点在晚上，而且还有额外补助，所以算是一个美差。

　　看青，一般都在地头的大树底下搭个凉棚。凉棚的骨架用料是粗竹竿，然后用苇子草排密、压实，里面铺上干燥的稻草，特别松软舒服。躺在上面，吹着凉风，真是惬意极了。看青还真不是闹着玩儿的事情，地里的"宝贝"，关乎着全村老小的生计。在物产尚不丰饶，生活还很窘迫的年代，总会有吃不饱的人来偷可以充饥的农作物或蔬菜瓜果。这些即将成熟的作物如开始鼓粒的玉米、大豆、小麦，还有诱人的瓜果梨桃，对尚不能解决温饱问题的一些人来说，就算没滋没味也是可以填饱肚子的。

看书读到《社戏》，描述的是童年鲁迅和小伙伴们坐乌篷船去看社戏的情景。在回来的路上，看见岸边的罗汉豆，勾起了大家的馋虫。桂生说，罗汉豆正旺相，柴火又现成，我们可以偷一点来煮吃。大伙都赞成，于是偷了阿发家的和六一公公家的，到后舱去生火。剥豆的剥豆，添柴的添柴，煮好后用手撮着吃，特别美味。鲁迅后来回味，真的，一直到现在，我再没有吃到那夜似的好豆，也没再看到那夜似的好戏了。

童年在乡村生活过的人，大多会有此经历。我也是如此，我在田野里也干过偷青这样的事情，而且还没少干。干的时候提心吊胆，吃的时候风卷残云。

二年级的时候，我们几个小姑娘去地里玩儿，看见二队的蔬菜园子那可真是结得热闹。抬头望去，映入眼帘的就是各种各样的绿色，绿叶中有着大大小小的黄色的花。走近一看，两旁的蔬菜像是在夹道欢迎我们：又尖又小的红椒、又细又长的丝瓜、像灯笼一样鼓鼓的圆椒、表面疙疙瘩瘩的苦瓜、顶花儿带刺的黄瓜、青中带红的西红柿、绿中带紫的苋菜、开着紫花儿的豆角……

这么多的菜，在园子里密密麻麻又错落有致地生长着，我们几个小女孩馋坏了，眼珠子直冒光。不知是谁说了一句，我们摘几条黄瓜吃吧。其余的人就像听到命令一样，很是兴奋，迫不及待地将胳膊挽袖子，开始动手摘黄瓜。这时，一个声音如晴空霹雳："这都是谁啊！哪来的小孩儿敢来我们地里偷菜？"紧接着听见急促的脚步声，不知道谁喊了一句："快跑！"吓得我们连头也不敢回，逃命一般，飞似的跑回家。到家后才发现，手里还紧紧抓着两条黄瓜。黄瓜我吃了，真的是又嫩又甜，好吃得不得了。

的确，正像鲁迅先生说的那样，那夜的罗汉豆，寄托的是先生一轮明月下对故乡的追忆。而对于我来说，每一次仓皇也都浸染着童年的顽皮和拽不动的乡愁。

嗦了蜜

棒糖，在天津方言中被称作"嗦了蜜"。所谓嗦了，就是不咬碎，而是吞到嘴里用舌头舔，以便长久地享用甜蜜滋味，因此棒糖被形象地称作"嗦了蜜"。嗦了蜜有很多种口味，可以插在棍儿上卖，叫棒糖，也可以没有棍儿，叫拔糖。

小时候的拔糖很便宜，只要2分钱一块儿，有各种颜色，现在想来都是加的色素吧。那时候吃东西也不管手是脏是净，黏黏糊糊拿在手里来回搓揉，时不时还舔上几口，尝尝滋味。经过不厌其烦的反复拔，那糖稀的颜色已经发白，我们把这叫"烊了"，可以吃了。如果手太脏，最后吃的时候已经分辨不出糖是什么颜色了，我们把"黑"色或者"灰"色的糖吃掉的时候，嘴是甜的，心也是甜的。

"不脏不净，吃了没病"，也不知是那时候的孩子免疫力强，还是什么原因，尽管孩子们天天在外面疯跑，也不爱干净，还真很少得病。冬天，我们在外面玩跳房子、跳猴皮筋，手都冻得拔大裂子，嘴巴子让风抽得旱萝卜似的通红。到家渴了，还吃缸里冻的冰凌碴子，现在想想可真是长了铁嘴钢牙鸡胗子胃口，太皮实了！我们邻居里有一家特别脏，家里都没有洗脸盆，赶上下雨算是能洗个澡。家里吃饺子，煮出来的饺子特别黑，赶上邻居去串门，让谁尝个饺子，谁都不敢吃。邻居里有嘴损的人会说："这回你家的手终于干净了。"言外之意，手上的泥全都揣到了面里。

拔糖到了20世纪80年代已经叫"搅搅糖"了，也有叫彩虹糖的。

放学的时候，卖糖的小摊前总围着不少孩子，小贩守着一个小铜锅，锅里有糖稀，用两根小棍儿从中搅出一小团糖来交到孩子手里。红的、绿的、黄的特别好看，特别吸引小孩子。孩子们拿着两根小棍儿搅动糖稀，糖被拉伸拔长，再被合并，又上下缠，左右绕，反反复复，边玩边吃，这下孩子们终于不用吃手上的泥了。

小时候，家里孩子多，为了省钱，妈妈会给我们做糖吃。花5角钱买一袋红糖，把刷干净的铁锅放在炉子上，把红糖放进锅里，用铲子不停搅直到糖化成糖稀，等晾凉了以后，用一根小木棍儿，再用小勺舀一勺糖稀，想捏成什么样子就捏成什么，然后放在大号的铝饭盒里晾着，等凉了吃特别脆甜，那可是人间的美味啊！

长大了才知道，红糖还是一味药材，中医学上用作缓中、补虚，可以提供我们细胞所需要的能量，有补血和活血的作用。红糖中含有的叶酸、微量元素等，可以加速我们的血液循环，刺激我们机体的造血功能。

过年的时候，妈妈还会给我们做一种叫高粱饴的糖，妈妈把家里吃不了的玉米作为原料，还要准备白砂糖。记得当年妈妈将玉米粉、砂糖用水搅拌均匀，一直熬，然后就变成了糊状，还要用纱布过滤，去除水分。然后再做一锅水，将水烧开，把过滤后的面糊倒入锅中，顺着一个方向不断搅拌，还加进去一种红颜色和绿颜色的条状的东西，妈妈在熬的过程中片刻都不离开，说怕煳锅。妈妈把锅中熬好的面糊放凉了之后，倒在一块抹了油的案板上，用刀切成长方条，高粱饴就做好了。哪个小孩子来家里拜年，妈妈就会抓上几块儿塞在孩子口袋里。

"嗦了蜜"是属于小孩子的糖果，成年人一般不吃。以前也有爱逗小孩儿的大人，骗小孩嗦了蜜吃。旁边的老太太都不饶，会笑着骂："你这大老爷们啊，是大德祥改祥记，你呀，缺了大德了！"

零嘴儿

　　零嘴儿就是零食。那么零食指的是什么呢？严格意义上指除了一天三餐正餐外，其他的进食都属吃零食。我们每个人都吃过零嘴儿，甚至每天都在吃。零嘴儿包括的种类很多，糕点、饼干、糖果、蜜饯、炒货甚至瓜果等都算。这样解释，也概括不全，因为我们每个人都有属于自己的偏好，可以肯定地说，零食在我们的生活中必不可少。童边在《新来的小石柱》第四章中说道："三顿饭吃得饱饱的，花许多钱买这么些小零嘴儿干啥呢？"缪崇群在《做客》中也有："快散席的时候，每人还分一包小茶食，可以带回去当零嘴儿吃。"

　　其实在我们"70后"的记忆里，吃喝都是比较匮乏的。那时还是计划经济，一切都是凭本供应。记得家里有粮本、煤本、副食本，然后就是各种票，肉票、油票、布票等，除了大盐粒子不要票，貌似买什么东西都得找出相对应的本和票。就连去供销社买半斤饼干，都要带上粮票。如果是出了天津市，还要全国粮票。那个时代，没有粮票寸步难行，别说吃顿饭，连馒头也买不上。

　　我们小时候吃的零嘴儿，虽然相比现在比较绿色，但也是不太卫生。在我的记忆中，学校门口始终坐着一个戴着棉帽子，穿着黑棉袄的脏老头儿。在他脚边放着一个破篮子，篮子里有炒好的瓜子，还有用旧报纸包好的五香花生仁。最特别的还是手边那个大玻璃罩子，里面有各色的糖果。瓜子卖5分钱一杯，糖是一角钱8块，花生仁是一角一包。每天放学时，老头儿身边围满了小孩儿，有买东西的，也有凑热闹的。买一杯瓜子，边吃边走，和同学有说有笑的一会儿就到家了。我们花钱买的也就是瓜子、糖块，小孩儿舍不得买花生仁吃，因为太贵，给的又少，不禁吃。

小时候，妈妈每次让我去买肉，还要特意嘱咐我，告诉卖肉的师傅，多给点肥的。其实就是为了能够用肥肉炼一些猪油出来，可以炒菜的时候多用几次。似乎只有这样，才能把一斤肉吃出两斤的效果来。猪油炒菜太香了，是植物油无法比拟的。那个年代，老百姓家里都会炼一盆猪油。冬天的时候，猪油会凝成雪花膏一样。炼油的渣子，算是孩子们奢侈的零嘴儿，吃了还想吃。香酥热脆的油渣蘸白糖，被我的小伙伴们称作天下第一美味。有时候，妈妈特意留下来准备烙油饼的，结果想烙饼的时候，早被我们吃得剩个碗底子了。只好用这点油渣烩个白菜，或者炒个萝卜，反正是一点都不会浪费。

那时家里每餐都是以素菜为主，肚子里太缺油了，吃点荤太不容易。小时候，谁家吃肉了，嘴上的那点油可舍不得擦，有的还故意多抹点，弄得油光锃亮的，出来在小朋友面前炫耀。吃油条时手上沾了油，也不会洗掉，而是抹在头发上，嘴里还说是当发蜡使。也就是说，只要是油，一点也不会浪费掉。只要是油炸的食品，都是可以香掉大牙的。

有一次，我去小静家玩儿，看见她哥哥饽饽里夹了一层白沙似的东西，我心想：吃的挺好的，还夹白糖，后来问了一下，才知道是夹的盐面。我有个同学就喜欢吃酱油，酱油泡饭，酱油泡窝头，还拿酱油蘸萝卜条当零嘴儿吃。看他吃得香喷喷，我都会十分眼馋，心里羡慕。

那时候的零嘴儿，多半是接地气、应时令的。一到春天，我们顶着风沙，跑到沙土地里挖白茅根吃。白茅根也叫甜根儿，长在沙土地里，我们把一节节的白色根茎从土里拔出来，然后到小河沟里洗干净，直接嚼，凉凉的、甜甜的。还拔一种叫"白毛大汉"的苗苗，特别甜软，很是好吃。

清明过后，等榆钱长出来了就撸榆钱吃。那时特别羡慕爬树技术好的孩子，可以坐在树杈上一边撸，一边吃。那些孩子，一边吃着，一边左看右瞧，吹着风，感觉特别威风。吃够了，伸伸懒腰抹抹嘴儿，再撸上几把放口袋里，当零嘴儿吃。

五月初的时候，地里的野菜也都出来了，苦麻菜、苣荬菜、马齿苋，都是凉拌或炒食的好菜，还可以裹菜团子吃。有的孩子拔了野菜，边走边嚼，也不怕苦，把野菜当零食吃。我虽然没这么喜欢吃野菜，但也尝试过，感觉又苦又涩的。小时候，妈妈都会让我们多吃点野菜，说吃了野菜，春天脸上就不会长疙瘩，身上也不会起癣生疮。刚开始的时候，妈妈叫我吃野菜，我不吃。妈妈告诉我，我们村子里一个满脸都是浅白麻子的媳妇不吃野菜，麻子更多了，长大了才知道，人家那是天花后遗症。

五月中旬，村里的洋槐花盛开了，白得耀眼，从树下一过，都能闻见一股甜香。无论是上学还是放学路过的时候，我们都会放下书包，翻身上墙，或是爬到树上，摘些槐花来吃。槐花吃起来香香甜甜的，满嘴都是好闻的味道。就连衣服上、头发上都带着阵阵的清香，个个都像是花仙子。野菜、甜根儿、榆钱和槐花，这些都算不上正经零嘴儿，吃起来也不太过瘾。却欢喜了牙齿，饱满了肚子，更重要的是让我们什么都想吃的小嘴巴，获得了极大的满足。

我家孩子多，我们的零嘴儿也大多是自制的。晚上如果是焖米饭，盛完米饭后，锅里会留下一层饭底。姐姐便会填上一把柴火，用小火慢慢烧。一会儿，那层薄薄的米饭底子，就会变脆变焦，慢慢舒卷了起来，大名鼎鼎的锅巴就算做成了。如果再撒上点绵白糖，那吃起来，可就特别焦香脆甜。我会经常举着锅巴，跟小伙伴们在门口玩，自然也少不了分而食之，大家一起快乐。

有时候炉子快熄灭的时候，会炒点花生或是葵花籽。炒好后，我们用八钱大的杯，一人一杯的平均分开。平时周末或者暑假的时候，爸爸都会带着我们去河边捉鱼。每次都会捉到很多大大小小的鲫鱼和一种叫作"麦穗儿"的小鱼，运气好的话还会捉到大黑鱼。回家后，母亲会把鱼耐心细致地收拾干净。"麦穗儿"不用过油，直接用盐和酱油烹一下就特别好吃。做熟了的"麦穗儿"，各个都变成了浓油赤酱的"小肉棍儿"，鲜亮的颜色，看着就令人胃口大开。麦穗儿鱼吃的时候都是整条鱼一起放嘴里，连头带刺地嚼。

我从小就不喜欢吃鱼，对于吃鱼有些抵触，但这是妈妈的最爱。大点的鱼，如鲫鱼、鲢鱼、鲤鱼等，都要用油煎，不然太腥气。鱼煎好了，码放在锅里，先要用料酒和醋，趁着热锅喷一下，然后再放入糖、盐、酱油、姜、花椒、葱花，大火咕嘟。只有这样传统的方法熬出的鱼，味道才具有海下地区家做的味道。写到此，都似乎感觉那香喷喷的气味，隐隐约约扑面而来。

仍记得这样温馨的场景，全家 7 口人坐在四方八仙桌旁，一盆两掺面的烙饼，一盆豆腐熬鱼，暖暖的热气在每个人的脸上氤氲。一家人有说有笑，日子平淡且普通，生活幸福并快乐。

大马猴

　　小时候，我特别爱哭，天天哼哼唧唧的，大姐哄我睡觉，我也不好好睡。大姐说，别哭了，再哭，大马猴就来了，大马猴，专门吃爱哭的小孩子，伸出大舌头往脸上一舔，小孩子的半个脸就没了。那大长牙足有半尺啊，"咔嚓"一口，大腿就断了。昏暗的灯光，配上故意拉长的语调和窗外阴森森的树影，吓得我一头钻到被子里，赶紧把脸蒙上。

　　大马猴，谁也没见过，可它绝对称得上"小孩杀手"和"哭闹终结者"这两个称号。在我小时候大马猴是一种神奇的存在，是比大灰狼和红鼻子老爷爷更为恐怖的，光是这个名字就会让人心生畏惧。对于小孩子来说，哭很正常的，是表达自己内心不满、委屈的最好手段。当父母劳作一天，想美美睡上一觉，小孩子的哭闹实在是令人头痛，于是想出了这么个吓唬小孩子的怪物。

　　大马猴到底是什么东西呢？长大后才琢磨明白，大马猴的原型应该就是传说中的山魈。现在动物园里也有山魈，是一种产自非洲的鬼狒狒，这种鬼狒狒有浓密的橄榄色长毛，马脸凸鼻，血盆大口，大大的獠牙，身长体黑，力大无穷。山魈是我们冠以这种长相吓人的狒狒的名号，也可以说这种鬼狒狒根本只是盗用了"山魈"这个名，这跟我们口口相传的民间的大马猴没有什么关系。民间对山魈很是恐惧，曾有"宁遇豺狼，不遇山魈"的说法，由此可见山魈的凶悍程度，从这一点的叙述来看，又有点像神农架的野人。

　　小时候承担着吓唬小孩子任务的大马猴应该就是我们民间所说的魈

鬼。在很多书中也有提到大马猴的，如《红楼梦》第二十八回，大草包薛蟠行酒令时来了一句："女儿悲，嫁个男人是乌龟；女儿愁，绣房窜出个大马猴。"在《笑傲江湖》中也有这样的描述：因为劳德诺杀害了六师弟，六师弟平生爱猴，大师兄的妻子任盈盈便将两只大马猴拴在他的左右手上，使其生不如死。

在古代有很多山魈鬼的传说。老人们常说，山魈鬼会寻着小孩的哭声到家，然后半夜抱走吞食，这就和家长吓唬哭闹的小孩子的大马猴吻合了。山魈鬼，这个生活在灌木丛林，山野阴风之中，背靠村落炊烟，灯熄而来、夺孩而去的魑魅精怪在明代的文学家袁宏道的笔下倒是平添了几分俏皮可爱，"云霞朝到眉，魈鬼夜入室"这十个字的叙述，不仅让魈鬼声名显赫，而且更加神秘莫测，还夹杂着几分"花非花雾非雾，夜半来天明去"的浪漫色彩。

小时候，我们都爱听鬼故事。几个小孩儿凑在一起，就开始讲鬼故事，其中小静讲的我至今记得："有一个鬼，长得特别矮，也就一米左右，膝盖朝后，脚是反着的，也就是脚后跟朝前，跑起来不穿鞋还特别快，专门偷砍柴人的斧头和干粮。樵夫砍完柴歇着的时候，这个鬼就把砍刀偷走，等樵夫找不到斧头开始骂鬼的祖宗三代，这个鬼特别孝顺，一听有人骂他祖宗，就会把砍刀送回来。樵夫发现送回来的斧头不是挂在长满野果子的树梢上，就是在一只死兔子附近。"小静说："这是魈鬼在还干粮钱呢！"别的鬼是害人的，唯有这只调皮鬼人畜无害。从此让我心生向往，我甚至还想过，等我长大了去砍柴，一定多带干粮，送给他吃，也不用还回来。

大马猴到底是什么，其实并不重要，现在的孩子这么金贵，家长们也不用大马猴来吓唬孩子了，而是耐心地唱着各种催眠曲，孩子们听着故事享受着属于他们的各种睡前安抚。用大马猴吓唬孩子属于过去时，属于特定的年代，但我还是庆幸当年可以听到大马猴这么骇人又有趣的故事。

长虫

长虫即蛇，是无足的爬虫类冷血动物，在十二生肖中排第六位。"长虫"是一种方言，我们小时候就是把蛇唤长虫的。但我觉得"长虫"应该属古语，《大戴礼记》里有记载，世间有五虫，分别为羽虫、毛虫、甲虫、鳞虫和蠃虫。每种虫皆有 360 种，五虫即是天下所有动物的总称，这是古人对大自然朴素而又伟大的认知。蠃虫又叫倮虫，就是裸体无毛的意思，我们人类就是这种。既然世间万物都是虫，所以"长虫"这个称谓，就有了一种高端大气的感觉同时也透着尊贵。

我们小时候经常在地里采"甜甜根"吃，大人们浇地的时候要用铁锨掘开田埂，就会无意中刨出一团团的茅根。这下小孩子们可得劲了，我们挑又粗又长的，这种茅根水多，特别甜。我们把茅根拿到小河里洗干净放在嘴里嚼，像吸糖水。五六岁的孩子，也不用学习，有大把的时间在广袤有趣的大自然里撒野。嘴里嚼着茅根，眼睛望着天上的白云，耳边听着"哗啦啦"的水声，快乐惬意、自在逍遥。

有一次，我们几个小孩儿正有说有笑地采茅根。不经意间抬头，赫然看见前面几米的地方，一条湛青碧绿的大蛇，身子盘成好几圈，朝着我们伸着头吐芯子。头上那个赤红鲜艳的大疙瘩，在阳光下闪闪发光。我脱口大喊一声：有蛇！我们也顾不上拿茅根儿了，一边打着趔趄，一边抓着自己的头发。因为我们当地有个传说，如果遇到蛇，一定要抓住自己的头发，如果哪个孩子的头发被蛇数到 100 根，这个孩子就会死掉。所以我们那个落荒而逃的画面，真是惨不忍睹。跑出去很远，我们才气喘吁吁地刹住了脚步，相互看着彼此狼狈不堪的样子，有的鞋跑掉了，有的满脚都是泥，我的裤子还被剐破了。此后，我们几个小孩子都记住了，再也不敢去那块地里挖茅根了。

听说属鼠的人都怕蛇，可能是蛇吃老鼠的缘故吧，我也不例外。听老人们说："九个月长虫吃耗子，三个月耗子吃长虫。"蛇平时都是吃老鼠，可蛇到了冬天便会冬眠三个月，冬眠的时候，一动不动，没有杀伤力，老鼠饿极了的时候也会拿蛇当点心。自从听了这些话，忽然觉得人人喊打的老鼠也威风了很多。我这个属鼠的人，内心里也似乎骄傲了一下。

小时候我们经常在河边玩儿，还下河洗澡，一到夏天，小孩子们就把自己整得跟泥猴似的，黑不溜秋。有时和小伙伴们正开心地在河里打闹，忽然看见河壁上有棍子粗细的洞，就赶快相互搀着爬上岸，因为大人告诉过我们，这样的洞里是容易有蛇隐藏的。胆子大些的孩子，把苇秆点着，放在洞口用烟熏，逼蛇出洞。我们女孩子还是胆小，站得远远的捂着眼睛，透着手指的缝隙看，可是一条蛇也没熏出来过。

我们村子里有的人家不怕蛇，看见蛇就打，说是为了给蛇渡劫。我有个表叔就是看见蛇就打，打死蛇后，还把皮剥掉，炖了吃肉。一天，表叔傍晚回来打算做饭，掀开锅一看，一锅的蛇，全都探着脑袋，吐着芯子，乌泱乌泱的。表叔吓得扔下锅盖就跑，人从此变得疯疯癫癫了。农村房子多数是泥砖墙，地脚用砖头垒的，老房子时间久了泥砖墙会有洞，蛇会由这些洞进屋的，表叔家的蛇估计也是这样钻进锅里的。

俗语里有"强龙压不住地头蛇"，成语里有"佛口蛇心"，解释出来就是说这个人是佛的嘴巴，蛇的心肠。比喻话虽说得好听，心肠却极狠毒。所以，从认识字的那天起，对蛇有了不好的印象，所有的阴险毒辣和残暴仿佛和蛇都脱不了干系。等上了中学，读了柳宗元的《捕蛇者说》，文章以蛇毒与赋敛之毒对比，揭露了当时"赋敛之毒有甚于蛇毒"

的社会现实，于是更加感觉到蛇的神秘莫测。

这种身体细长，四肢退化，无足、无耳孔的"三无产品"，仿佛被我打了"终生厌恶"的商标。再长大些，看了《白蛇传》对蛇有了一点儿好的印象，因为蛇讲手足情。白蛇传中，白蛇和青蛇互相帮助，以及白素贞和许仙真挚的爱情，感觉蛇还真的不冷血。古书《述异记》记载：水虺五百年化为蛟，蛟千年化为龙，再五百年化角龙，千年化应龙。我一直纳闷，白素贞为什么要从一条蛇修炼成人，为什么不修炼成龙呢？如果是一条龙，腾云驾雾，多么自由自在。

鲁迅《从百草园到三味书屋》中有一段关于"美女蛇"的描写：有一个读书人住在古庙里用功，在院子里纳凉的时候，突然听到有个美女叫他，结果一个老和尚告诉他，一定遇见"美女蛇"了，这是人首蛇身的怪物，能唤人名，倘一答应，夜间便要来吃这人的肉。老和尚把飞蜈蚣放到盒子里，半夜美女蛇来的时候，一道金光从枕边射出来，飞蜈蚣吸了美女蛇的脑髓，美女蛇就死了。看到这里，松了一口气，就是想了很久也想不明白：为什么有人喊名字，答应一声，就有生命危险呢！到现在，这个问题还在我脑子里转悠呢。

跑腿

跑腿，从字面上理解，就是受人支使，为人奔走做杂事。但是要加个"的"字，这意思可就变了，有点贬义词的意思了。跑腿，是个行业，据说已经有2000多年的历史了。《水浒传》里的神行太保戴宗，就是跑腿行业中的佼佼者。那两条腿，能日行八百里。

我家孩子多，我又是最小的，所以从小到大，我一直干跑腿的活儿，而且乐此不疲。最常跑腿的事情，一般就是帮助家里到供销社买东西。我们小时候不像现在生活得那么便捷，尤其是现在，需要什么，直接下个单就行了。那时候可不行，好几个村合在一起，才有一个供销社。

那时候，家里连煤气灶都没有，我们晚上做饭还是要点煤球炉子，经常是正炒着菜，忽然发现没有盐了，赶紧把锅端下来。于是，我的任务来了，我要赶紧飞跑着去供销社买，跑着去，跑着回来，一点儿不能耽误。有一次，哥哥说想吃炸糕，让我去买。我马上接过钱，一溜小跑地出去，等炸糕买回来，哥哥还多给了我一角钱，说是奖励我的辛苦费。这可是我意想不到的小收获，也是我第一次通过劳动得到的现金。哥哥还直夸我跑得快，说我这俩腿跑起来赛过自行车。这句夸奖，美了我好几天，以至于让我有了愿望想当一名短跑运动员。等我后来上学了，参加比赛才知道我跑得可不快。别说在学校里了，就是在班上，我都跑不过大多数女生。

大姐比我年长12岁，她如花似玉的时候，我还是个小屁孩。18岁的大姐，个子足足有1.7米，身材特别苗条，出落得真是亭亭玉立。虽然我是个几岁的孩子，但我也看出了大姐的美丽。那时候的人是"清水出芙蓉，天然去雕饰"，不打扮、不化妆，没有漂亮衣服，依然那么美。

大姐其实也不是完全不打扮，大姐是描眉的。20世纪70年代末，我家的南房是盘着炕的，里屋住人，外屋有口灶台。姥姥做饭的时候，大姐就负责烧火。我至今记得，大姐画眼眉的那个动人的样子：先是划着一根火柴，然后吹灭，再用那个火柴画眼眉。画完了一个，火柴不黑了，就走到灶台上蹭蹭，接着画。姐姐本来就特别漂亮，这眼眉再一描，显得越发眉清目秀了。

后来我跟大姐说起这件事，她自己都不记得当初是怎么化妆的了。可是，站在角落里，那个好奇地打量着姐姐画眼眉的6岁女孩儿，却依然记得清清楚楚。

一天，邻居志刚哥把我叫住了，给我一个圆盒子，让我送给大姐。我闻着这个盒子还挺香的，上面写着四个字"万紫千红"，我知道这是雪花膏。于是，我兴高采烈地拿着跑着回家，高兴地举到大姐面前。大姐埋怨我不该随便收别人的东西，让我马上送回去。于是我又马不停蹄地送了回去。我清楚地记得，志刚哥见我跑回来了，手里依旧拿着那盒万紫千红雪花膏，眼睛由亮慢慢变暗的那个完整过程。长大以后才明白，那就是失望，希望破灭后的失望。

小学三年级时有了珠算课，天天除了背着书包上学，还外加一个灰色的布兜子。布兜子里面装着算盘，走起路来"哗啦哗啦"响。如果你走得有节奏了，算盘珠子也稀里哗啦的跟着有节奏地响，仿佛动听的音乐。

一天下午刚放学，二姐很着急的样子，原来她去大娘家，把钥匙忘那了，等到了家才想起来。二姐正好看见我放学，赶紧让我去拿。"大懒"支"小懒"，"小懒"赶紧办，我二话没说，把书包交给姐姐，撒腿就跑。可是忘了算盘还背在身上，于是，只好用手捂着算盘跑。等我从大娘家跑回来，二姐举着一个桃枝，上面挂着两个水蜜桃，坐在门前正等着我。二姐看我满头大汗的，连忙伸手给我擦汗，一边擦一边说："老远就听见哗啦哗啦的算盘响，我给你提前摘两个大水蜜桃，快吃，蜜甜。"

时间真的像朱自清说的那样："燕子去了，有再来的时候；杨柳枯了，有再青的时候；桃花谢了，有再开的时候。我们的日子为什么一去不复返呢？"一眨眼40年过去了，我们也都青春不再。

有一次我们姐妹几个坐在一起聊天，二姐亲热地搂着我说："老妹妹，你还记得有一次我把钥匙忘在大娘家吗？"我说："好像有这回事吧。""你跑着去给我拿，你的算盘珠子一直响，像打快板一样脆生。看着你跑去的背影，觉得你跑步的样子怎么那么好看啊！我的眼前当时就浮现出了电影中的场景，耳边还有一个声音在说：这是你妹妹，这是你妹妹啊！这种感觉真的好奇怪啊！"我哈哈大笑起来："怎么这么有意思啊！"二姐说："是真的，那年你也就十来岁，我也是头一次有这种奇妙的感觉。"二姐接着说："就是从那次起，我才相信原来电影里的故事不是骗人的。一个长长的镜头，或者是一个温情的场景，能够让人刹那间恍惚和感动，那一次，我还哭了。"

我也忽然想到，上中学时，我看到课本中阿长给小鲁迅买来三字经的时候，当阿长的一句："哥儿，有画儿的'三哼经'，我给你买来了！"小鲁迅似乎遇着了一个霹雳，全身都震悚了起来，以至这件事过了几十年，鲁迅先生还都念念不忘。

也许关于生命中的一切总有一天会忘记，但我们永远不会遗忘那些感动的瞬间。这些瞬间是成长，是永远不会湮灭在岁月里的将来。

撂旱地儿

"撂旱地儿"，这词儿我们听起来并不陌生。撂旱地儿，顾名思义，就是把东西放在干爽的地方。引申出来的意思，就特别乡土化了，比喻陷入了进退两难的境地，尴尬不已。

小时候，我特别羡慕大人们，可以口袋里揣着钱下馆子。于是就浮想联翩，什么时候我也能像个大人一样，大模大样地坐在饭店里，点几个菜，稳稳当当，有板有眼地喝点儿小酒。酒要用锡壶烫烫，像大伯一样，咂咂地喝出声音来。

那年，我好像是上小学五年级。我偷偷摸摸攒了一点钱，就去了村口我家附近的一个饺子馆。看看菜单还挺贵的，摸摸自己口袋里的钱也不算多，心想要个凉菜再要份饺子应该是够了。其实我想去饭店吃饭的目的，也不是真的为了吃饭，就是想要那种安稳地坐在那里，快意地点菜，然后有人忙不迭地端上桌的感觉。我左看右看，心里可是盘算了半天，终于下定决心，点份蒸饺，一个凉拌的菜，总价6元。菜点完了，就坐在那里像大人一样悠闲地等着。

可是，好长时间过去了，服务员们陆续在我眼前晃过来，逛过去，给其他人上菜，就是把我一个人撂在那没人理睬。也不知过了多长时间，我实在忍不住了，就鼓起勇气问了一句。谁知服务员解释说是漏单了，还没给我做。也不知真的还是假的，当时我那个气啊。这不明显欺负小孩子啊，怕我没钱，不吃了，于是赌气摔门回家了。

到家一看，我们全家正围着桌子准备吃饭呢。妈妈见我气鼓鼓的样子，便问我怎么回事。我说："好容易攒点钱，想去饭店吃饭，还没吃成。"听我说完，姐姐们可乐坏了，大姐还给我编个顺口溜："有个小孩实在逗，想去饭店吃个够，没人理睬干等待，撂在旱地团团转。只能匆匆回家转，和我们一块喝稀饭。"

从此之后，我特别不喜欢去饭店吃饭了。我的性格比较热情开朗，最是不喜欢被人冷落。小小年纪的我，因为这一次不成功的吃饭经历，就深刻地懂得了把人"撂旱地儿"里的境遇，是多么尴尬、难堪，真的是坐也不是，站也不是。就像我们村里流传的一句老话：老鼠掉在炕洞里，出也不是，进也不是。于是，从小我就知道，把人撂旱地儿里，是一件不道德的事。

一次去朋友那喝茶，朋友是个律师。聊天中得知，朋友妹妹的银行卡被别人盗刷了，因为这个事解释不清楚，她妹妹还离婚了。现在朋友妹妹一个人还信用卡，养小孩，日子过得挺艰难的。不久前，又找了一个男朋友，各方面条件还不错，总算是苦尽甘来。准备结婚的时候，那个男的怎么打电话也不接了，后来干脆关机，这个人像是人间蒸发了，朋友的妹妹真的是傻了眼，不知如何是好。朋友气愤地对我说："有什么矛盾可以说出来，不同意了也可以分手，总不能就这么把人撂在旱地儿里了，太缺德了，我一定要替妹妹讨回公道。"

是啊，被人撂旱地儿里的感觉，无疑就像是过河拆桥。出了事情一拍屁股，蔫不溜丢地走了，可是被你伤害的人，是多么无助，多么茫然失措。这样的事，就像卸磨杀驴一样可恶。我劝朋友的妹妹，没有必要在这种人身上费力气，带好孩子，好好工作，过日子有时就像行船遇到旱地，只能咬着牙挺起胸往前拽啊！日子再难，过去这个坎，前路就顺溜了。

写到这里，忽然间，我想起了那个绰号叫"旱地忽律"的梁山好汉朱贵。他是步军头领，在水泊梁山是老资格的人物。为什么会有这么个绰号呢？忽律，古语中指的是鳄鱼。鳄鱼在水里是令人闻风丧胆的大角色，但是一到了旱地上，就显得很笨拙，没有用武之地了。这就是那句老话：虎落平阳被犬欺，落毛凤凰不如鸡。

人生路上总是难免会遇到各种各样难忘的人和事，也总会遇到各种各样的坎坷和艰辛。就像大海航行，会遇到晴空万里，海不扬波，一帆风顺；也会遭遇狂风暴雨，波涛汹涌，逆水行舟。更像是远足的行者，千山万水走过，肯定有崇山峻岭的阻隔，也会有鸟语花香的春天。刘三姐的山歌唱得好，到什么山唱什么歌，人生没有过不去的坎。逢山开路，遇水搭桥，累了就休息，天亮就出发。

努力成为自己喜欢的样子，过上自己想要的生活。要相信世界是公平的，认真走过泥泞的人，一定会开出属于自己的花。坦然地往前走吧，桥都坚固，隧道都光明，只要拿出来过去纤夫们旱地行船的坚韧毅力，就没有过不去的火焰山。

贱骨肉儿

"贱骨肉儿"这个词，重点在这个"贱"字上，而不在"骨肉儿"上。那"贱"是什么意思呢？用来自称的时候是谦辞，用来说别人的时候就是嘲讽的意思了。现在这个词通常就是说老人对儿女那种无微不至、无怨无悔的爱。一个"贱"字，也说出了受累不讨好的无奈。

一次，在地铁上，听到几位老人在聊天。一位老人说："我现在每天比上班还忙，每天早上，先给孩子们做饭，等孩子们去上班了，我再开始看孙子，每天忙得脚不沾地，整天累得腰酸背疼的，我还不敢喊累，如果说累，儿媳妇就要雇保姆。你说，老姐姐，保姆看孩子我哪放心啊，再说雇个人又挺贵的，家里又多了一笔开销。我啊，就拼这把老骨头了。"另一位老人说："是啊！我现在和你一样，咱们都是老贱骨肉儿啊！受累不讨好，老鼠钻风箱两头受气！你看的是孙子，我看的是白眼子。女儿生下外孙女后，曾经和女婿商量让奶奶看孩子，可我一百个不放心，就把孩子接过来带着。给他们带了一年多孩子了，我那女婿又把孩子送奶奶家去了，本来我可以歇歇，可我天天还想孩子，你说我这是不是贱骨肉儿啊！"

我也是做了母亲的人，特别能理解为人父母的心。连文学家王安石那样的大人物都写过这样的诗句："荒烟凉雨助人悲，泪染衣襟不自知。除却春风沙际绿，一如看汝过江时。"王安石来到龙安江边送弟弟，触景生情，不由得想起女儿出嫁时的情景，舐犊情深忍不住潸然泪下。清代刘熙载《艺概·文概》有云："介甫每言及骨肉之情，酸恻呜咽。"骨肉亲情是最亲密的情感了，就像骨头和肉那样的关系，永远割舍不断。

以前看过一个报道，说的是奶奶和孙子一起挤公交车上辅导班。天气特别热，奶奶扶着把手，站在车上还背着大书包。孙子吃着冰激凌，坐在座位上，悠然自得。公交车运行很久，奶奶渐渐体力不支，晕过去了。车上的人都指责不给自己亲奶奶让座的孩子，说他太冷漠。有明眼人看得透彻，一位大姐就直言不讳地表示："这样的家长大多是'贱骨肉儿'，在他们无微不至的照顾下，孩子没有感恩的心，一切都觉得是应该的。"

朋友家有个女儿聪明伶俐长得也漂亮，一家三口暑假去北戴河玩儿。妈妈刚一到海边不小心被贝壳扎破了脚，孩子不但没表现出半点关心，还一直埋怨妈妈破坏了她的好心情。还对妈妈说，如果要扎，就等回家了再扎。妈妈听到这里，想哭都哭不出，只是心里很痛苦。自己一瘸一拐地去药店，买药布包扎。

孩子和爸爸下海玩儿，她自己坐在车里掉眼泪，直到返程闺女也没问问妈妈的伤好了没有。到了家，妈妈给她洗衣、做饭，依然无动于衷，就好像不记得妈妈受过伤这回事。经常听到这样的话，脚上的泡都是自己走的。认真想一想，我们做的每件事，不一定都是为了我们。老人是贱骨肉儿，有了儿子当儿子，有了孙子当孙子，还透着一脸得意。

父母双亲在自己挚爱的儿孙面前谁能"贵"得起来呢！道理都懂，人老了要有自己的生活，要有自己的空间，别什么事都掺和。都说老人是"贱骨肉儿"这话一点都没错，对待自己的子女是贱骨肉儿，任劳任怨一把屎一把尿地把他们拉扯大，有了孙辈，他们对待隔辈人更是"贱骨肉儿"。操着心、受着累，还乐得屁颠屁颠的，孙辈的一句话简直就是"圣旨"，想吃什么，多远、多贵也得去买。

我们常说骨肉亲情、血浓于水。退休了，身子骨还硬朗，帮着看看孙子还不寂寞，而且还替儿女减轻负担，享受了天伦之乐。照看孙辈的同时还愉悦了身心，锻炼了身体，真是一举多得。凡事有个"度"就好，这个度就是标准。我们的有生之年先照顾好自己，然后适度地做好"贱骨肉儿"，再心满意足地享受"祖孙情"，把这三个关系远近倒腾清楚就可以了。

打镲

在戏曲里，镲（音 chǎ）的正字为"钹"，是一种打击乐器，演奏的时候相互合击，发出悠悠音响，甚是好听。后来这个词儿就成了拿人开涮，开玩笑，还有让人难堪的意思。

马三立和张庆森的相声《黄鹤楼》里有："你这不是打镲吗？显见你是拿我糟改呀！怎么？我这么大的票友，我跟你唱？跟着你砸锅呀！你哪儿成啊！"这里的"打镲"就是胡扯、胡搅的意思。

比如，街坊郭大爷染了头发刮了脸，再穿上漂白的衬衣，外罩西红的羊毛衫，脚踏锃光瓦亮的皮鞋，那精神头眼见着年轻了十几岁。邻居见了说："郭大爷，您这是长裤套短裤，必定有缘故。忽然老来俏，必定有外道。您这不是一般地捯饬，这一看就是有想法了啊！是不是想娶个小婆子啊，还是想讨个二奶奶呀！"

郭大爷笑着说："别打镲了，我不是一般的，我是二班的，这把年纪，捯饬一番，为的是老黄瓜刷绿漆装装嫩。还娶小，我就是小孩，我该穿开裆裤，我重回幼儿园，您把我领走得了。"这里说的"打镲"，就是开玩笑的意思。

"打镲"还有另外一种用法。比如，杨二伯要买台便宜的彩电，听说新开业的"电器一条街"，那里的家用电器特别便宜，电视八百多元就能买一台。他起了个大早就去了，到门前一看就烦了："这不是拿咱爷们儿打镲嘛，敢情拿我们做广告来了，足有二百来口子，归齐才卖十台，还先到先得，脑袋削尖了也挤不进去啊。"另一个说："可不是嘛，咱一会快回吧，咱这是傻老婆等汉子，等一天也等不着了。看看吧，真是王母娘娘训寿星，瞧瞧我们这群傻宝贝儿呦！介一天，嘛也没干，光打镲啦！"

在我国历史上，开玩笑一般是与庄重、规矩的"礼"相违背的。正所谓君无戏言，庄严稳重向来是正人君子的评判标准。刘邦父亲为项羽所擒，被五花大绑抓到阵前，项羽威胁刘邦，要煮他的父亲。刘邦听到之后哈哈一笑，反而对着项羽说："咱们俩都是楚怀王的部下，是磕过头的兄弟，我亲爹不就是你亲爹，如果煮咱亲爹，别忘了分我一杯肉汤喝。"这个玩笑开得实在是抓住了项羽的心理特点，项羽本来就是重视名声之人，要让他以这种手段取得胜利，他是不愿意的。不过在两军对阵的关键时刻，刘邦作为一个成大事的人，即使项羽真的把他父亲下锅，刘邦也不会在阵前服软。

自古皇帝不能乱开玩笑，君王如果打镲，那可就不是小事了。但凡事有例外，话说西周时，周成王和弟弟叔虞在一起玩儿时，成王把一枚桐叶剪成一个似玉圭的玩具，对叔虞说："我将拿着玉圭封你，此为凭证，封你为侯。"过了一段时间，成王早把这事忘到脑后了。辅佐他的周公提醒道，大王，选个黄道吉日，把加封叔虞的事办了吧。周成王一听笑着说："你不提，我早忘了，我那是和小孩子打镲的话，不可当真的。"周公起身拱手说："君无戏言，天子说的每句话，都要被记录到史书里的。"成王一听，只好把像树叶一样形状的唐国分封给了叔虞，这就是历史上著名的"一叶封唐"的典故。

成王事后反思自己，懊悔不该乱开玩笑，虽然想赖账，但有周公的监督，也不好把说出去的话再收回去。只是成王没有想到，打镲，打出去一个国，就这样这个"桐叶封弟"的玩笑有了大团圆的结局。

把家虎儿

把家虎儿，指的是那种对自己家的东西看管得特别严，善于勤俭持家的人。我们家的人都勤劳朴实，特别会过日子，也都是把家虎儿，这些好的习惯都源于我们的母亲。

妈妈是1958年的春天结的婚，嫁到我们村后，就在生产队劳动。两年后大姐出生了，正赶上天灾人祸造成的全民吃"低指标"。当教师的父亲工资低，粮食定量少，生活十分困难。妈妈为让爸爸吃得饱些，用一斤粗白面换三斤麸子。妈妈平时下地劳动时，采很多野菜，掺在麸糠里蒸糠菜饽饽吃，这样就能节省出很多口粮。由于妈妈营养不良，大姐断了奶，又没有钱买奶粉，所以妈妈只好用细白面熬成粥，勉强喂活了大姐。

此后不久，妈妈积劳成疾患了肺心病，经多方求医诊治才控制住病情。为了维持生活，病情稍有好转，妈妈就趁着父亲上班之机，把孩子送到村托儿所，悄悄到生产队挣工分去了。妈妈在生产队辛勤劳动十年，不仅保住七口之家的温饱，还盖起三间土坯房。为此，乡亲们常夸奖母亲能吃苦，会持家，是把过日子的好手，堪称把家虎儿。

大姐从小就能干，人送外号小把家虎儿。听妈妈说，大姐8岁时就会包饺子，10岁就能给全家人做饭。大姐去拾柴火，身后背一个竹筐，筐里塞得满满的，臂弯里还要再夹上一捆。从远处走过来，就像一座移动的小柴火垛。爷爷总是跟爸爸夸大姐："你家大闺女可真是个把家虎儿啊，这样过日子要是将来不发财，那就只能是怨命穷了。"

穷人的孩子早当家，这句话还真对。大姐从小就会过日子，血液里就遗传了勤俭持家的基因。那时候家里养了几只鸭子，每天鸭子都下蛋，大姐担心鸭子把蛋下在外面，每天晚上都学着大人的样子，用手指头探探鸭子的后门。如果摸到了鸭蛋，就记住了是哪只鸭子，明天好盯着它捡蛋。每天爸爸妈妈去上班，家里就交给了13岁的大姐。大姐是这个家的最高指挥官，管理着四个弟弟妹妹和六只鸭子。大姐不仅把我们调度支配得规规矩矩，也把鸭子调教得妥妥当当。

暑假的一天傍晚，突然一阵北风吹过，一片云从天边急涌而来。刹那间，狂风大作，乌云布满了天空，紧接着豆大的雨点从天空中泼洒下来，打得窗户"啪啪"直响。大雨伴着一道道闪电，轰隆隆雷声，"哗哗啦啦"地下了一夜。

早上，雨还继续下着，没有停的意思。河里的水都漫上岸了，连村子里的巷弄都脚面水——平蹚了。小孩子喜欢这样的雨天，因为可以随时随地戏水。我们从早上就吵着出去玩儿，可是大姐不放心，因为在雨中看不清哪里是河，哪里是岸。万一深一脚、浅一脚的掉下河里，怎么办？

大姐怕出危险，为了不让我们几个弟弟妹妹出去玩，把院子大门一关，门闩一插，我们想出去都出不去了。可我们闹着出去玩儿水，大姐灵机一动想出了好主意。她把院子里的排水口用半截瓦堵上，这样越下越大的雨水，就会越存越多。姐姐的这一招真不错，瓢泼般的大雨，很快就让院子里的水没了膝盖。

我们几个弟弟妹妹这下子可乐坏了，开心地在水里扑腾来扑腾去。六只可爱的鸭子，这时候也高兴地抖动着翅膀，"嘎嘎嘎"欢快地叫着。我们几个人在水里学着划桨的样子，一边有节奏地摆动着胳膊，一边还张着大嘴雄赳赳、气昂昂地喊："下定决心，不怕牺牲，排除万难，争取胜利！"我们还不时仰起头，任凭雨水劈头盖脸地冲刷，打得眼睛都睁不开，气都喘不过来，仿佛只有这样的豪迈气势，才配得上铿锵有力的口号。

大雨一直下，院子里的水越涨越高，快漫到大腿根儿了。我们正玩儿得起劲的时候，大门突然被人使劲地拍打起来，院子里的水太多了，大门都推不开了。妈妈好不容易把大门推开了一道缝，院子里的水哗啦啦地向外流。原来，妈妈担心大雨天，我们在家不安全，就急慌慌地请了假赶回家。妈妈没批评我们姐妹几个，只是赶紧点起炉灶，烧了一锅开水，挨个给我们洗了热水澡，然后又做了一大锅面汤，热热乎乎地让我们喝了。大约是我们也都玩得太累了，吃饱喝足，便挨在一起躺了一炕睡着了。

很多年以后，我们偶尔聊起这件事。妈妈拍着胸口说："想起那次你们堵排水口，我都后怕啊。雨太大，我上班哪安心啊。越想越不放心，就请了假往回跑。要不是我提前回来，估计咱们家那三间土坯房，就让你们泡塌了。"我们几个没心没肺地笑着。妈妈喝口水，接着说："那时候你大姐真是不容易，一帮弟弟妹妹都是你大姐带着，为了哄你们玩儿，照顾好你们几个，真是不简单。虽说是大姐，可她也是个孩子啊！"听到这些话，我能体会到妈妈对大姐的依赖和疼爱。

小把家虎儿的大姐，后来结了婚成了家，正式升级为大把家虎儿。不仅把小日子过得红红火火，在工作中也是一把好手，承包农场的果木队，发家致富成了带头人。

白话蛋

白话蛋又名"嘴把式"，就是光说不练的意思。天津有个著名的相声演员叫李伯祥，外号叫"李大白话蛋"，这个绰号来自他和他的搭档杜国芝的一个相声段子《聊天》。在相声中李先生将自己与"四大名旦"梅尚程荀并列，说是这四位加上自己就并称"五大名旦"——李大白话蛋，这个略带调侃的绰号，也就从此叫响了。

其实白话蛋在天津方言里，是有些贬义的。讲一个人光说不干，也就是那句歇后语：狗掀帘子——拿嘴对乎。俗话说：有钱咱听《水浒传》，没钱也别听白话蛋。空口说白话，不仅画饼充饥，也是最糊弄人的。如同一块硬糖，咬碎成两块，各人一半，含在嘴里，心里美了，一点不管饱。

天津人有"卫嘴子"之称，既指能说会道也有穷白话、耍嘴皮子的意思。耍嘴皮子，在民间百姓眼里，是让人看不起的。把小聪明抹在嘴上，说话呱呱的，尿炕却哗哗的。天天嘴里说得口吐白沫，满嘴跑舌头，嘴跟上满弦似的停不住，却不干正事，是令人心生厌恶的。

我们村子里，以前有一个外号叫"画眉鸟儿"的人，姓刘。画眉鸟，大家都知道，叫得好听。这个人一辈子没结婚，一人吃饱，全家不饿。这种事放到现在，好听的说法叫单身贵族、钻石王老五。可是放到20世纪70年代，这就叫不务正业，不着边际，没有过家之道，不像过日子的人。在农村，一辈子老光棍儿，这就好像额头被打上特殊的印记一样，代表着这个人没有过日子的心，特别不中用、不靠谱。别说大嫂子小媳妇，就是婶子大娘，也绝对不敢往这种人跟前凑合，怕惹出一身毛病出来。

村子里的大人小孩都叫他"刘鸟儿"，他随口答应着，也不急、更不恼。小时候大人总是嘱咐我们："有空就学习去，好好读书，别听刘鸟儿瞎白话，没正行。跟着啥人学啥人，跟着端公学跳神。别回头嘛也没学会，天天话话巴巴的可就太烦人了。"

我家女孩子多，姥姥更是嘱咐我们几个："长大搞对象，可别搞白话蛋，天天话痨，这样的人最没出息。"现在想想，可能就是刘鸟儿没有挣钱的本事，光说不练假把式，一天到晚晃晃悠悠，让村子的人看着就不踏实。到什么时候，农村里的人也都是老实本分，讲究务实勤劳，又说又练才是真把式。

我们小孩子们其实并不反感能说会道的人，因为这样容易给人们带来欢乐。这些人给个一两句奉承话，就能神侃穷聊古往今来，天南海北。有个仨瓜俩枣的小利就能载歌载舞，耍个人来疯。他们说起话来，不仅幽默风趣，而且听起来还头头是道，满是那么回事的。无论是"天上一句，地上一句""东边一榔头，西边一棒槌""东家长、李家短"的，还是天上飞的、地下跑的、水里游的、草坑儿里蹦的，什么都懂，什么都门儿清。聊得那叫一个欢实、过瘾，给听的人带来了无穷的乐趣和享受。

有一次，刘鸟儿搬个小木头疙瘩，坐在家门口，跟街坊邻居凑在一起吃饭。我偶然打此路过，有幸听过一次他的"唠话茬儿"。他的一个邻居，好像是说去动物园看老虎，刘鸟儿接了话茬儿，一下子扯到小时候老师留作业的事，作业留的是从 1 写到 5，然后说到《水浒传》，又聊到林黛玉。还说娶媳妇可别娶哭哭啼啼的，纸糊的房子漏雨，病秧子老婆烦人。说是现在的人"开个沃尔沃，就能打家又劫舍"，吃个煎饼果子，就吃出一堆子冤假错案来。

还说了好多好多，我都回忆不起来了。大家偶尔接着话茬儿插上一句半句的，然后就听刘鸟儿白话。他神聊，大家听了乐，那种欢声笑语的气氛真是挺有意思的，令人听了还想再听。我当时就觉得，这个刘鸟儿也不是一无是处，还挺有学问的嘛。

这种漫无边际的神聊，没有一个清晰的思路，更没有一个明确的主题，任凭自由发挥，他却能进退自如，游刃有余，真是说相声的材料。其实，像刘鸟儿这样的人，也算是生不逢时。如果放到现在，可以参加综艺脱口秀什么的，没准还能成网红，也许还可以直播卖货赚流量。

拔闯

生活中人与人之间难免产生矛盾、纠纷，有时甚至会出现冲突。这个时候，常有第三方出面干涉，为其中的一方张目、壮胆、助威，有的甚至会大打出手，第三方的这些举动就叫"拔闯"。拔闯的"拔"字，《康熙字典》解作"挺也"，有支持的意思。"闯"有一个义项是向前冲，那么"拔闯"就是挺身而出为别人出头，有打抱不平、讲哥们义气的意思。

"拔闯"有时是路见不平的主动行为，《水浒传》里有"鲁智深拳打镇关西"，为受屈辱的金氏父女报仇。还有金眼彪施恩，因为得罪了蒋门神，不但遭其侮打，还被蒋门神夺了快活林酒店。施恩咽不下这口气，就请武松相帮，于是就上演了"武松醉打蒋门神"这个颇具侠肝义胆意义的拔闯。这个拔闯，有一种为民除害的大义在里面，彰显了古人的义薄云天。

有的拔闯就是死缠烂打，不惜性命，为了给自己打下名声，混碗饭吃。冯骥才《神鞭》里的玻璃花、刘云若《旧巷斜阳》里面的王五等都是市井混混，用老百姓的话说，就是下三烂、臭流氓。这些"混星子"凭着不怕打、摆肉头阵，替别人平事儿，在码头上站稳脚跟儿。在老天津卫，码头上争地盘是常有的事，动不动地就要请人来给自己拔闯。

我有个本家四爷，据老辈人讲，当年就是天津卫一位不大不小的混混。20世纪80年代，以纯正天津话的表演火爆影视圈的电视剧《血溅津门》里面有个叫郭运起的人物，是典型的天津卫混混的形象。电视剧里这个人所发生的故事情节，就和我的本家四爷差不多。

父亲是亲眼见过这位四爷的，知道他许多事。有时候我们好奇地问起四爷的故事，父亲就讲给我们听听。最后都要嘱咐一句，这事儿出去别乱说，不是什么光荣的事。我的那位四爷，人长得帅，不仅高大英俊，就连穿戴也很是讲究。上身总是白绸布疙瘩襻对襟褂子，脚底下黑色马靴，腰上棕色宽板带，腰间插着锃亮的攮子，头戴军校呢的黑色宽边檐帽。有风吹来的时候，绸褂子抖得"唰啦啦"地响，怕帽子被风吹掉，必定用手扶一下帽檐，整个造型透着帅气。

　　中华人民共和国成立前，四爷在天津卫混事由，靠的就是讲义气、耍凶横、玩死签、滚刀肉。就算刀架脖子上了，心里含糊，嘴里也是不服软，照样脸不变色心不跳，谈笑风生。当年四爷起家成事，最主要的手段，便是"平地抠饼""白手拿鱼"等。这些无赖手段，当年还是蛮唬人的。一回生、二回熟，三番五次过来，四爷便在混混圈子里出了名，更是在津门大码头上站稳了脚。

　　四爷初入江湖，刚入行道，便是替人拔闯。那个年代，开设赌局可谓日进斗金。因为赌局里遍地都是"坑"，那些瞎么呼眼的赌徒在里面赌钱，那就是眼睁着一个字：输。早输、晚输，反正是输。四爷的一个街坊，染上了赌瘾，成天在赌局里混，根本不知道人家赌局设了圈套，先让你今儿赢点，明儿赢点，把你弄得跟赌神一样，忘乎所以。就在这位街坊春风得意，以为靠着赌博可以买房子、置地的时候，人家才开始慢慢收网了，他也就一步一步陷了进去。最后家里能卖的都卖了，老婆一看日子没法过了，带着孩子和别人跑了。四爷的这个街坊，去赌局要钱还让人打个半死，眼看着没吃没喝，躺在床上，苟延残喘的就等死了。

　　四爷平时和这个街坊称兄道弟，知道这件事以后，实在看不下去了，丢下一句话给好哥们："我给你拔闯去，我晚上如果没回来，你就去收尸！"说罢四爷大咧咧转身出门，昂首挺胸地走了。四爷大踏步来到了赌局的档口中，二话不说，咕咚一声，就躺在了牌桌上。赌徒们不知道怎么回事，耽误了耍钱，一下子就都翻脸了。有的横眉竖目，有的破口大骂，有的这就要抄家伙。吵吵闹闹的时候。赌局老板闻听从后堂奔了出来，喝着手下的几个打手，把四爷劈头盖脸的一顿狠揍。一般的小混混挨打就屁滚尿流的吓坏了，可是四爷一声不吭，等那些人打累了，四爷满脸跟个血葫芦似的，坐起来，不慌不忙地从口袋里掏出一把盐面，揾在伤口上，那架势，稳稳当当，面不改色。四爷仿佛浑然不觉疼痛，还乐呵呵地来了一句："今天你们打死我，不用你们收尸，打不死，爷天天来！"说完自己站起来，嘴里骂骂咧咧："你们这群废物点心，打半天我还能走。"说话间，四爷从腰间把斧子抽出来，就要往自己脑袋上砸。赌局的老板一看，知道今天遇到横的了，怕闹出人命来不好收拾，赶忙把四爷请到后堂落座。又连忙给四爷请了大夫治伤敷药，好言安慰，赶紧问清了怎么回事。不仅亲自把四爷妥妥当当地送回家还给了那个街坊一些钱让他安家。此后，四爷和赌局老板就成了铁哥们，这便是天津卫俗语说的那句话，不打不相识。

四爷伤治好后，赌局老板，把四爷请了去，专门给看场子。日日有收入，月月有进项。遇到赢大钱的还能"抽丰"，碰到大场合的还可以利是。以前这个赌局经常有小混混们来捣乱，弄个零花钱什么的。自从四爷在那看场子，小混混听闻四爷是不要命的主，也都不敢来搅局了。

四爷从此逐渐在津门有了名号，一般的人都不敢惹。在老百姓眼里，四爷为人讲义气，为给朋友拔闯两肋插刀，而且从来不欺负弱者。所以四爷出来进去的，还是比较受尊重的，都说四爷和一般的混混不一样。

关于拔闯，四爷还有一个故事。当年天津卫海河码头上夺老店，有人把四爷请去，在门前烧一锅热油，看两边的人谁敢先伸手到热油中。四爷走到油锅前，没有半点犹豫，撸起胳膊，"滋啦"一声，就把手臂下了油锅，瞬间就油花迸溅，不大一会儿，就炸成焦炭了。对方一看这阵势，连滚带爬的都吓跑了。

现在是幸福和谐社会，已经没有人动不动就找人为自己拔闯了。再说，哪有那么多的仇怨啊，没有过不去的坎。找人拔闯，打坏了人，不仅要赔偿，触犯了法律，而且要负刑事责任，得不偿失。俗话说得好，度尽劫波兄弟在，相逢一笑泯恩仇。人人都知道，退一步，海阔天空；忍一时，风平浪静。

拌蒜

拌蒜，大家都知道用筷子拌蒜是什么感觉，这个词用来形容走路费劲，两脚相碰，身体不稳要摔倒，要多恰当有多恰当。老舍在《骆驼祥子》二十里有："二强子两脚拌着蒜，东一晃西一晃的扑过来。"

我们有个邻居张大爷，前年得了脑出血，这都两年了，走路还拌蒜，说话也不利索。张大爷自己说："我这是一头扎进了蒜筐里，嘴里和脚底，两头都拌蒜。"张大爷平时就喜欢看个东北小品，孙女怕他寂寞给他买了电脑，就让他在网上看《乡村爱情》。张大爷看第一集就入迷了，成了这部喜剧的忠实观众。

每天晚上，张大爷准时坐在电脑前，等着孙女给他开播。张大爷一边看，嘴上一边评论。看到永强和小蒙谈恋爱和创事业的时候，就教育自己的孙女说："你看看人家搞对象，图的是啥，图的是人品和事业心。""搞对象一定要看家庭啊，孩子就是家长的影子，你看玉田与刘英挺好的俩孩子，家长不好，天天鸡吵鹅斗的。"平时说不了这么多话的张大爷，这一看剧，眼睛看着嘴上也不闲着。孙女一看爷爷这架势就说："爷爷，我发现您吧，现在就是三句话离不开《乡村爱情》。"张大爷说，"我年轻时，天天上班挣钱，养家糊口，没有电视可看，不懂啥叫娱乐，这一病才有时间看，我发现看电视不仅教育人还挺长知识。"没有想到的是，看完这部剧，张大爷的嘴和腿都利索多了，脑出血的后遗症也基本痊愈了。

剧里有个人叫谢广坤，是永强的爹，小蒙的公公。谢广坤是一个好强的人，在家他需要绝对的威信，不论是女婿家还是媳妇家，他都希望自己能有绝对的话语权。谢广坤经常开家庭会议，张大爷看到后，马上活学活用："以后咱家有啥事，一定也要开会，要民主，谢广坤这人哪都好，就是太作。"这是张大爷对谢广坤的评价，孙女也觉得恰当。别看刘能说话磕巴，用张大爷的话说："我可找到和我对把子的人了，刘能的嘴比我还拌蒜。"张大爷对刘能的一些做法很是不赞同："刘能太贪小便宜了，贪小便宜吃大亏，随个礼都想着吃回来。"看到他贪大脚小卖部的便宜，小卖部的黑板上一直记着他几年前的赊账，带着外孙女去小卖部，还要顺一根棒棒糖，美其名曰给外孙女的小零嘴儿。张大爷摇头："难怪大脚看不上他。"看到刘能和谢大脚磨磨叽叽的"爱情"，张大爷评价说："刘能有贼心没贼胆，没吃到葡萄，反落一身臊。"这一句句的议论把孙女乐坏了："爷爷，您这可都是金句，我都给您记下来，您没发现您这脑子见活泛，嘴皮子也见溜了。"张大爷见孙女夸自己，更爱说了。

剧里还有一个人物叫赵四，也是张大爷关注的对象。赵四是玉田的爹，刘英的公公。他在剧中是一个喜剧性的人物，脸斜、背弯、走路拌蒜。张大爷说："赵四这个人可太有意思了，脚丫子比我还不利索，走路可不能这么的，我要天天练，怎么也要超过赵四。"孙女说："爷爷，您看《乡村爱情》可太对了，不仅心里舒坦了，还找到了自信。"这部剧很长，分很多集，播了很长时间，张大爷一集也没落下。张大爷在外遛弯儿，邻居们发现张大爷说话比以前利索，脚底下也不拌蒜了。张大爷逢人便夸："是这部《乡村爱情》治好了我的病。"

一部好的电视剧不仅能教育人、改造人，还能治好人的病，这是万万没有想到的。

抱热火罐儿

抱热火罐儿的意思，跟狗咬猪尿泡——空欢喜有异曲同工之妙。还有很多俗语都有抱热火罐儿的意思，如和尚看花轿，也是空欢喜。给人许诺，然后不践行，总给别人一个大热火罐儿抱着，火罐渐渐变凉，人心也变凉，让人由希望的顶点坠到失望的深渊，在我看来是缺德的一件事。

以前我家老房子门前有两条马路，一家工厂为了方便存货，把其中一条用碎石渣土堵死了。后来经人举报，工厂把渣土清走了，可是有大点的车经过，都会带起漫天的灰尘，住在里边的居民苦不堪言。后来，有人反映给有关部门，很久都没有消息。再后来听说要整改，要建一座小花园和百姓健身中心，大家都以为是遥遥无期的事情，让人们抱个热火罐儿而已。不久，来了几辆运渣车，一天的工夫，把死角旮旯就疏通了，过了几天公园和健身中心也开工了。

这几天读《论语》，也有新收获。《论语》中有这样一句："人而无信，不知其可也。大车无輗，小车无軏，其何以行之哉？"意思是说，一个人不讲信用，是不可以的。就好像大车没有轮、小车没有毂一样，它靠什么行走呢？信，是儒家传统伦理准则，也是人们成就事业的根本。

在《论语》中"信"的含义有两种：一是信任，即取得别人的信任；二是更注重对人讲信用。那么"信"就是要重践行，不要给别人空许诺。读《论语》时发现，孔圣人特别讨厌给别人抱热罐子。"为政以德，譬如北辰，居其所而众星共之。"孔子说，治理国家要多运用德的手段，这就如同北斗星一样，由于它本身处于那个方位上，所以众星也就都拱卫在它的周围了。这句话按我的理解就是，当官就得为人民办事，办于人民有益的事情，不能给老百姓一个热火罐子抱着。只要你办好了有德行的事情，那么你就是北斗星，你就是正方向，大家伙都围着你转。你的德行就会感化众人，你的周围就会"桃李不言，下自成蹊"。

子曰："道之以政，齐之以刑，民免而无耻。"我认为孔圣人的本意是：治理国家，如果只是空喊口号，给老百姓热火罐子抱着，然后有错就抓，有罪就判，那么老百姓为了让自己不受处罚就会尽量避免做错事，但是就会"失其本心"和"自省能力"，从而失去了对政府的信任。

"道之以德，齐之以礼，有耻且格"，在这一句话中，孔子进一步阐明，治理国家，如果能够专注于道德教化的引导与教育礼仪的规范，那么人民表现的将不只是比较强的羞耻心，而且是反躬自省与改过自新的能力。总的来说，其实孔子并不反对政治措施与司法刑罚，而是强调为政者应该把专注力放在道德教化和教育礼仪上。孔子"德治"的真义，就是跟老百姓要讲实际的，不能光说不做，要谈理想，也要讲生活。

所谓"半部论语治天下"，最初虽说是戏剧家高文秀在《遇上皇》杂剧中的一句台词，但儒生们毕竟充当着私塾的教书匠，占据着社会教育的广大舞台，所以这句夸张了《论语》功能的话，得以广泛传播。但《论语》中的任何一句，细细读来都觉得唇齿生香，受益无穷。

不着调

不着调，比喻说话、做事不着边际，把互不相干、毫无联系的事拉扯在一起。我理解的不着调就是说，这个人有点不知所谓，华而不实。

前不久看新闻，有个唱歌从来都找不着调的歌星干了一件真不着调的事。这个歌星在首都机场过安检的时候，因为操作不规范，被边检民警要求脱帽比对。歌星不配合民警要求并当面爆粗口，民警最后将其带离通道进行训诫。后来歌星在社交媒体上道歉，称自己因为情绪化而言行失当。歌星们可能习惯了前呼后拥，鲜花掌声，闪光灯的生活，也听惯了粉丝们的赞美，稍有拂逆则如雄狮下山，要搅个天翻地覆才行。唱歌不着调是技巧问题，做人不着调可就是人品问题了。

晋国大夫阳处父相貌堂堂，举止不凡，可就是说话不着调。春秋时，他出使到魏国去，回来路过宁邑，住在一家客店里。店主姓嬴，看见阳处父谈论时事，口若悬河、滔滔不绝，心生羡慕之情。于是姓嬴的店主辞别妻子，带足盘缠，随之而去。没有想到，这个店主跟了阳处父一路，发现他说话云山雾罩，东拉西扯的，一点儿也不着调。店主心生厌恶，改变了主意，抄小路回家。可想而知，说话不着边际，是让人不信任的。

如果让我挑一个不着调的人，我第一个想到的就是叶公，"叶公好龙"这个事儿做得实在是太离谱了。叶公总是向人吹嘘自己喜欢龙，他家的屋梁、柱子和门窗上都雕刻着龙的花纹图案，甚至连衣服上的带钩、酒壶、酒杯上也刻着龙的样子。渐渐地，叶公喜欢龙的消息传到了天宫里，连真龙都感动了。心想：人间还有一个这样喜欢我的人，这可是我的忠实粉丝，我一定要下去看望他。真龙专程来到叶公家里，叶公听到声音走出一看，顿时吓得面无血色，魂不附体，抱头就跑。真龙感到手足无措，很难为情，只能灰溜溜地回天宫了。估计此时的龙王心灵受到了严重的创伤，不知道，以后再听说有人喜欢他，还相信不相信。

不着调可以体现在表面，也有可能反映在心里，但是真正地看清一个人和一件事，的确不是很容易的。有一年，孔子在陈国和蔡国之间的一个地方受困，缺粮少菜，以致七天粒米未进，体力不支。白天也只能躺着休息，看起来奄奄一息。这时候，颜回不知道从哪里讨来一些米，回来后就架起锅煮饭。饭快要熟了的时候，孔子瞥见颜回用手抓锅里的饭吃。心想：这么好的学生，还这么不着调，老师还没吃，自己先吃上了。过了一会儿，颜回请孔子吃饭，孔子假装没看见他抓饭吃的事，起身说："我刚才梦见了先父，这饭很干净，我用它先祭过父亲再吃吧。"颜回回答道："不行啊，刚才煮饭的时候，有点炭灰掉进了锅里，弄脏了米饭，丢掉太可惜了，我就抓起来吃掉了。"孔子叹息道："人应该相信自己的眼睛，但即便是眼睛看到的仍不一定可信，人应该相信的是心，可是自己的心有时也依靠不住。学生们记住，了解一个人是多么不容易呀。"

是啊，这就是观察者的偏见，都说："耳听为虚，眼见为实"，但是眼睛也不一定可信，应该相信自己的心。可是自己的心也不可以相信，该怎么办呢？人心难测，世事难料，真正了解一个人、一件事本来就是不容易的啊！

小时候，我们村有一个名字叫何学廖的人。他特别调皮，做事情有时着三不着两的，再加上他的名字用方言叫起来特别像"不着调"，于是，大家都喊他"不着调"。何学廖自从得了"不着调"这个绰号，干的不着调的事也渐多，大约连他自己也数不清了。所以，孩子们见了面老远就喊他"不着调"，他也不恼。但是这个不着调的人，模样却很英俊，别看他初中毕业就务农，却是文质彬彬的，根本不像是庄稼汉。在这里，我说说他的不着调。

人家捅马蜂窝，都是顺着风跑。他捅马蜂窝后，却逆着风开溜。结果浑身上下被蜇了十几个大包。村子里人说他不仅不着调，还有点二乎呢！"不着调"却满不在乎地说，我就想看看，马蜂是不是真的能闻见人的气味。"不着调"喜欢逗小孩。别人爆了米花，蔫溜提着回家吃去，"不着调"爆了米花，在孩子堆里显摆，结果被孩子们一顿围攻，连装爆米花的篮子都被孩子们拎跑了。孩子们也没白吃，到家篮子里装几个香喷喷的甜瓜给他送家去了。

"不着调"特别向己。有两个长相凶狠的市里人，在村子外面下挂网逮鸟，村子里的人看见了，也就嘴上说几句。谁也没想到，"不着调"听说了，去了就给人家网收了，挂在网上的鸟也放了，网找地方给埋了。这两个市里人第二天来收网，怎么找也找不着网了，就吓唬村子的孩子。"不着调"看见了村里孩子受欺负，双方就吵闹了起来，"不着调"手里抄起一把三齿耙子，这就要动手。村子里的老少爷们都过来劝架，"不着调"说，网是我埋的，不许你们这些人到村子里破坏环境，孩子和鸟都是村子里的重要财产，谁也不许欺负。在旁边看热闹的村民，都给"不着调"举大拇指，市里人再也不敢在村子里捉鸟了。这件事以后，"不着调"还专门拧上了，只要没事就往村子外面的田野里、树林中、芦苇塘去转悠，看见有挂鸟的网，保准蔫不溜出的就给拆扒了，成了义务护鸟人。

一次，媒人给他介绍了个女朋友，约好了要去看电影。可是，他路过村边大池塘的时候，正好看见一大帮孩子在那里又是打水仗，又是潜水摸鱼，玩得很开心。童心未泯的他，一下子被吸引了，就蹲在河边儿看，还不时跟孩子们逗。突然水塘里传来一阵"扑腾"，紧接着就听见有孩子喊"救命"。"不着调"站起来一看情况危急，有孩子溺水，连衣服都没脱，直接跳下水。好在"不着调"水性好，折腾了一会儿，就把那个腿抽筋的孩子拽了上来。这一番闹腾，"不着调"也就把约会的事耽误了。约会给人家女方放鸽子，这对象也散了。

村子里的人知道他因为救孩子散了对象，大家都帮着找媒人解释。媒人一看这小伙子人缘太好了，就特地去姑娘家一趟，姑娘妈妈一听，这小伙子人性这么好，当即拍板，这婚事就这么成了！结婚那天，全村上下喜气洋洋，大人小孩都特别高兴，都说以后谁也不许叫"不着调"这个名字，都必须叫学名何学廖。

混事由

混，在汉语词典里的解释是苟且地生活，人们常常说的混口饭吃的意思，就是没有什么精神追求了，只要填饱肚子就行。老百姓嘴里的"混事由"是有工作，有钱挣，有饭碗子的意思。

据《论语》史料所载，公元前489年，孔子率众弟子周游列国时，专程拜访叶公，希望得到叶公的重用，能在叶地找个好工作。孔子在叶地期间，多次和叶公谈论为政之道，孔子告诉叶公，为政应当注意使得"近者悦，远者来"。叶公和孔子就忠诚的为人标准进行讨论，叶公说："吾党有直躬者，其父攘羊，而子证之。"孔子却不以为然地说："吾党之直者异于是，父为子隐，子为父隐，直在其中。"叶公认为：非常正直的人，如果他的父亲偷了羊，他就应该大胆指证自己的父亲。孔子则认为：正直的人不应该这样，儿子应该为父亲隐瞒，父亲也应该为儿子隐瞒，这才是正直的品格。两个人的观点不一致，孔子自然在叶地也是待不下去的。

圣人找工作都难，俗世凡人混事由更是如此。爷爷年轻时长得特别俊朗，大高个、瘦溜。穿着西服，打着领带，在大街上一走，那叫一个帅气。一天，爷爷正在街上溜达，有个会相面的叫住了他。算命相面都是吃开口饭的，靠嘴皮子混饭吃。这个算命的人在街头摆了一张八仙桌，八仙桌上铺一块蓝黑粗布，蓝粗布向外垂下来的一角，写着相士的名号：神言堂王半仙。这个王半仙叫住了我爷爷："敢问这位先生。"然后不说话了，一双眼睛怔怔地看着爷爷足足半个时辰，看得爷爷心里直打鼓，心里犯嘀咕，心想这是怎么了。

正犹豫间，那个王半仙突然"啊"一声，然后便是深深地一声叹息。说道："不必多费言语，咱俩同道中人，您快请坐，您是仙家。"爷爷莫名其妙，坐在了八仙桌边的方凳上。那半仙故作高深地摇一摇头，然后又似自言自语地说下去："福兮祸所伏，祸兮福所倚，你想出马也行，你身上有柳仙，出了马给别人平事，测祸福。不出马也可，人的命天注定，信不信由自己。"然后接着说："你年轻时顺风顺水，风流潇洒，中年丧妻，生活困顿，虽有贵子，晚景凄清。"爷爷听到这笑了，轻轻说了一句"我不信这个"就离开了。

20世纪30年代，爷爷在英国驻天津卫的领事馆里混事由，他是见过世面的。在那个农村的孩子都没见过汽车为何物的年代，爷爷给英国领事馆里的领事开车。当然，爷爷风光的时候，爸爸才是几岁的娃娃。从存下来的照片里可以看出爷爷是富足的。照片里爸爸手里牵着一只小狗，穿着小棉袍，头上戴着小疙瘩帽。大伯也穿得像个小地主似的，站在旁边，爷爷奶奶端坐前面，很是像样。

听爸爸说，日本鬼子进天津那年，爷爷丢了工作，没了事由，混不下去了，才回到村子里生活。"文化大革命"破四旧时，爷爷的西服领带这些好衣服烧了至少一麻袋，现在说起来，还让人心疼。回到农村的爷爷，不太会种地，日子过得挺艰难。爸爸13岁那年，奶奶也久病成疾，撒手人寰，那年爷爷40岁。此后，爷爷也没续娶，带着大伯和爸爸爷仨共同生活。1976年的秋天，爷爷得了严重的肺心病，没多久就去世了，那年我4岁。

我们自小生活的郭黄庄，因为挨着新中国成立后天津卫的重工业区比较近，所以有许多原本的农民都到城里的工厂去上班了。混事由，混到了天津卫。年轻人慢慢都在市里的宿舍区结婚生子，成了市里人。而许多拖家带口的中年人，虽然在市里工作，但一家老小还是住在村里。

他们这样人的生活，明显着要比只靠土地生活的农民好。看到他们意气风发的，穿着光鲜的衣服，所以村子里面的人骑着簇新的自行车回家，便都很羡慕，一个劲地夸奖："您这事由混得可是高级了，眼看着比咱们公社社长还强了。"

农村人混事由，混到天津卫，成了城里人，这是当年评判成功人士的标准。现在，城里人都羡慕农村人，都争着到村里吃农家饭，呼吸新鲜空气，我们的生活也过成了别人眼中人人都羡慕的样子。

倒灶

倒灶，指时运不济，倒霉。《太玄经·灶》："灶灭其火，惟家之祸。"元《桃花女》第四折："敢是这老头儿没时运，倒了灶也。"《西游记》第二十五回："行者笑道：你遇着我就该倒灶，干我甚事！"茅盾《故乡杂记》："你看十九路军到底退了！然而，同人先笑而后号啕，东洋人倒灶也快了呀！"从这些古今以来的作品中，我们可以知道倒灶的明确意思，也知道这个词可真是够有历史年代感的。

"倒灶"中的"倒"，是坏了的意思。倒灶了，锅灶都倒塌了，自然是无法做饭，也就吃不成了，睡不成了，还不感觉倒霉吗？所以，倒霉就是倒灶。

清末，吴炽昌《客窗闲话》，有"冯皮匠"篇，写武林人冯皮匠欠了五吊铜钱的债，年关的时候来到紫阳山洞躲债。冯皮匠慌慌张张地刚进洞，抬头一看迎面端坐着一个人，着实把他吓了一跳。定睛一看，这个人穿着很体面，绫罗绸缎的，冯皮匠赶忙询问，方知是洋货行郭老板。这个郭老板把货发到四方郡县，可是年底了，伙计收银没有回来，而各方货商"坐取货价，需五十万金"。郭老板怕吃官司，也来洞里躲债。郭老板是遇到"倒灶"的事了，这也是没有办法，赶上啥说啥吧。二人饿得眼冒金星，郭老板摘下一只金镯，让冯皮匠去换了碎银还债再买点吃的到洞里。冯皮匠回到家中，其妻欣喜若狂，说："久不举火矣，灶灰堆积。"于是夫妻俩忙着扒灰清灶。只因"鲁莽从事，灰去而灶崩"。冯妻大叫，"真倒灶矣！"据说，这就是"倒灶"的来历，听着都觉得倒霉透顶了。

听爸爸说，当年爷爷没了工作，回到农村种地，奶奶也因病去世了，日子过得很是不顺。他们爷仨过日子的时候，家里养了几只鸡，好不容易口挪肚省的攒了一些鸡蛋。打算腌了，留着春天青黄不接的时候再吃。不知是盐放得少，还是口没有封严，等过了一个月，打开想吃时，里面生蛆了，一坛鸡蛋就这么浪费了，爷爷心疼地拍着大腿直喊："真背运啊，倒灶呀！"

爷爷在世的时候，妈妈包饺子就会喊爷爷过来吃，还让大姐给爷爷去打两角钱的散酒。大姐从小就是个"把家虎儿"特别会过日子，拿两角钱打酒，就会少打几分钱的，然后把攒下来的钱存下来贴补家用。大姐把打来的散酒兑上点儿水，爷爷不知道是大姐做了手脚，就和爸爸说："这个倒灶的年头啊，连酒都变淡了！"

我有记忆，大概三岁。梅姐比我大五岁，在我的记忆里，就是梅姐背着我去爷爷家。我家到爷爷家要经过一座破桥，这座桥是用木板搭的。因为年头久了，桥面上有的地方木板已经没有了，露出很多窟窿。我伏在姐姐的背上，两三岁的年纪懂得害怕，眼睛盯着姐姐的脚下，生怕她一脚踩空掉河里。每次过了桥，梅姐都会小大人似的，气鼓鼓回头丢下一句："真是倒灶的破桥。"

现在想来，时光好像瞬间就流走了，几十年的光阴，一晃就过去了。那座木桥，如今早已建成了过街天桥。那条河也填平了，变成了车水马龙的街道。

人到中年，也经历了几件倒灶的事，细细品悟"智者不惑，仁者不忧，勇者不惧"这句名言，诚也。于是，我有感而发地在日记本上写下了：我将用尽一生的温柔，把自己开成窗前娇粉色的海棠，经历人生长路漫漫的千萦百转，感受人生四季缤纷芳菲。静中得味，稳处安身，品出生命的境界，体验生活的过程。让我在平凡的日子里珍视时光给予的厚爱，享受岁月静好。

巧燕儿

燕子分两种，巧燕儿和拙燕儿。巧燕儿体形稍大，背部的黑色，发出一种金属般的光辉。头是栗色的，腹部是白色的，飞翔起来像个小型战斗机，迅捷快速，一闪而过。巧燕儿的叫声也大，"啾啾"的两声，便算是哼了一首小曲。

我家院子的过道里，曾经住过两只巧燕儿。它们把窝筑在房檐的南边，选择在屋顶和墙的夹角处筑巢。不仅侧面牢牢地贴固在墙上，正上方靠墙的一边也与屋顶契合得很严实。最外侧贴着屋顶，留一个洞作为出入口，口端还会往外延伸一大段儿，使得整个燕巢形成花瓶状，精巧细致。外表因为是用燕子的唾沫和泥构建的，所以疙疙瘩瘩的，又像是平时盛粮食的小柳条筐篓。

巧燕儿完全配得上精工巧匠的称号，不仅从燕巢的建造手艺，更是从精益求精的精神上。巧燕儿每天都会飞到很远的地方，一口一口地衔泥，一次一次地叼草，一点一点地精刻细雕，不知疲倦，废寝忘食。这样看起来单调重复的辛勤劳动，要经过十几天，坚固漂亮的小窝，这才算是胜利竣工。每当新家建成，就连巧燕儿都欢喜地可着劲地叫，可着劲地围着院子飞，好像是召唤亲戚朋友们都过来参观，好好地夸自己一顿。

民间俚语说得好，"燕子不住愁人家"。在哪家筑窝，就预示着哪家顺风顺水，吉祥如意。因为巧燕儿有着美好寓意的象征，所以，家家户户都愿意春暖花开，有燕子相伴。当秋风萧瑟，树叶飘零的时节，巧燕儿就要成群结队地飞去南方过冬。到了第二年农历三月，春风拂面来的时候，它们又会从南方飞回来。巧燕儿归家，说的是这些回家的燕子，都是认识自己原来住过的地方。所以，旧巢依旧，老燕识家。我小时候还知道这样一句俗语：燕和雁，不见面。就是说春天燕子归来的时候，大雁已经早早离开了，而秋天燕子离去之后，大雁才从更遥远的北方归来的意思。

我家的巧燕儿，是我特别喜欢的爱物。我喜欢巧燕儿不仅因为它们模样俏丽，叫声悦耳，也是因为它们所具有的重情重义的精神。燕子的羽毛像是抹了油一样，又黑又亮，闪闪发光。剑鞘般的翅膀，剪刀似的尾巴，都像由最高明的裁缝，精心剪裁设计而成。巧燕儿飞起来的样子特别轻快洒脱，干净利索，稍微不注意，便"嗖"的一下，消失得无影无踪。每次追寻它们的身影，我的心情也会变得轻盈欢快。

"燕子归来寻旧垒"，它们不顾几千里的风餐露宿、日夜兼程，回到自己阔别一冬的老屋，来不及休息片刻，便忙碌起来。它们的老屋经过一个漫长冬季的风吹雪打，多少都有些残损和破败，于是这些可爱的小精灵，每日加班加点地赶工，要在暴风骤雨来临之前，将自己的家修葺一新。

"春日宴，绿酒一杯歌一遍。再拜陈三愿：一愿郎君千岁，二愿妾身常健，三愿如同梁上燕，岁岁长相见。"这是南唐词人冯延巳所写的一首词，写出了主人公不求富贵，唯愿夫妇相守长久的情怀，这首《长命女·春日宴》我从小就会背诵。

看见巧燕儿相依相偎在一起，不由得想起唐代郭绍兰是多么幸运。她曾在燕足上系诗传给自己的丈夫任宗，任宗离家很多年都没有音讯。郭绍兰把惦念丈夫的诗绢系在燕足上，然后放飞。当时任宗在荆州，有一只燕子忽然落在了他的肩上，燕足上系着一封信。解下来一看，原来是自己的妻子寄来的，任宗赶快收拾东西回家了。

在我的记忆里，发生过一件最神奇的事情是关于燕子的。记得我14岁那年，正好上初中二年级。中午回家，吃完饭没什么事，就趴在窗台上看巧燕儿。

奇异的事情发生了。忽然间，不知从哪飞来了各种各样的鸟，黑压压的落满一院子。我虽然自小在农村长大，也从来没有见过这么多的鸟。很多鸟不但不认识也大多都没见过，一下子飞来了这么多鸟，让我有些张皇失措。院子里密密麻麻的都是，也顾不上分辨都是什么鸟了。只记得有两只稍微大一点的，头上有两个竖起来的翎子，像是戴了一顶烟囱似的帽子。我瞪大了眼睛，屏住呼吸，看着窗外，心里盘算着：会不会再飞来只凤凰。会不会这些鸟变成人和我说话，要是真跟我说话了，我该怎么办。这些鸟要是和我谈判说的是鸟语，我听不懂又怎么办。

我纹丝不动，紧张地看着这个盛大的场面。这些鸟仿佛和我家的巧燕儿认识，叽叽喳喳的，大家你一句我一句地唠着话。有些鸟落在墙头屋顶，安静地站立；有些鸟则在院子里时而高飞，时而低旋；有的凑在一起，一会儿又分散开，好像商议着什么紧要大事；有的就是慢慢踱步，无所事事的样子。我看着这些鸟，紧张的手心都有些出汗。我特别想去院子里看看，可又不敢挪步，怕惊扰了这场难得的聚会。大约过了一刻钟，这些鸟便陆续地各自飞走了。我赶忙来到院子，看我家的巧燕还在不在，这两只巧燕儿，站在巢门口，跟平时没有什么两样，欢快地叫着。

尽管这件事过去三十多年了，可是那天如同"百鸟朝凤"的情景仍历历在目。一直也想不通，那天到底发生了什么事，我家的巧燕儿到底什么来历。可惜我不是公冶长，不知道那天众鸟说了些什么。后来，我一直盼望着再出现那样的场景，可是再也没有遇到过，正应了那句话：可遇不可求。在后来的日子里，也许这些鸟依旧来过我家聚会，但是我碰巧没在家。或许我家的巧燕儿也去参加过这样的活动，只是我不知道罢了。

如今住了楼房，家里就再也没来过巧燕儿了。现在看见燕子的身影，也多是在校园里，它们在校园的上空，在蓝天白云之间自由自在地飞翔。我仰头看着它们，它们也看着我，这些燕子不知是不是我家燕子的后代，它们就像小孩子一样，那么可爱、那么欢快。

驳面儿

驳面儿，就是不给别人留情面。俗话说：人要脸，树要皮。人的脸面很重要，凡事要留有余地，不能让人措颜无地，脸没处搁，这可就太不通情理了。做人留一线，日后好相见；凡事当有度，做人应知足。

文献记载，魏国执政者梁惠王，平日里很是自负，觉得自己比邻国的执政者体恤百姓，爱护民生。在治理国家方面很是尽心尽力，哪里发生灾荒，他就向哪里开仓放粮，积极赈灾，还会把灾情严重地区的百姓迁徙到富饶的地方去。梁惠王认为自己这么做，别的国家的百姓看到自己有德行，都会归顺到自己国家来。但是，他渐渐发现，自己国家的人口不见增多，而别的国家的百姓也不见减少。

有一次，孟子正好在魏国，梁惠王对这个现象很是不解，就向孟子询问。孟子回答道："大王您喜欢打仗，那我就用打仗做个比方吧。在战场上，当一方溃败时，将士们开始逃跑。有的逃了一百步停了下来，而有的逃了五十步，要是那些逃了五十步的兵士，笑话逃了一百步的兵士，您怎么看这种现象？"梁惠王说："这可不行，逃了五十步不也是逃跑嘛。"于是，孟子针对当时各国执政者治理国家的策略，为梁惠王讲了一番道理，让他明白了自己的问题出在了哪里。

五十步笑百步的故事，想必大家都知道。梁惠王在向孟子提出自己的困惑时，孟子没有直接告诉梁惠王哪里做得不够好，给足了大王面子。而是用了一个恰如其分的比喻，给梁惠王讲了治国的要领和根本。试想，孟子如果直接告诉自负的执政者，你在管理国家方面有太多的问题，恐怕梁惠王也是难以接受的。毕竟没有人喜欢被别人驳面儿，如果大王恼羞成怒的话，孟子还有可能丢了性命。

子曰："言之无文，行而不远。"这句话的意思是我们的语言，无论书面文章还是口头表达，如果没有一定的修饰，就不会流传很远。看来孔孟二位老先生都告诉我们在日常说话时，还是要运用一定的技巧，使自己的表达更容易让别人接受。给别人面子，自己才会更有面子。这种不驳面儿，是古人一种非常重要而又礼貌得体的交际方式。

我小时候嘴特别"巧"，听姐姐说，大娘特别爱逗我。看见我，就会问："老闺女啊，长大挣钱给谁花呀？"两三岁的我竟然会乖巧地说："给大娘花！"大娘是个不爱说笑的人，听到我这么回答都会乐得脸上开了花，被我哄得特别高兴。爷爷也会问："老孙女，长大挣钱给谁花呀？"我又会脆生生地马上回答："给爷爷花！"爷爷哈哈大笑，摸着我的头，夸我长了张八哥般的巧嘴。长大了，我才琢磨过来，为什么大人们喜欢问孩子这些，尤其是有外人在场。因为这样不仅能显示出自己是个慈祥的人，而且小辈儿甜甜的话语，真挚的回答，就更能让长辈有面子。

"人生稀有七十余，多少风光不同居。"人的一生也就是那么几十年，而且总是要死的，即使你有权利，有巨款，有学问也不行。无论你有什么样的面子，也逃脱不掉自然法则。所以我们一定要抓紧啊，抓紧这可以放心打喷嚏的日子，好好地过活，学会宽容，懂得去体味寂寞，明白我们的确生活在爱中。

俗话说：饶人一条路，伤人一堵墙。多个朋友多条路，多个冤家多道坎。给别人留面子，以后对方也不会驳你的面儿。不让对方为难，也是给自己方便。让别人活得快乐，自己也心情愉快，这就是留有余地的妙处吧。给别人留面子是一种心态上的崇高，它只可能归属于有心之人。因此，做一个通情理的人，当心灵容得下坦诚与博大的时候，你的一生就达到了某种高境界。

铲子匠

铲子匠，以及敲铲子，都是我小时候特别流行的俚语俗话。现实生活中，总有这么一部分人，喜欢打击先进、甩闲话、念杂音，明着是说好话夸奖别人，实际上是在讥讽挖苦。老百姓把这种"耍猴儿不怕人多，看热闹不嫌事大"的，称为"铲子匠"。

我二大爷在工厂里上班，是"车钳洗刨"四大技术工种中，名列第二的钳工，业余爱好除了聊天，就是和几个同事下棋。有个邻居，平时就爱跟我二大爷开玩笑。遇到下棋的时候，就喜欢站在旁边看着，还总爱时不时地敲铲子："哎呀，郭师傅，真哏啊！您这下棋技术够高的，是跟逮鱼的学的吧！每个棋子都下在篓子眼儿里了，倒是真够利索的，您还是别下棋了，还是改修自行车吧，起码还能挣出个酒钱啊！"

我二大爷听完不急也不恼，还跟着逗笑："你个铲子头啊，听蝲蝲蛄叫还不种庄稼了。赶明儿个你吃饭噎死了，我还不吃馒头了。你说我臭棋篓子我也不怕，你说我臭棋老到，我就拿着经书下。"旁边围观看下棋的人，听着这老哥儿俩斗嘴，也都你一句，我一句地来上两句疙瘩话，跟着铲乎铲乎。这种娱乐性质的铲子匠，不但无伤大雅，还能愉悦身心。

网上看热闹的人更多，网民把这种看热闹的称为"吃瓜群众"，也有叫"打酱油的"。这俩词是来形容那些事不关己，高高挂起，自己不发表意见只是单纯围观看热闹的人。有这种意思的成语还有很多，像"隔岸观火""坐山观虎斗""黄鹤楼上看翻船"等，这种固然可恨，但危害还不是很大。就怕那种边看热闹还边煽风点火，想把事情搞大点，这样就是名副其实的"铲子祸头"了。

有个成语叫推波助澜，大家都知道这个成语有一些贬义。说的是从旁鼓动，助长坏事物的声势和发展，扩大影响。这个成语出自隋代王通《文中子·问易篇》：真君建德之事，足推波助澜，纵风止燎尔。这句话写出了看客心理的真实反应，面对一个事件像看一场戏一般，只对事件的内容本身发生兴趣，而对事件的真实人物没有同情的不良心理是多么可怕。外在表现就是好打听别人隐私，把自己的快乐建立在别人痛苦之上。铲子匠发展到铲子祸头的地步，危害就太大了。防微杜渐，从古至今，都太重要了。

鲁迅对于这种看客心理有深刻的认识。《阿Q正传》里，阿Q从城里回来向别人大谈其杀革命党的见闻，嘴里还津津乐道："杀头，好看！好看！"在《祝福》中祥林嫂不停地向周围的人讲述自己的悲惨故事，而周围的人只是怀有一种看客心态津津有味地听着，最后发出一声满足的"唉"，作为听后的感受。"唉"声里，显然又分明带着一丝愉悦。鲁迅写出了看客的皮肉，透视了看客的灵魂。

鲁迅当年去日本仙台学医时，遭遇到两件事。有的学生觉得中国是弱国，所以中国人就应该是低能儿，当鲁迅考到60分以上，就认为是偷了考试题，被告到院方去。还有一件事也是令鲁迅深恶痛绝，在看日本战胜俄国的电影时，偏有中国人夹在里边给俄国人做侦探，被日本军捕获的镜头。围着看的也是一群中国人，当看到中国人被枪毙时，他们在高呼"万岁！"还都拍掌欢呼起来。这两件事让鲁迅觉得学好医术医好几个冷漠麻木中国人是没有用的，觉得医术只能拯救人的身体，文学可以医治人的思想，所以决定弃医从文。拿笔当枪，用文字拯救中华民族。

真的希望，我们许多人，不要再做无聊的看客和冷漠的铲子匠了。如今我们的国家富强发展，我们的生活幸福安宁，我们的文明也应该越来越进步。

　　前事不忘，后事之师。我们缅怀先烈，就是要学习先烈为民族解放、国家富强、人民幸福不惜抛头颅、洒热血，奋力拼搏，无私奉献的精神。在绿水青山中，以自己的满腔热忱，以自己的实际行动告慰九泉之下的英灵。记住：莫做铲子匠，要有大智商；民族复兴路，实干才兴邦。

吃劲儿

所谓吃劲儿，就是使劲儿的意思。我们常说的这个岗位很吃劲儿，要派顶呛的人，千万别让那些稀松二五眼的人来干，这个句子比较能反映出"吃劲儿"这个词的意思。"吃劲儿"这个词，看起来不那么温文尔雅，却非常生动活泼。

平时看报纸经常看到"吃劲儿"这个词，比如现在距离完成脱贫攻坚目标任务只有一点儿时间了，正是最吃劲儿的时候，必须坚持不懈做好工作，不获全胜、绝不收兵。再如当前，疫情防控正处于关键时期，依法科学有序防控至关重要，疫情防控工作已到了最吃劲儿的关键阶段。看着这些话，我们一点也不陌生吧。

工作都愿意在吃劲儿的岗位上，因为这样才能体现人生的价值和理想的追求。上班如果"就是一张报纸一杯茶，一包香烟混一天"的日子，毕竟不是长久之计。在基层一线和艰苦边远地区，或是那些相对重要、复杂或费力气的岗位上，虽然苦点、累点，可是能锻炼人。所以，人们大多还是喜欢在吃劲儿的岗位上工作。这些岗位看似简单，却事关重大，牵一发而动全身。常常因时间紧、任务重、压力大，赶上矛盾多、问题复杂的，不仅要使出浑身解数，明处使劲，有时还要像墙里隐藏的立柱一样，需要暗里吃劲儿。

妈妈是 1976 年招工进厂的，那年她已经 35 岁了。在进工厂之前，一直在村子里的生产队劳动。妈妈因为有干农活儿的底子，当了工人以后，干起活儿来不怕脏不怕累。刚进工厂，妈妈是在选毛车间，这个车间主要的活儿，就是把羊毛按照等级分拣出来。每个工人面前有四个大筐，每个筐上都有用铁片写好的等级，分为一级、二级、三级和落车四档。工人们抓起一把羊毛要用眼睛根据经验分辨羊毛细度、粗腔毛率、外观形态等，然后手摸底绒含量、毛辫长短，判断粗死毛含量等再进一步进行筛选，然后根据这些条件，把手里分拣好的羊毛按照级别放到面前的筐里。

妈妈刚开始学的时候分得挺慢，看大家都忙着也不好意思多问。等工人们都下班了，就把她们分好的羊毛拿过来反复看，闭着眼睛体会手感，等琢磨透了，就把自己没干完的活儿再干完，然后顺手把车间打扫干净。我们总是埋怨妈妈下班太晚，妈妈告诉我们，现在的工作正是"最吃劲儿"的时候，咬咬牙就挺过去了。

这样的日子过了两个月左右，一天妈妈正点下班了，我们都很新鲜，围着妈妈问长问短。妈妈告诉我们，她已经掌握了选毛的全部技术。这个月的产量是车间里最高的，还拿了超额奖金。又过了几个月，妈妈当选工段长，年底的时候还被评为局级先进工作者。职工亲昵地称赞妈妈："刘姐，人勤快、能吃苦又能干，实在是太让人佩服了。"

我们姐妹几个都挺能干的，尤其大姐和玲姐那个利索劲儿特别像妈妈。想想也真是不容易，妈妈"半路出家"，从农民到工人，再成长为先进劳动模范，被群众推选为工段长，最后光荣地加入了中国共产党，成为一名优秀的共产党员，这期间的努力和艰辛可想而知。

妈妈最爱说的一句话："人活着要有志气，要勤劳本分，越是艰难越向前站，咬紧牙关接着干！只要肯吃劲儿，就没有干不成的事。"妈妈的话我懂，"咬得菜根，百事可做"，只要能吃得起苦头，不论什么事情都能做成。

大窝脖儿

大窝脖，全称应该是烧鸡大窝脖。这个俚语感觉是照着烧鸡的样子造出来的，因为做烧鸡的时候，为了怕鸡在煮熟的过程中，鸡脖子软掉，也为了让鸡熟后有一个好看的造型。在煮鸡之前，将两只鸡爪掰弯，回插入腹内，把一边的翅膀反转一下，别在鸡侧背上，另一侧翅膀，从宰的时候就从下颌脖颈处穿过鸡嘴插出，到翅膀第一节的时候停止。由于鸡脖长，而翅膀第一节短并且是固定的，这样，就拉弯了鸡脖，而这种造型的鸡就是典型的大窝脖。所以，当被人家顶了个对头弯，把脸气得通红，感觉自己下不来台的时候，都会自嘲一句：瞧瞧今天的事儿闹的，太堵心了，我这真是全聚德的鸭子——大窝脖儿啊！

湖州是个才子才女辈出的地方，徐惠就是湖州人。徐惠比武则天还要小三岁，聪明伶俐，深得唐太宗宠爱，是正二品的充容。她曾写了一篇《谏太宗息兵罢役疏》，劝诫李世民不要兴兵动武，不要攻打高丽，避免劳民伤财，文章文采斐然，甚是可观。当时的李世民正是志得意满的时候，虽然这也算是给在兴头上的李世民一个大窝脖儿吃，可是李皇帝看到这篇疏文后，非但没有生气，而是大大奖赏了贤妃徐惠。正是这篇疏文给日益骄满的唐太宗敲响了警钟，虽然没有因此改变对外的政策，却在营建方面有所收敛。贞观末年朝廷的政治空气是沉闷的，净臣和谏折都不多，徐惠的疏文打破了桎梏，如同给雄浑的大河注入一股清流，瞬间带来了活力。

大才女李清照想必是大家很熟悉的，每个人的学生时代应该都背过不少李清照的词。李清照早期生活优裕，出嫁后与丈夫共同致力于书画金石的搜集整理，生活幸福美满。后来，时局动荡，金兵入据中原，一切都改变了。好日子过不下去了，加上丈夫也离世了，李清照从此过上颠沛流离的生活。一天，邻居的女儿来到她房里玩儿，李清照非常喜欢这个聪明伶俐的小女孩儿，就想给她当老师，省得自己满腹学问没有所托。可是没有想到的是这个女孩儿还不愿意，一句"才藻非女子事也"，给了李清照一个彻彻底底的大窝脖儿。李才女听完倒吸一口凉气，虽说童言无忌，但想想自己"凄凄惨惨戚戚"的境地也只能是一声叹息了。

李清照吃的这个大窝脖儿的确有点没来由，如果换了别人，知道李清照要将毕生所学交付于己的话，恐怕要高兴地跳起来。后来李清照居无定所，为了生计嫁给了一个叫张汝舟的人。这个男人，刚接触也是个彬彬有礼的君子，但很快就露出原形，原来他是想占有李清照身边尚存的文物。这些东西李清照视之如命，两人先是在文物支配权上闹矛盾，渐渐发现志向情趣大异，真正是同床异梦，无奈之中，李清照告发张汝舟的欺君之罪。

原来，张汝舟在将李清照娶到手后十分得意，就将自己科举考试作弊过关的事拿来夸耀。李清照知道，只有将张汝舟告倒治罪，自己才能脱离苦海。但依宋朝法律，女人告丈夫，无论对错输赢，都要坐牢两年。这场官司的结局是张汝舟被发配到柳州，李清照也随之入狱。可能是李清照的名声太大，当时又有许多人关注此事，再加上朝中友人帮忙，李清照只坐了几天牢便被释放了。这件事真正地"窝"在了她心灵深处，留下了重重的一道伤辙。

小时候，我也吃过窝脖儿，而且很多。那时候，学习好的帮助学习差的，叫一帮一、一对红。我是班干部，这事当然就不能落后，我就看准了我们班后排座位的一位男同学。主要原因是，他比较干净，不像其他男生那样流大鼻涕。论起来这位同学跟我是老表亲，我主动帮他，他应该很高兴。可是当我主动表明心意的时候，他却摇着头说："好男不和女斗，男孩子跟女孩子玩，烂脚卡巴。"我这个烧鸡大窝脖儿吃的。这个仇，我当然记住了，直到小学毕业，我也没理过他。

还有一次，也是好心当了驴肝肺，吃了大窝脖儿。我们那时候的学校，都是平房，冬天里取暖，要靠生炉子。生炉子的活不是指定专人，而是由男生们轮着来。轮到我的一位同学的时候，我主动跟他说，明天我帮你点炉子，因为他平时在家什么都不会干，油瓶子倒了都不扶。我满心欢喜地以为他会感激我，没想到他顶了我一句："看你能的，你怎么知道我不会点炉子。"这个窝脖儿吃得呀，从此再也没正眼瞧过他。后来，他上赶着跟我说话，还给我好吃好玩的东西，我都扭头就走。我也是有小丫头脾气的，惹了我，天天给你吃窝脖儿。结果第二天，他生的炉子咕嘟咕嘟地冒黑烟，呛得人在教室里待不住，弄得大家连第一节课都没上好。同学们在教室外面，冻了好半天。

因为小时候窝脖儿吃多了，所以长大后，我特别注意说话的方式方法，不给别人吃窝脖儿。

戳肺管子

戳肺管子，就是指做事直捣人的痛处，也指讲话说中了别人的要害。两人吵嘴，有一方的话很噎人，把对方气得一下子上不来气。在这种情况下，可以说那句噎人的话戳到肺管子了。人的气管是连到肺的，戳中肺管子的意思，就是让人喘不上气，要人命的意思。

据研究表明，人在极度生气时，会心率不齐，心电图比平时混乱很多，这对于人体健康的威胁的确是致命的。人能被活活气死吗？会的。

小时候，戳人肺管子的话，我经常能够听得到。我们家胡同头上有一棵大槐树，树下有一方残破的大磨盘，五冬六夏总有人下象棋。只要一下象棋，准会有人在那里一边围观，一边敲铲子，甩风凉话，过嘴瘾。这三说两说着就上了火，戳肺管子的话也就扔出来了。

东晋开国皇帝司马睿，就是被自己的臣子王敦"戳中肺管子"，活活气死的。司马睿依靠门阀世家王氏势力，坐稳了皇位。司马睿为了拉拢王家，只能对王家的人没有节制地加官晋爵，这样却造成了自己的大权旁落。司马睿为了拿回属于自己的王权，便着力培养自己的心腹干将，想消除王家的势力。可是王家见大权被钳制，于是手握兵权的王敦，便以诛杀奸佞的名义，起兵杀了戴渊等司马睿在朝中的心腹。这一招真的是戳中了皇帝肺管子，使得他有令都没有人听命，甚至连诏书都出不了宫门。司马睿晚年就像是被囚禁于皇宫的囚徒一样，朝政大权被王敦一手把持，朝野内外只听王敦的政令。司马睿名为天子却不能发号施令，皇权旁落，自己却无能为力。于是他越想越生气，不久就病逝了。

罗贯中的章回体小说《三国演义》，是著名的古典四大名著之一。在写到诸葛亮去东吴说服孙权联合抗曹时，就先试了试周瑜的耐戳力，故意背诵了一首曹操的诗句来试探周瑜，并且歪曲曹操的诗意。一个男人感到最大的侮辱，就是自己心爱的女人被别人觊觎。诸葛亮正是抓住了这一点，这一"戳"，果真把东吴周大都督激怒了，马上主动请缨，决定和诸葛亮联合抗曹。

《三国演义》还提到，周瑜在赤壁打败曹军后，一鼓作气进攻荆州南郡，作战过程中不幸左肋中箭。周瑜带伤指挥作战，费尽九牛二虎之力，终于在南郡附近击溃曹仁的军队。周瑜打算乘胜夺取南郡、荆州和襄阳，不料诸葛亮却抓住这个机会，派赵云、张飞、关羽乘虚而入，占领这三个地方，不费吹灰之力，抢走了胜利果实。周瑜知道消息后，一下子被戳到了肺管子。不由得一股怒气直冲胸膛，大叫一声，箭疮迸裂。

接下来周瑜用孙权之妹设下美人计，骗刘备到东吴成亲，企图扣下刘备做人质，逼诸葛亮交出荆州。诸葛亮一眼就看穿周瑜的计谋，在心中早就设计好了应对的策略。不但不阻拦刘备，反而劝刘备大胆前往，又命赵云保驾，并授予三个锦囊，嘱咐遇到困难时再打开。结果刘备到东吴后，一切事态发展均不出诸葛亮所料，刘备、赵云靠着锦囊妙计屡屡逢凶化吉、转危为安，最后刘备带着孙尚香安全返回。周瑜知道刘备跑了，赶忙带着兵追，却被诸葛亮设下伏兵杀退，如意算盘完全落空，最终只落得"周郎妙计安天下，赔了夫人又折兵"。这第二次被戳中肺管子，更是让周瑜气得大叫一声，又一次箭疮迸裂，不省人事。

最后，周瑜又使出"假途灭虢"的计策，声称发兵取西川，要从荆州路过，请刘备出城劳军，企图趁机突然袭击攻入荆州。结果又被诸葛亮识破，荆州城上赵云严阵以待，关羽、张飞、黄忠、魏延几路人马四面杀来，周瑜怒气满胸，箭疮迸裂，最后仰天长叹：既生瑜，何生亮，连叫数声坠落马下，气绝而亡。周瑜接二连三地遭受"对头弯""大窝脖儿"，不爱生气的都会气出病来，更别说本来就气性大的周瑜了。诸葛先生也许根据周瑜爱生气的特点，早就设下"三戳周郎肺管子"的计谋，这大都督的肺就是再禁戳，也受不住啊。

气大伤身，为人处世还是平和些好，世人为了劝诫别人不生气还造出了"不气歌"。其中有这么几句：他人气我、我不气，我本无心他来气。倘若生气中他计，气出病来无人替。这些看似直白的话语，还真是金玉良言，劝人的药方啊！

财迷老钱包

财迷的意思，是指贪求迷恋钱财而吝啬的人。财迷和节俭是两回事，节俭是一种美德，它不仅是一个人优良素质的体现，更是中华民族的优良传统。

诸葛亮在《诫子书》中，有"静以修身，俭以养德"的名言。但是过度节俭就不太好了，节俭到了一定的程度会危害身体健康。作家约瑟·比林斯有一句话非常经典，他说："有些节俭是不合时宜的，比如忍着痛苦而节衣缩食就是一个例子。"在平时生活中，人们随处可见过度节俭的老人。他们舍不得吃，舍不得穿，守着每个月固定的养老钱，不敢有一点奢侈的享受。有的人会把太节俭的老人，戏谑地称作财迷老钱包。

巴尔扎克的《欧也妮·葛朗台》中，有一段这样的描写："晚上，葛朗台来到太太房间，正巧碰上母女俩在看查理母亲的肖像。葛朗台一见金匣，就像一只老虎扑向一个睡着的婴儿一样抱住不放。"这一段非常形象地写出了葛朗台的贪婪、狡黠和吝啬的特点。

葛朗台的这种财迷是病态的，不是我们中国百姓眼中的财迷。我们平时说的财迷，一般都是指会过日子，不浪费，不仅有开玩笑逗趣的意思，有时还有嘉许的成分在里面。还有这样的一句话特别有意思：大梨赚财迷，这句话意思是说吹大梨的人碰到了财迷，两个人光耍嘴皮子吧，谁也不动真格的。

古人云：俭，德之共也；侈，恶之大也。勤俭是国人的一种传统美德，是中华民族的优良传统。节约是绵延五千年礼仪之邦的优良品质，是我们修身、齐家、治国、平天下的有效法门。如今节约型社会的提法，早在两千多年前就有，我们老祖先就已经开始用实际行动践行。

我们有个邻居，是天津市毛毯厂的退休老工人。退休费拿得不少，儿女们也都有出息还特别孝顺。我们大家都按照她老伴儿在家里兄弟中的排行，喊她六婶儿。六婶儿性格开朗，是个热心肠儿，农忙时不是帮这家摘毛豆，就是帮那家掰玉米，整天和邻居们有说有笑的。

这些天六婶儿挺奇怪的，不管天多热，也要拿着簸箕捡点儿煤核儿。她老伴儿风趣地问她："你这是怎么了，难道是热得站不住脚了？"张婶见了也讥讽她："你这是财迷转向，有福不会享啊！"还有几个大娘背后说六婶犯财迷了，成了财迷老钱包了。六婶听了这些，抹抹头上的汗，一笑了之。

同一条胡同里，还住着四姑一家。四姑心灵手巧，朴实勤快，有摊煎饼的手艺。每天一大早，就生好炉火到街上出摊儿。大约十点钟就收摊儿回家，把三轮车停放在家门口。

大热天的邻居们都下午才生火做饭，于是就利用四姑煎饼车炉膛的余火，烧点热水喝。有时候，炉火不旺了，大家都有些扫兴。六婶儿每天就把捡来的煤核儿重新续上给大家方便。煤核引余火别提多旺了，火苗突突的。这下好了，义务供水站算是开张了，胡同一时热闹起来，等着做水的壶排成一溜儿。这家做开，那家做，暖壶轮流换，炉子一天都旺。谁看见谁家的水开时，便喊着招呼一声："李奶奶，水开了！""噢，知道了！""大姑，快去提水！""听见了！"

义务供水站的开张，一壶一壶水开着，蒸汽冒着，让整个胡同也像是开了锅。住在另一个胡同的张婶，听说有烧水的机会，也拎着壶来凑热闹。李奶奶就和她说："咱们这是沾了四姑和六婶儿的光。"张婶听了讪讪地捅了六婶一下逗趣地说："我还以为你捡煤核是犯财迷了，原来是学雷锋啊！"李奶奶说："可不嘛，我以为她是财迷老钱包，越老越犯豆子！"

　　大家说着闹着，几个老妇人，你拉着我，我推着你的，笑声回荡在胡同里，传得很远。

椽儿亮

椽儿亮，就是指办事周到大方、爽快，也有说"亮嗖"的，还有的干脆叫"大敞亮"。老百姓过日子图的就是高兴、亮堂，不能呜呜嘟嘟的。在老百姓的心里椽儿亮，还有说话办事特别雷厉风行的意思。如"王大爷，你看你家女婿脑子快，说话响亮，打照面就让人痛快，是个椽儿亮的人，你老两口以后就等着享福吧"。公司新招聘个小伙子，领导第一天就喜欢上了，"行，这个小伙子不错，第一天派出去联系业务，就把订单拿下来了，腿脚勤快，挺会办事儿的，是个椽儿亮的"。

"君子坦荡荡，小人长戚戚"，这是自古以来，人们所熟知的一句名言。许多人将这句话写成条幅，悬于室中，用来激励自己。坦荡之人不为小事所干扰，也不为别的事所忧虑，面无惧色豁达乐观；戚戚之人瞻前顾后，郁结于心，左思右想，停滞不前。这里的"坦荡荡"就是"椽儿亮"的意思。

老同事喜欢兰花，可是总也养不好。一日，老同事难得登门拜访，向我寻医问药，商讨治花的良方。我不慌不忙先把两盆花上上下下好好瞅瞅，却发现是一种比红蜘蛛还疯狂的小害虫惹的祸，便给出一个月的时间保证妙手回春。老同事见我如此"椽儿亮"，特别高兴，答应我如果病花复原了，就请我吃大馆子。而且反复强调，想吃什么，随便挑。

我也没有什么特殊的治疗方案，先是用塑料袋蒙住，点上蚊香熏了半个小时，然后用沾了灭害灵的棉球把叶子两面的小害虫的尸体清理干净，最后换上营养不是特别足的腐质土。剩下的就是把它和一些正在康复治疗的花草放在一起，每天早晨晒晒太阳，晚上喷喷水。不到半个月，两盆花开始生机勃勃起来，长新芽，钻花葶。尤其是贵竹兰，蹿出长长的一枝茎秆，茎秆上满扑扑的花骨朵。

自从这次治疗以后，我能专治残花败草的名声在单位里传播开来。一日，我们办公室的老师带着街对面派出所的一个人来找我，说他们单位有一盆非常珍贵的花，自从夏天以来，便打蔫，而且非常严重。有同事的面子，我便跟着来到派出所的大楼，一进办公楼的大厅，就看见迎面一盆巨大的山影，足有一米高，枝丫参差，密密麻麻，真的长成了一道影壁。最高的一处肉峰，许多枝芽都在渐渐萎缩枯萎，已经出现糜烂的现象。

我第一次看到这么壮观的山影，非常惊叹。那个警官介绍，这盆山影还是十多年前留下的，算是所里的老员工了。也找了园林队的园艺师看过，没说什么。所里的人都说这山影保不齐上了岁数，要不好好的怎么就坏了。

我不敢怠慢，便开始仔仔细细看起来。山影的盆是用木头制造，铁箍勒的，就像是个大浴盆。里面的土是非常好的营养土，没有出现碱酸过度的现象，就连常见的虫子虫都没有。刨开一块土，露出根须，也是健康正常的。再去看山影的里里外外，连任何蚊虫叮咬的痕迹都没有。我正寻思着，搜肠刮肚的，把花经在心里都默背了一遍。

突然，感觉一股凉气吹到我的脸上，我不经意地抬头去瞧，看见中央空调的一个出风口正对着我和山影。我转过山影的另一边，又是一个出风口对着我和山影。我恍然大悟，有些明白山影为何无缘无故地生病。于是我把那位警官叫过来，让他站在出风口下，只一会儿，他就打了喷嚏。我指指上面，又指指山影，警官立马就明白了。结果重新调整了空调的出风口以后，不到十天，那位警官就兴冲冲跑来告诉我，山影开始长新芽了。

大文学家王安石从小也是"亮嗖"人。小时候，他每天上学都要经过一家小面馆，经常在这里吃饭。久而久之，和面馆的老板伙计都很熟了。一天，王安石又来吃面，伙计想逗逗他，故意不给他端面。王安石等了好久，便问跑堂的伙计，伙计告诉他那碗面做好了，但要自己去后厨端。王安石来到厨房，满满的一碗肉丝面，面汤快要溢到碗外。老板对王安石说："小孩儿，你把它端到堂前去，一滴汤不洒，算我请你的，不要钱。"王安石想了想，就用筷子把碗里的面条挑了起来，碗内自然只剩一半的汤了。就这样，王安石左手端起汤碗，右手拿着筷子挑着面，来到堂前。吃完了一碗面，见老板不收钱，给老板深深地鞠了一躬。面馆里的人称赞道：这小孩儿聪明、有礼貌，还会办事！

　　王安石从小就是橡儿亮的人，难怪长大后成了北宋杰出的政治家、思想家，用自己的聪明才智，把国家也治理得亮亮堂堂。

串老婆舌头

串老婆舌头，是指善于花言巧语，搬弄是非。串老婆舌头，就是传闲话，背地里说别人的坏话。那些串来的闲话，就是废话、空话、谎话，总之是一切没有用的话。老百姓背后把那些爱传闲话的人叫"多嘴驴"，或者是"嘴里没个把门儿的"，意思就是人家说什么都有这种"没溜儿的"人乱传。

俗语说：豁了嘴吃面条，就会瞎秃噜。其中，"秃噜"指的就是说"瞎扯的话"。此处这么说，也间接透露出嘴里传的那些话都不怎么真实。现实生活中，总有这样爱扯闲话，搬弄是非的人，喜欢没有根据地乱说话。

俗语说：扯闲篇，出闲事，这话一点不假。邻居的两口子都是二婚，感情挺好的，本来两人都非常珍惜这来之不易的幸福。可是，前不久又离婚了。听这家的儿子说，离婚的原因就是婆婆和前儿媳妇有联系。一些涉及孩子的抚养问题的话，前任和现任都各自和婆婆说对方的坏话。后来误会越来越多，再也解释不清了。双方的亲戚、朋友也都跟着帮腔，结果越帮越乱，只能以分手告终。老人常说：话越捎越多，钱越捎越少，就是这个道理吧。

谁人背后不说人，谁人背后无人说，道理我们都懂。但是在社会中，面对形形色色的人，爱说闲话的人遍地都是，有的话说得多了，难免让人心生反感。还有一种人就喜欢评价别人，好像自己多好一样。比如，你穿了件衣服，就说你穿的什么呀，不好看之类的，人家本来很好的心情，听到这话心情一下子低落，有一种花钱添堵心的感觉。

老话说，祸从口出。这是在告诫人们，不要随便去议论别人的是非，否则极易惹祸上身。当对别人品头论足，评判是非曲直的时候，也悄悄为自己种下了祸根。俗话说：宁在人前骂人，不在人后说人。这个意思就是说，别人有不足之处，你可以当面指出，让他改正。但是千万别当面不说，背后说个没完，这样的人不仅会令被说者讨厌，同样听者也会厌烦。

在16世纪的罗马，有一位深受大家爱戴的牧师叫圣菲利普。一天，一个女孩因为喜欢传闲话，遭到周围人的排斥，内心感到很苦恼，于是来找他忏悔。圣菲利普告诉她，买一只母鸡走出城镇，一路走一路拔，沿路把拔下的鸡毛四处散布。然后在回来的路上，再一一捡起所有拔掉的鸡毛。女孩遵照执行，可是捡的时候，突然刮了一阵大风，把鸡毛吹得到处都是，女孩没有捡回所有的鸡毛。牧师告诉她："孩子，你脱口而出的那些愚蠢话语，不也是如此吗？它们散落路途，口耳相传，到处都是，这些话就像被风吹散的鸡毛，再也捡不回了。"

再说说和王安石政见不合的大学士苏轼吧。我们印象中他是那种潇洒、大度、豪放的人。可是他的运气不太好，每次参加科举后，不是给妈妈守孝，就是给爸爸守孝，都没有正经当成官，真的背到了极点。最后看中他才学的皇帝也驾崩了，由于讥讽当朝宰相，于是又只好降职去了颍州。到颍州之后虽然过了几天舒坦日子，乌台诗案又让他差一点掉了脑袋，再一次被贬到了黄州。

苏才子的仕途那么不顺，都是因为背后总有人给他告密、传闲话，所以他才一次一次地遭贬。苏轼在黄州缺吃少穿，只能"自己动手，丰衣足食"，还顺带发明了好多美食。接下来仕途还是不顺，虽然被召见，却又再次被贬，反反复复很多次。一般人估计早就撑不住了，但苏轼苦中作乐的精神也是无敌了。

这个苏大学士，不是我们生活中那种左右逢源、八面玲珑的人。但他心胸敞阔，心里亮堂。他在为官上可以说不"识时务"，也不"趋吉避凶"。这样的人能过得逍遥自在，全依靠他豁达的生活态度和乐观的天性。

吹大梨

　　大鸭梨特别甜，还润肺败火，价格也相对便宜，是老百姓最常吃的水果。小时候，爷爷一边抱着我一边给我唱歌谣，最常听的就是："大公鸡，尾巴长。娶了媳妇忘了娘。老娘要吃糖烧饼，媳妇儿要吃大糖梨。东赶集，西赶集，买回一个大糖梨。慢慢吃、慢慢嚼，剩下梨核儿喂老猫。"还爱说："老天爷别下雨，收了大鸭梨全给你，我吃皮、你吃瓤，剩下梨核儿扔灶膛。"由此可见，大梨是老百姓喜欢的水果。

　　老百姓口中"吹大梨"是吹嘘，言过其实的意思，大家把那些喜欢说大话的人叫吹大梨的。据说"吹大梨"这个称呼是这样来的：街头上常常有做小买卖的商贩，其中，吹糖人儿的是最受孩子们欢迎的。吹糖人儿的只要出摊儿，孩子们闻着甜味儿，就从家里跑出来了。孩子们围着小贩，叽叽喳喳地说笑着，仿佛要看魔术表演一样开心。

　　吹糖人儿的小贩可不着急，点好火炉，把盛着饴糖的小铜锅放在上面。然后从小铜锅里抻出一小块儿饴糖，揉一揉、捏一捏，放在嘴上吹出各种造型。有时候，一边吹，一边放到孩子面前比画一下，孩子们被逗得"哈哈"大笑合不拢嘴。孩子们最喜欢就是孙悟空和猪八戒，这些比较难吹，价格也比较贵。其中最省劲儿也最便宜的，就是吹成圆球，在中间捏一下，特别像一个黄澄澄的大鸭梨，然后插在细竹棍儿上。孩子们买了大糖梨，举得高高的，舍不得吃，看看闻闻，爱不释手，赶紧蹦蹦跳跳地向其他小伙伴们炫耀去了。这个大梨，看着大，实际只是薄薄一层糖而已。有点儿"外强中干"，中看不中吃。于是，天津人就把说大话、吹牛皮，华而不实的人称作吹大梨了，多么形象生动的比喻啊！

俗语说得好，京油子，卫嘴子。看来，天津人"嘴"还真是出名。在老天津卫的码头，有那么一句话："话是拦路虎，衣是瘆人毛，钱是英雄胆。"要想在市面儿上站稳脚跟，不但得能干，还得能说。天津人能说爱吹，一吹起大梨，那是云山雾罩，胡说八道，死人能给说活了。相声大师马三立、马志明父子有几个经典的相声名段，对吹大梨的人进行辛辣的讽刺。如《夸住宅》《开粥厂》《大保镖》《练气功》等。老百姓把那些喜欢吹大梨的人叫"满嘴食火""满嘴跑火车""满嘴跑舌头"。比如，"三娘，听说您闺女搞对象了，我可告诉您啊，这小子我认识，是我娘家表哥的街坊，是个大梨，满嘴大呲花。您闺女如果非乐意，您也甭拦着，闺女大了不由娘，您就记住一点，他无论说嘛，您别信就行了。"

天津有句俗语"大梨赚财迷"，对"大梨"信誓旦旦、喋喋不休那些大话、狂话，就当是"癞蛤蟆打哈欠"就可以了。当然我们采取最好的办法就是面带微笑，姑妄吹之，你且听之，权当幽默段子，也是不错的选择。

战国时期，艾子从楚国回到齐国，刚进都城便遇到了爱说大话的毛空。毛空这个人神秘地告诉艾子说："有个人家的一只鸭子，一次生了一百个蛋。"艾子不信，说："不会有这样的事吧！"毛空说："那可能是两只鸭子生的。"艾子摇摇头："这也不可能。"毛空说："那大概是三只鸭子生的。"艾子还是不信，"那也可能是四只、八只、十只鸭子生的。"艾子当然还是无法相信。过了一会儿，毛空对艾子说："上个月，天上掉下一块肉来，有三十丈长、十丈宽。"艾子还不信，毛空改口说："那么是二十丈长。"艾子还是不信。毛空说："那就算十丈吧！"艾子实在忍不住了，再也不愿意听毛空瞎吹了，反问道："世界上哪有十丈长、十丈宽的肉，而且还会从天上掉下来？你是亲眼所见吗？刚才你说的鸭子是哪一家的？现在你说的大肉又掉在什么地方？"毛空被问得答不出话来，只好支支吾吾地说："那都是我在路上听人家说的。"艾子听后，笑了。他转身对站在身后的学生们说："你们可不要像他那样道听途说啊！"

记得以前看过一个讽刺说大话的小段子，还被改编成了经典的快板书小段。记得这个段子有这样几句，墙头高，墙头低，墙旮旯有对蛐蛐，在那儿吹大气。大蛐蛐说："昨儿个我吃了两只花不愣登的大老虎。"小蛐蛐说："今儿个我吃了两只灰不溜秋的大毛驴。"大蛐蛐说："我在南山爪子一抬，踢倒了十棵大柳树。"小蛐蛐说："我在北海大嘴一张，吞了十条大鲸鱼。"这两个蛐蛐正在吹大气，扑棱棱打东边飞来一只芦花大公鸡。你看这只公鸡有多愣，它"哆"的一声吃了那只小蛐蛐。大蛐蛐一看生了气，它龇牙捋须一伸腿，唉！它也喂了鸡！

吹灯拔蜡

吹灯拔蜡，是比喻垮台、散伙的意思。如杨朔《春子姑娘》："鬼子也不长了，眼看就要吹灯拔蜡了。"还有这么说的："我们这个管弦乐社团，参加过好几届的市级艺术节表演，还有几个人被专业艺术院校录取。但是今年新老队员青黄不接，只能勉强维持每天的基本训练，照这样下去，肯定吹灯拔蜡。"吹灯拔蜡，也有一切到了该结束、没有什么念想、大势已去、绝望的意思。如"你一走就是一个月，音讯全无，这一猛子又扎回来，我可不饶你，没有一个让我满意的解释，咱就坚决散伙、吹灯拔蜡"！又如玩股票的散户经常说的一句就是："完蛋了，彻底歇菜了，又遭大户吹灯拔蜡带走韭菜芽子啦！"语气里满是无奈和伤感。

著名的相声泰斗马三立先生，有段精彩绝伦的相声贯口："过去了，下世了，咽气了，无常了，亡故了，不在了，没了，没有了。完了，完事了，完事大吉。吹了，吹灯了，吹灯拔蜡了。嗝了，嗝屁了，嗝屁着凉了。撂了，撂挑子了。无常道了，万事休了，俩六一个么——眼儿猴了！"这一大溜儿全都是死的意思。在农村土语里类似的词语还有"走了""倒头了""见马克思去了""回国了""爬烟囱去了""撒手闭眼了"等。

老百姓说话讲究的是利索、不拖泥带水，他们嘴里的吹灯拔蜡，说得特别脆生："这事啊，不好弄，再怎么说也成不了啦，干脆咱就来个吹灯拔蜡蹾锅台，爱咋咋地吧。"遇上了不知头轻脚重的愣头青还要加上一句：这位已经是老和尚搬家——吹灯拔蜡啦。这些带着戏谑的口吻谈到的死，有开玩笑的意思在。"吹灯拔蜡"这个词儿，就是人死如灯灭的意思，也体现了百姓看淡生死的豁达乐观的精神。

吹灯拔蜡，在百姓口中不是什么好话。中古时期的欧洲人相信，生日是灵魂最容易被恶魔入侵的日子。所以在生日当天，亲人朋友都会齐聚身边给予祝福，并且送蛋糕意在带来好运驱逐恶魔。过生日吃蛋糕，吹蜡烛已为人们所熟悉，这一习俗据说源于希腊。在古希腊，人们都信奉月亮女神阿耳特弥斯。在她一年一度的生日庆典上，人们总要在祭坛上供放蜂蜜饼和很多点亮着的蜡烛形成一片神圣的气氛，以表达他们对月亮女神那种特殊的崇敬之情。后来，随着时间的推移，由于疼爱孩子，古希腊人在庆祝他们孩子的生日时，也总爱在餐桌上摆上糕饼等物，在上面还要放上很多点亮的小蜡烛。并且加进一项新的活动，就是一口气吹灭这些燃亮的蜡烛，并在心中许下美好的愿望。

他们相信燃亮着的蜡烛具有神秘的力量，一定会让过生日的孩子心中许下的愿望在吹灭所有蜡烛的时候全都实现。于是吹蜡烛成为生日宴上有着吉庆意义的小节目，以后逐渐地发展到不论是孩子，还是成人，甚至老年人的生日晚会或宴会上，都有吹蜡烛这个有趣的活动。但是，大家说的时候，都是这样：我们吹蜡烛吧，吹灭这些蜡烛，然后在心里许愿，就会美梦成真，万事如意。

当然，每个主持生日宴的人都会面带微笑虔诚地说："许愿吧！一定会实现的，祝你生日快乐！"然后过生日的主角一口气吹灭所有蜡烛的时候，大家都会报以热烈的掌声和欢呼声。我敢保证绝没有任何一个人说："来，我们现在开始吹灯拔蜡吧！"如果真有说的，那一定是活得不耐烦了。

刺儿头

刺儿头，经常形容一些在单位不安心工作，不服从管理的人。说某人是刺儿头，以前的理解大多是说，不好好工作还不让批评，对上级说话也是态度蛮横，整天给领导找麻烦。

对于刺儿头这个说法，现在也有了其他解释。有一类刺儿头，他们认认真真工作，有职业操守凭本事吃饭，不想被随意欺负，对领导不是盲目地顺从。还有一类人在小范围内具有一定的号召力和影响力，有一定的群众基础，恃才自傲，自我感觉良好。这样的员工，领导也觉得不好对付，感觉他们头上有"刺儿"。总之，被冠以"刺儿头"这个称号了，最起码说明这个人不好欺负。

古时候，李世民手下的一位大臣，是负责主修国史的宰相许敬宗。朝堂之大，什么样脾气秉性的人都有。有的朝臣善于处理人际关系，交际应酬分寸有度，特别圆滑；也有的官吏，浑身长刺，人见人厌，被人称作"黄鼠狼子剥了皮，臊气仍在骨头里"，许敬宗就是这样的人。他是个老资格的大臣，是三朝元老，服侍过三位皇帝，是见过大风大浪的老牌政客，但他却没有学得半点圆滑。许敬宗是一位真正的刺儿头，说话喜欢带刺儿。不但狂妄，那股尖酸刻薄味，有时刺得周围的人牙根发痒，恨不得抓住他咬上两口。

有一次，贵为皇帝的李世民，闲来无事到翰林院巡视。看见许敬宗一个人坐在书案旁，而书房中的其他几个官员凑在一起写东西，也不搭理他。皇帝感到很纳闷就问他："许爱卿你才能卓越、文采斐然，可为什么和大家相处不来呢？"许敬宗说："有才能的人就像春雨，农民感谢它滋润土地，给百姓带来好收成，但行路的人讨厌它带来了泥泞。秋月清辉耀人，人们欣赏它的美好、皎洁，但盗贼不方便行窃反而厌恶它的光亮。天地无私地给予人们，尚且还有很多让百姓不满意的地方，何况我这个凡夫俗子呢？古人云：羊羔虽美，众口难调。何况我没有肥羊美酒来塞住众人的口舌，他们当然会搬弄是非了。"

这番话说完，周围的大臣们都感觉芒刺在背，不敢接话茬。在以后的为官生涯中，还有太多的故事，以至这位著名的刺儿头死了，皇帝要送他一个"谥号"，大臣们再三讨论，决定送他一个"缪"字，意思是丑陋不堪。这就说明这位大刺儿头，可真是没少得罪人啊！后来在许敬宗子女的强烈抗议下，才改为"恭"字，意思是知错能改。

历史上的谏诤之臣，大多也是头等的刺儿头，连皇帝都觉得他们不好对付。要说的这位还是李世民的手下，是唐朝著名的大臣魏征。

一天，唐太宗面带怒容，气冲冲地回到后宫对皇后长孙氏说："总有一天，我要杀掉这个姓魏的。"长孙皇后听皇上这么说，赶忙问原因。唐太宗告诉皇后，魏征常在朝堂上不给自己留面子，在大臣面前刁难他，使得这个皇帝颜面扫地，下不了台。皇后听了，非但没有生气，连忙向太宗说："魏征既然不怕杀头敢当面直言，那是因为陛下广开言路是贤明的君主啊。明君遇贤臣，高兴还来不及呢，您还生气啊！"唐太宗恍然大悟，此后更是励精政道、虚心纳谏，对魏征倍加敬重。后来，李世民更加敬重他的这位刺儿头诤臣，经常引入内廷，询问政事得失。魏征知道自己遇到了圣君更是竭诚辅佐、鞠躬尽瘁。魏征性格耿直，凡事据理力争，宁为玉碎、不为瓦全的个性，有时连在朝的大臣们都受不了，但是唐太宗不但不记恨魏征，反而夸奖魏征说："别人都说魏征举止粗鲁，我看这正是他纯真可爱的地方！"

在我们乡村，这样的刺儿头很多。哪个村子没有几位这样难对付的刺儿头呢。有的让人又气又恨，有的则是令人又气又爱。真正的刺儿头不是不好管理，而是不好对付，不好糊弄。因为他认准的理，你讲不过他，所以他就跟你唱对台戏。要想让刺儿头服气，那就不仅要站在道德的高度上，还有从公平的角度上，让他心服口服。

我们村西头住着一位复员老军人，论起来我还应叫声爷。这位爷就是一位大刺儿头，而且挑"刺儿"的地方让全村老少都服气。每次犯了刺儿头，都会让老百姓挑大拇哥。这位爷是我们村车把式兼饲养员。

有一次，春耕的时候，上级公社非要让村子里的牲口干完了庄稼活，去帮着拉脚，而且是免费的。这位爷闻听就不干了，火一下子顶到了脑门子。不仅不让干了一天活的牲口出棚，还跑到公社把那位瞎指挥的干部数落了一顿，弄得人家不仅下不了台，还得给这位爷赔礼道歉。回来的时候，还捎回了一麻袋的黑豆，晚上好好地犒劳了一下闷头干活、辛苦劳作的大牲口。

这位爷的出发点不仅是站在村集体的利益上，也是为牲口鸣不平，所以这样刺儿头的事，得到了全村老少爷们的交口称赞。

搭褂儿

搭褂儿的意思就是完蛋了、靠边站、出局、甩货的意思。据说"搭褂儿"这个词儿的来历，是因为从前有让别人顶了戏的演员心里不服气，便守着戏箱不让那位演员换戏服。换不了戏服，便唱不了戏，只能眼睁睁看着戏服在那搭着。

小时候，我们孩子们比较喜欢说这个词，应用范围也比较广。玩牌输了说，跳房子输了说，考试不及格说，让父母"混合双打"了说。被搭褂儿的孩子，自己有时也没心没肺地到处大声宣扬自己被搭褂儿的"痛苦"经过。想赢得小伙伴们的同情，大多时候，同情得不到，反而会是一番奚落。

这个词儿有时也带有轻蔑、解恨、戏谑的成分。俩邻居站那聊天，黄二伯和赵三哥低声说："听说了吗？程坏水最近出事了，书记不让干了，让人给搭褂儿了。"

"听说还有一年就 60 了，马上就能全须全尾地退了，怎么还那么不老实呢！"

"可不嘛，这就叫人心不足蛇吞象，这下好了，马褂一扒，屁也不是了。"

有的时候也用作淘汰、出局的意思。如在这次全球性的疫情面前，每个国家都应该对国民负责，全面做好疫情防控工作，应对突发的各种情况。如果不重视，就会造成严重的后果，最后的结局是不可预估的，很有可能搭褂儿了，也有可能经济受到重创，从此一蹶不振。比如这样说：不管任何一个行业，只要技不如人，都会有被搭褂儿的危险。

记得 20 世纪 70 年代无论买什么都要凭票，而且还要排长长的队伍。在排队的过程中总有人不守规矩，想加塞儿。但是这种人一般不会得逞，在天津卫的老爷子和老太太的火眼金睛下，在暴风骤雨般的言语攻击下，一会儿工夫，这个加塞儿的就主动搭褂儿，缴枪投降，灰溜溜下场了。

在体育报道和评论中，"搭褂儿"这个词也常用。例如，这次比赛，双方球队都比较重视，派出了最强的阵容。但是上半场刚刚进行了 15 分钟，这个黑人外援就被搭褂儿了。这个"搭褂儿"，是被替换下场的意思。

天津人说话干脆利索，爱简化字。例如，派出所说成派所，大木盆说成大盆。有时搭褂儿在百姓口中，便直接变成了一个"搭"字。例如，天津有一种扑克牌玩法最火，叫作打六家。打扑克的六个人一般打着牌，嘴里也不闲着，牌好不好另说着，话茬子可不能输。围观看眼的人多了，还要在旁边指指点点，不停地支嘴儿。打着打着，看牌的急眼了："你这打的是吗牌路啊，这个要记牌，记住对家打出什么牌了，剩下的是什么牌，你自己牌不行，就等着'接风'，你可倒好，就一张好牌，还扔出去了。你这不马上就快搭了吗？"这里的搭，就是淘汰、输了的意思。

项目部接了一个急活儿，工期紧、任务重。经理和几个主要负责人连夜开会："同志们，今儿个咱接到非常紧急的任务，在十天之内建一座高规模的方舱医院，用于救治新冠感染的病人。咱们必须白天连夜班，采取三班倒，连轴转的办法。从今天起，咱们几个人吃住都在工地上，一分钟都不能离开，我们啃的是最硬的一块儿骨头，干的也是最硬的活儿。为了老百姓的健康，我们豁出去老命，也要完成任务。我已经和领导立了军令状了，如果完不成任务，就把我搭褂儿。你们顶得住吗？不行现在就说话。""放心吧，经理，你立了军令状，我们哥几个也表个态，人在阵地在，什么都不说了，撸起袖子加油干吧！"

打水漂儿

打水漂儿，是儿时常玩的游戏。几个孩子在河边玩，在岸上专找那种薄薄的石头比赛打水漂儿。石片儿在水面上向前弹跳，直至惯力用尽后沉水。这种比赛的输赢，是看谁的石头打出来的涟漪多。如果都一样，那么就要看谁的石片跳得远。

记得那是一个周日的下午，我和小静、万征在河边打水漂。来到河边，万征拾起一块薄薄的瓦片，抛向河面，只见瓦片在河面上穿梭，一跃一跃的特别好看。我和小静也不甘示弱，也拾起一块瓦片向河面抛去，可谁知，我的瓦片一碰水就"咚"的一声沉了下去。我不服气，又捡了一块，使劲向河面抛，可瓦片还是一样往下沉。万征笑着说："你的姿势不对。"他给我们认真做示范，身子微微蹲下，形成一个弧形，用力朝与河面平行的方向扔，瓦片也要选扁而大的。我们学着万征的样子，向河面用力一抛，那瓦片在河面上蹦了好几下，如蜻蜓点水一般，在水面上形成了几朵美丽的大水花，我和小静都高兴地跳了起来。

"打水漂儿"这个词儿，现在引申为没有起到任何作用，一切化为泡影的意思。邻居家的孩子天生不爱学习，前不久他妈妈给他交了钱，让孩子去学电脑，好有个一技之长。我去她家串门儿，孩子和我抱怨起来："我妈逼我去学电脑，我的脑袋是木鱼脑袋，油盐不进，我根本学不会，还叫我去学。人家规定是先交钱后学习，如果学会了，还退钱。世界上哪有这么便宜的事啊，不知道，便宜就是当嘛。"

我赶紧劝慰："你妈是为你好啊！"

"我知道，我妈是为了我好，非让我去学，感觉是个大便宜，可是我根本不可能成功，记性太差，脑袋天天有杂音。我也想着既然交了钱，那就努力吧，干什么也别和钱过不去啊，可是我自己知道，这钱肯定打水漂儿。"我也一时语塞，不知说什么好，唉！可怜天下父母心。

打水漂儿，还有绝望、无助的意思。例如，几个买期货的大叔在门口聊天，一个说："这下可玩完了，投实体的钱算是打水漂儿了，估计我这还能撑俩月，后面只能等着破产了。"

另一个说："尽管我们这些人眼里不揉沙子，向来是不肯把钱打水漂儿的，可是赶上这场危机了，也没有办法。我还有几十万元的应收账，也肯定收不回来了，估计要成坏账了。"

"是呀，听说有关部门拿出钱来救市，但是也无能为力，拿多少钱估计也是打水漂儿，这一潭水怎么刺激，看来要想想策略了。"在旁边听着的一个老人说："可不嘛，最近诈骗案还特别多，尤其是理财诈骗，也别说，这些新鲜玩意儿年轻人都弄不明白，更不要说我们这些上了年纪的。"这一句句的"打水漂儿"，流露出的是满满的颓丧和无奈。

科技发展，国力增强，中国的经济正在快速发展，现在很多大城市已经和国际接轨，还有的一线城市各方面在全世界都处于领先地位，这是我们的骄傲。例如，当初5G的研发特别艰难，有的发达国家在网络技术上投入很多钱，专门用于开发都没有成功。我们的科研人员在没有任何基础的情况下，研发5G这等庞大的网络科技体系，经历了多少艰难困苦可想而知。在研发过程中，不仅需要耗费大量的人力、物力、财力，关键耗费了大量的时间。我们的科研人员不辱使命，共克时艰，一个信念：绝不会让这些白花花的银子打水漂儿，这就是中国精神，这就是中国力量，这就是中国气概。

打游飞

打游飞，指的是没有正当职业，四处闲逛，到处混饭吃的意思。《儿女英雄传》第十三回："那些散了的长随，还有几个没找着饭主满处里打游飞的，听见少爷来了……都赶了来。"一般最常见的就是长辈训诫孩子："你成天这么打游飞，也不是办法啊，时间长了，越待越懒，成了二流子了，要想办法干点儿什么，千万别没事到处瞎晃了。"

小时候听过刘宝瑞的一段儿单口相声《知县见巡抚》至今记得。说的是在光绪年间，有个开茶叶铺的掌柜叫钱如命，深通生财之道。这个钱掌柜是一个大文盲，不识字。他看当官又赚钱又威风，就花银子买了个实缺知县，打算走马上任。钱如命做知县跟别的贪官一样，就是想方设法地捞钱，鱼肉百姓。一年的工夫，地皮被刮了三尺多，连土地爷都被他逼得到处"打游飞"。因为土地爷知道自己是泥做的，怕钱如命刮地皮时一铁锨给自己铲成八瓣儿。

钱如命对龙王爷却是另眼看待。原来是河道年久失修、河槽淤塞，一下雨就淹，钱如命借口修河可以变本加厉地派捐加税，实际上一锨河泥也没挖，修河的银子全进了他的腰包。钱如命为了感谢龙王爷发大水，每天叩首、焚香、摆供。同样是神仙，受到的待遇不同，弄得土地爷特别不服气，心想：我东躲西藏地"打游飞"，你美滋滋地受香火，太不公平啦，我一定找地方评理去。

神仙打游飞，感觉特别俏皮、有趣，如果是凡间的人打游飞可就不招待见了。我有个表哥自小喜欢武术，但学艺不精，不是练家子，自己觉得会一点"三脚猫"的功夫，满世界生事，整天打游飞、不着家。舅舅、舅妈拿他也没辙，老两口这辈子存俩钱，都让他打水漂儿了。这不，前两天跟人家拳击俱乐部的人要横，争执几句，非要单挑，结果让人家把腿打折了。儿子不争气，舅妈操碎了心，天天焦虑孩子，什么事都干不下去，家里的基本生活都成了问题。

舅舅家坐落的地点非常好，在一所小学的对面。舅妈发现学校里不少孩子的父母都是双职工，家长中午不能回家，孩子都是在小摊上随便买点什么，或者是从家带点儿饼干、干脆面什么的，饭后满街疯跑打游飞。舅妈看到这些孩子特别心疼，想到自己的孩子就是因为天天疯跑，养成了不良习惯，造成今天的恶果。孩子们没有管束，不好好学习，等长大了就管不了了，后悔也来不及，心里就琢磨着一定把这些孩子管起来。

舅舅和舅妈一商量，决定办个小饭桌，把孩子们的午饭包下来。舅妈花几百元钱，简单装修了一下房子，刷刷大白，把家里的大圆桌搬到堂屋，就这样，舅妈的小饭桌开张了。舅妈做饭非常好吃，人也特别温和，孩子们都喜欢来这里吃饭。吃完饭就在大圆桌上写作业，等下午快上课时再去学校。表哥在家养伤，看着父母为了自己忧心忡忡，为了家里的生计，一把年纪还忙前忙后的，好像一下子长大了，腿好了以后，自己也找了份工作，人也稳重了很多，不像以前那么"愣头青"了。

大撒把

大撒把，来源于骑自行车时候的一个动作，就是在骑行过程中，双手离开手把还能保持自行车平衡，正常前进。我们当年学习骑自行车的时候，通过一段时间的练习，就能掌握这个技术。不过也要注意安全，大撒把出事故，轻者摔跟头磕掉皮儿，重者鼻青脸肿。骑自行车单手脱把比较容易，双手脱把还是挺危险的。这个词儿后来引申为豁出去了，什么都不管了，随便的意思。

邻居家的小夫妻刚结婚，日子过得幸福甜蜜。一年以后，孩子出生了，渐渐地家里的事情多了，小夫妻的矛盾也多了。孩子的奶奶对儿子说："现在看孩子多累啊，比你上一天班可累多了，你不能就这样大撒把呀！整个家让孩子妈一个人照顾，这么多事情，她一个人能照顾过来吗？现在的日子别和老辈子的比，你小的时候，家里就我一个人，可受了大罪了，你爸就是大撒把，什么都不管，当甩手掌柜。"生活中不能大撒把，工作中更不能掉以轻心。

新闻中经常看到，要加强巡视整改工作的统一领导和集中组织，坚决把整改主体责任贯穿到巡视整改分析、研究和解决问题全过程，坚决杜绝蜻蜓点水、大撒把式的工作作风。是向市场放开，不等于完全市场化，尤其是政府基于投入的压力，不能将建设视为包袱，决不能大撒把，一放了之。再如，市委市直工委在这项活动全面展开之前组织六个工作组，深入机关、学校、医院、企业调研，再次告诫有关部门，切实担当责任，决不能玩大撒把。

当年看书，明朝万历皇帝朱翊钧三十年不理朝政，对自己的江山伟业放心地大撒把。当时特别不解，普通人员对本职工作不上心，后果都不堪设想，何况是一朝帝王呢！明朝的皇帝，以行为奇特出名的居多，其中比较出格的，就是几十年不上朝堂的"资深宅男"万历皇帝了。朱翊钧不上朝堂，那么他是如何管理朝政，凭什么做了这么久的皇帝呢？

万历年间的前期，张居正主理朝政，实行了一系列的改革措施，社会经济持续发展，人民安居乐业，朝廷呈现中兴气象。朱翊钧执政期间，由于党派之争，还有其他很多原因，他就很少上朝。万历处理政事的主要方法是通过谕旨的形式向下面传达，而不是召对形式。他在"万历三大征"结束之后，对大臣们奏章的批复，更加疏懒。当了四十八年皇帝，却有三十年都没有出过宫门，可真是名副其实的"足不出户"。

到了万历中后期，他干脆不上朝堂，不接见臣子，朝中的官员也越来越少，甚至出现了重要官职空缺的状况。虽然不上朝堂，但并没有宦官之乱，也没有外戚干政，连朝内党争也有所收敛。也许这是朱皇帝自己理解的无为而治吧，不治就是大治，也许他也同样认为：我无为，而官自化；我好静，而民自正；我无事，而民自富；我无欲，而民自朴。

万历对于一般朝政大撒把，但像日本国攻打朝鲜、女真入侵和梃击案等重大的事情都有所应对，看来他是通过自己特有的方式控制朝局。皇帝不上朝堂，因为大殿之上，臣子各怀心思，嘴上不肯轻易表态，上朝还不如不上。如此看来，躲在深宫之中的万历皇帝并非真的大撒把，而是他清楚其中关节、要害。大撒把和掌稳舵，也只是一种权术的运用罢了。

走背字儿

所谓"走背字儿"，就是时运不好，因遭厄运而倒霉的意思。这里的"字"，指生辰八字。中国传统命理学认为，人的一生凶吉祸福都与八字有关，算命先生常说的批八字，就是用命理方式预测人生命运，破解霉运。老辈子的人说一个人的运气不好，就爱说这个人走背字儿了。还有一句歇后语也很形象：香摊儿摆在庙后头——真够背的。

每个人都喜欢行大运，害怕走背字儿。我见过一个迷信的人，她家的客厅靠墙有一组沙发，墙上挂着几幅书法，看着非常挺雅致大方。一天，去她家串门，发现书法被取下来了，换成了一幅山水画。我不明所以，赶忙询问原因。她说："背对沙发墙，再挂字的话，就是背后有字，就中了'有背字'的晦气。换成山水画，代表背后有靠山，就吉利多了。再有客厅也不能挂刀剑，这些东西容易让人产生烦躁的情绪，墙上也不能挂猛兽画，猛虎下山之类的也都不好。"朋友的这套理论，说来头头是道，就连我这样不太了解这种文化的人，都觉得言之有理。

传统上解释迷信，就是指人对于事物的一种痴迷信任的状态，相信了不该相信的东西。许多人是看到神奇的现象而不理解，产生了自迷。也有些人是因为不懂得科学文化知识，盲目相信，人云亦云，是一种落后愚昧的表现。如果把迷信分类，那么会有狭义的迷信和广义的迷信。狭义的迷信，一般是指封建迷信。迷信的对象，可能是神仙鬼怪，也可能是自然万物中的一种。广义的迷信，指的是宗教迷信。有一定的崇拜偶像，有修行的明确目标和教义、宗旨等。

阴阳学中认为：这个世界上没有偶然，只有必然。无论多么微小的邂逅，都必定会影响未来的命运。人生总有起伏，有人一辈子顺风顺水，也有人命运多舛。有的人长命百岁，有的人年少夭折，迷信的人认为这些都和运气有关。因此，如果碰巧赶上境遇不佳，做事不顺利，都会自然而然地觉得自己走背字儿。

一天，我姐和姐夫约好去医院检查身体，到了医院一摸口袋，发现医保卡忘带了。赶紧打车回家拿，到了医院之后，发现药还开错了，想退也不给退。姐姐气鼓鼓地去上班了，中午打算去银行取点钱，到机器上一划卡没有反应，卡消磁了，当时把我姐气坏了，赶紧掏身份证补个卡吧，一看钱包，回家拿医保卡时，把身份证又落家里了。

我姐给我打电话："今天太不顺了，走背字儿了，点儿背到家了，气得胸口疼啊！"我说："别提了，我今天也走背字儿，狗丢了。你也知道这只小狗多么可爱，从早上到现在我已经贴了多半天的寻狗启事了，还没有找到。"

邻居李大哥是某著名企业的董事长，曾经意气风发的一个人物。最近一年来，老了很多，头发也白了，连背都不像以前那么挺拔了。一天，在超市买东西正好遇上，聊了几句。李大哥说，他最近连连走背字儿、运势不好，心中特别烦恼。原来是公司接连遭遇了几次财务危机，还打了几次官司，每个官司都是又耗时，又费力，弄得他心力交瘁。

其实，人的一生不可能一帆风顺，都有顺境和逆境。老话说得好：失之东隅，收之桑榆。有的时候，转换一下心情，也许就可以改变运势。我们知道工作、生活不顺利，心情就会不好，如果心情一直很差，整天愁眉苦脸、垂头丧气，好运就不会来找你的，这样会形成一个恶性循环。所以在各方面不顺利，心情不好的时候要转换一下自己的心情，千万不能让自己一直处在糟糕的状态，当心情愉悦了，好运自然就会来了。

老百姓常说：风水轮流转，明年到我家，说的也是这个意思。人的一生不可能永远都是一帆风顺的，有喝凉水塞牙缝的时候，这就跟三十年河东，三十年河西是一样的，都是说明人的一生不可能永远平淡的。就算这一时不顺利，保持心情愉快，积极面对，克服困难也会否极泰来。

充大头

"充大头"，也是我们海下地区老百姓常说的一个词，特指什么事都要站在最前面，让别人认为自己很有本事。充大头鬼，是充大头的升级版。形容人不识时务，硬充好汉。蚂蚁戴栗子壳——愣充大头鬼。这句歇后语有两个意思：一个是指没本事装作有本事，干不了的事非要去干；一个是讥讽身份卑微低下的人，却要把自己充当成大人物的样子。

《好逑传》第九回里有："他若知机识窍，求求镇守，或者打几下放了他，还未可知，谁料他蠢不过，到此田地，还要充大头鬼，反把镇守冲撞了几句。"

俗话说，朋友多了路好走。但是如果在朋友面前太喜欢充大头，可能会有生命危险。看新闻，有一个姓蔡的人和朋友一起吃饭，酒酣之时，互相打赌，谁能一口吞掉打火机，对方就给 8000 元钱。蔡先生一口就吞掉了打火机，结果胃痛难忍，赶忙来到医院，医生们借助 X 线造影技术，利用尼龙绳，采用"套马"的方法，才将打火机顺利取出。医生告诫他，如果打火机里的液体泄漏，侵蚀胃壁，后果不堪设想，蔡先生也很后悔，为了 8000 元钱，非要充大头。

前不久同学聚会，大家许久没有见面，很是高兴。班里有个男生做生意挣了些钱，打算请客。大家觉得虽说是做生意可能比工薪挣得多些，可是起早贪黑，风里来雨里去的也很辛苦，我们就把所有的花销，平均分摊了一下，然后以红包的形式发给他。这个男生事后挺感动，他说，本来觉得自己混得挺好的，结果同学们还没给充大头的机会。有的人充大头，为了情谊还无可厚非。而有的人无所事事，大金链子小金表，一天三顿小烧烤，觉得这样特有面子，特大头。

邻居有一天和我说，她们一个去泰国的旅游团，一共30多人，其中好几个戴大金链的，说话牛气哄哄的。结果在清迈泡温泉的时候，好几个大金链子都漂起来了，那场景太震撼了。听她这么一说，我想起来，有一次朋友的饭卡掉了，在食堂调监控发现让一个外来的工作人员捡到了。朋友一查刷卡记录，发现就在几分钟前这个人还刷过卡，朋友马上赶到食堂，发现那个工作人员坐在餐桌前和几个朋友说："你们吃什么，随便点，今天我请客。"朋友来到他的身后，拍了拍他的肩膀，小声说："你这个大头充得不地道啊！"这个工作人员马上明白了是怎么回事，赶快把卡还回来了，并赔礼道歉。

报纸上看到这样一个段子：一位特别出名的大师，十分吝啬。家里来了客人，他一般都拿出月饼和花生招待，但仅仅是为了摆在那里好看，月饼并不是完整的月饼，都是一小块儿一小块儿的，而且上面发霉长满了白毛。花生在盘里也只有浅浅的一层，下面都是蜘蛛网，所以客人都不会吃。如果有哪个人不明就里吃了一点儿，不但自己的肚子遭罪，还得不到大师的待见。别以为这位大师吝啬，他也大方过，充过大头。

一天，大师看到门口有卖大白菜的，小贩车上是上好的青麻叶，直挺如棍，菜帮薄而细嫩，菜叶经脉如核桃纹，看着水汽就大。大师知道这种白菜，筋少、嫩脆，开锅就烂。无论是凉拌热炒，还是烧、溜、涮、扒都特别好吃。如果是熬汤剁馅，那也是美味至极。大师一看心里痒得不行，想吃还舍不得花钱买，于是便跟卖白菜的小贩商量能不能用自己的一幅画，换整车白菜。小贩一听都气乐了："你这个疯老头，你是谁啊，拿画换白菜，亏你想得出，要不是看你年纪大，我把你打得满地找牙！"这位大师一看人家卖菜的急了，只好悻悻地回家了。

我从小到大，充大头的事也干过不少，估计您也干过不少。不好意思说，只好打掉了牙，往肚子里咽。

皱巴

"皱巴"这个词儿，早已不是单纯只指衣服上的褶皱了，而是引申用于心情和感情上的别扭，不痛快，不合作等。

可以对一种感觉这样描述，如这两天可能是上火了，嘴唇突然皱巴了，出了好多竖纹，总感觉嘴唇上有一层东西，张嘴的时候特别难受。或者是，手长时间接触水时，手指的皮肤会变得皱皱巴巴的，这种情况同样会出现在脚趾上。也可以这么说，最近可能是有点儿过敏，眼皮痒、起皮，感觉皱皱巴巴的。

皱巴还可以评判某些人的性格。我们这样批评：你这人怎么和人皱巴啊！总是满心的愿意，一身的皱巴，真是瘸子的脚面——硬绷着。

一个人不合群，和大家不能融洽相处，是缺乏亲和力的表现，实际上也暴露了这种人性格的缺陷。本来一件很简单的事情，可能就是举手之劳，但就是故意皱巴，拉东扯西，非要把手中不大的权力发挥出最大的威力来。和这种皱巴人相处，心情不会愉悦，这种人虽然不会和你吵架，工作也认真，但无论干什么都不痛快。如同一件真丝衣服，样式也好，剪裁也得体，就是裙摆一大片褶子。那么这件衣服无论你多么喜欢，你也不会选择穿它。

职场中怕遇到皱巴的，家里也怕。一天早晨上班路上，看到一个家长送孩子去学校。不知道孩子哪里不痛快，一直跟妈妈犯皱巴。看着孩子妈妈手里拿着早点，还有一瓶矿泉水，脸上的神情挺焦急的，还能忍住了性子追着讲："你这是因为什么啊，该带的带全了，一路皱皱巴巴的，你这是有什么不痛快的呀？"孩子也不说话，脖子梗着。

人老了，心理容易产生变化；脾气变了，人也容易变得皱巴。总想着自己一辈子不容易，将儿女拉扯大了，自己成了局外人，一天到晚不高兴。一天，听见马路边上有人唠叨："孩子奶奶最近又怎么了，总是皱巴。我这儿媳妇，不是自夸，拿着灯笼也找不着，再这么不识抬举，我可回娘家了。"

儿媳妇埋怨婆婆皱巴，婆婆也埋怨儿媳妇拧巴。早晨公园里婆婆们在一起也是唠叨："现在的年轻人，可不得了，家里娶了媳妇儿，就相当于娶个祖宗回来。下班回来饭也烧好了，孩子给早早地接回来了，衣服洗干净了，屋子也打扫干净了，哪里都伺候到了。就这还总耷拉个鞋拔子驴脸，天天犯皱巴。"另一个说："可不是嘛，家家一本难念的经，受了一辈子苦，老了老了，还天天心里不痛快。"

我有个表姐最近天天睡不着觉，还伴随不明原因的发热、胸闷、心慌、头痛、眩晕、烦躁、记忆力减退，中医也去看了，睡觉的药也开了。一到晚上就睁着眼，药也不敢常吃，怕有依赖性。晚上睡不好，白天没有精神，脾气自然也不好，和谁说话都皱巴。她那天又睡不着觉，给我打电话让我陪她去医院。我见到表姐吓了一跳，也不知道怎么形容才贴切，总之苍老了一大半，跟变了个人一样。挂了号，大夫仔细检查了一下，又询问了表姐好多问题，然后告诉表姐，你这个皱巴是一种病，是更年期综合征。潮热、心悸、腰酸背痛，这都是更年期妇女的早期症状，不过不要有精神负担，也不要过于担心，好好调理，一切都会好起来的。

小时候，我有许多小伙伴。我们没事的时候在一起玩耍，哪天都会有个犯皱巴，矫情的。我们对这样的人，采取的就是，大家都不理你，淡着你。让你自己好好反省，反省好了，心情也好了，也就跟大家玩到一起了。

噘嘴驴

有句俗话是这样说的：噘嘴骡子卖了个驴价钱，全怪那张嘴。这句俗语意思是本来价值挺高的东西，由于某个缺点和缺陷，价格被低估和降档了。噘嘴表示生气，这好像是一种自觉的本能反应。

李季《军鞋图》："端阳一听红了脸，又是笑，又噘嘴，躺妈身上。"秧歌剧《光荣灯》："大正月的不兴噘嘴。"大人们如果看见小孩子生气了，也会这样逗趣："刚才还好好的，怎么这么一会儿成了噘嘴驴了？"

又一轮的核酸检测开始了。刘大民想去桃园社区门口找马冬雪。

刘大民琢磨，马冬雪趁着社区测核酸会不会和那几个帅气的门卫闲聊呢。桃园社区新招了几个门卫，都是复员军人，个头匀溜，腰杆笔直，咧嘴一笑，一排小白牙在太阳的照耀下闪着光，看到他们的笑容，就仿佛是呼吸到了新鲜的空气，让人特别舒服。

刘大民刚猜想马冬雪不认真工作闲聊天的情景，赶快否定了自己的想法。刘大民知道自己的女朋友可是特别稳重的人，而且做事情一板三眼，深受居民的信赖，如果是韩雪婷，那就不一定了。桃园社区挺大的，是片新建社区，坐落于城乡接合部，在楼上朝左瞧能瞧见果园和稻田，朝右望则能望见城市的繁华与喧嚣，是闹中取静的地方。

庚子年的春天新冠病毒来势汹汹，小区里本来热热闹闹的，现在一下子安静许多。这两年，虽然疫情也算控制住了，但核酸隔一段时间就要全员检测一次。原本爱在小区里溜达的刘大民，出门口罩帽子捂得严实，不仅皱着眉头，手还扶着胸口，仿佛如果不把领口抓严实，病毒就会顺着脖子钻进自己的肚子。以前刘大民见人总爱聊聊股票、天气，现在见人就躲。邻居陈大爷忍不住数落："你瞧你那倒霉样儿，没西施的命，却得西施的病！"刘大民就跟没听见一样，头都不回一下，一门心思往家赶。

走在小区里，刘大民想一定要跟马冬雪好好谈谈了，结婚不结婚已经不是最主要问题了，关键是不能让马冬雪这么任性下去。在社区工作本来就累，再赶上疫情，实在是太危险了。刘大民和马冬雪谈恋爱一年多了，这么长时间以来，他感觉自己是真的爱马冬雪，真心想和冬雪好好过日子。

刘大民以前结过婚，不到一年的光景，他的老婆韩雪婷就和别的男人鼓捣出孩子了，刘大民一气之下和韩雪婷离了婚。刘大民第一次和马冬雪见面的时候就喜欢上了她。马冬雪不仅人长得俊，说话办事特飒利，也住桃园。

当天晚上刘大民高兴地喝了酒，借酒劲儿窜到马冬雪家，臭烘烘的嘴刚触到马冬雪嘴唇，就让马冬雪连骂带卷的给推出来了。马冬雪大声说："刘大民，你拿我当什么人了，好好谈恋爱，别天天琢磨占女的便宜，你再敢这样，我不会再和你说一句话，更别说谈恋爱了！"刘大民赶忙道歉，任凭他怎么敲门却再也敲不开了。

此后的几天，刘大民再看见马冬雪，马冬雪把嘴一嘬，不理刘大民。刘大民嘴里小声说："真是噘嘴驴。"别看马冬雪不理他，可刘大民一点儿也不生气，因为刘大民就是喜欢马冬雪的正直。

桃园社区有居民 9000 多人，是名副其实的大型社区。这么大的小区，人员复杂，所以社区居委会的工作量就大。没有疫情的时候，马冬雪每天都特别忙，大民特别心疼，总劝冬雪别干了，找个轻松点的工作，哪知冬雪总是大大咧咧地说："都图轻松，那累活儿谁干啊！你享受的岁月静好，是因为有人为你负重前行。"大民本来嘴就笨，再加上也没占着理，所以每次都被冬雪呛得一句话也说不出来。

随着核酸检测的常态化，刘大民也不像以前胆子那么小了。桃园社区的管理非常好，志愿者也特别多。马冬雪来找刘大民，说："大民，我知道你胆小，可这关键时候甭掉链子啊！咱俩都是年轻人，我还是党员，咱俩在申报长期志愿者这件事上一定积极点儿。"

刘大民说："冬雪，我正想跟你再商量商量，你千万别在社区干了，我有好几套房子，咱俩以后好日子长着呢。我虽然以前只是个工人，而且下了岗，但我这几年学习电商知识，也开了网店，生意还不错，养活你一点问题没有，将来有了孩子也不会受影响，我们会生活得很好，而且是高质量的生活！"

马冬雪说："你天天就知道想你自己的一亩三分地，咱老百姓有钱的出钱，有力的出力，你看连上了年纪的老同志都站出来天天为社区服务，你却推三阻四的，你要有这么自私的思想，我看咱俩不合适。"

刘大民说："不是不是，我就是，就是有点……"没等大民说完，马冬雪小嘴一噘，甩门而去。

刘大民看不见马冬雪，天天吃烧鸡都感觉不出来香。马冬雪是个文化人，而且不是那种简单的翻几本通俗小说瞧几张文摘小报的文化人。马冬雪是那种能文能武的，干起工作来，雷厉风行还特别泼实，一个顶两个，写起文章也是行云流水、头头是道，比起前妻韩雪婷简直就是一个天上一个地上。想起韩雪婷，大民心里又是一阵刺痛，想到把马冬雪搂在怀里嘴还乱拱的时候，他又捂着嘴"扑哧"乐出了声。

测核酸的时候，刘大民看见马冬雪跟志愿者们忙前忙后，都顾不上喝一口水，连邻居陈大爷都戴了红袖箍，在帮着维持秩序。大民感到自己天天在家里有点像缩头乌龟，一想到这，大民气往上涌，在上一次失败的婚姻中感觉自己很窝囊，在马冬雪面前一定要扬眉吐气，不能再让马冬雪瞧不起。

　　刘大民没有告诉马冬雪悄悄走进社区办公室，填了志愿者登记表，在选择值守时间一栏，他写下了"长期"二字。

装大尾巴鹰

看见"大尾巴鹰"这四个字别望文生义，可不是指尾巴很大的鹰。装大尾巴鹰，是一句俗语，意思是装阔气、充大方、吹大梨，明明不行，硬往上冲的那种。七个不含糊，八个不在乎，事事能耐梗，处处充好汉的人，真到了动正格的时候，就原形毕露了。

装大尾巴鹰的就怕遇见"坐地炮"。一天，我在上班的路上，听见一个人冲着另一个匆匆走开的人喊："告诉你，你可别在我这装鹰，要是把我惹火了，没你好果子吃，我可是坐地炮！"那个人听到坐地炮三个字，闻风丧胆、抱头鼠窜，以短跑冠军的速度一下子跑得没有影儿了。

有句俏皮话这样说，鹌鹑插鸡毛——愣装大尾巴鹰。就是讽刺那种冒充大人物，不知天高地厚，自以为是的人。越是没有什么，越喜欢炫耀什么。就说鹌鹑吧，要身材没身材，要长相没长相，怕别人瞧不起，想攀高枝，想和老鹰称兄道弟，就要先扮成鹰的样子，插上鸡毛，尾巴长了，派头足了。可是扑棱棱的，还是飞不起来，自欺欺人而已。

老舍《茶馆》里的人物刘麻子，就是典型的装大尾巴鹰。刘麻子是个人贩子，康六因为穷的吃不上饭了，找到他打算把女儿卖掉。刘麻子头上油光水滑，一身洋裤洋褂儿，手里拿着鼻烟壶，长的人五人六的，实际上是个吃人饭不干人事的主儿。刘麻子打算给康六十两银子，还大声告诉他，自己忙得很，没工夫伺候你这小门小户的生意。刘麻子知道康六已经活不下去了，银子就是他的活命钱。接着告诉他，如果想多卖银子只能卖到窑子。康六是个老实人，闺女已经15岁了，如果不是万不得已，怎么会忍心卖掉。最后刘麻子还假仁假义地告诉康六要感谢他，因为他给闺女找了活命的地方，能吃饱饭，不用饿死。刘麻子明明是个地痞、无赖，是个人人唾骂的人贩子，却把自己装成有很多门路的万事通，觉得自己是个吃得开的万金油。

有的人装大尾巴鹰，可恨至极，可有的人越装越可爱。《亮剑》这部电视剧，大家都很喜欢看，剧中李云龙这个人物非常有特点，不仅能征善战，而且睿智过人。李云龙的一个部下叫段鹏，在抢占到了一个仓库的时候，让战友王友胜看着，并且告诉他，千万别让人抢了。很快这个仓库就被友军李粟师长的部队发现了，很多士兵来拿仓库的东西。由于仓库只有王友胜一个人看着，急地"哇哇"哭，却没有任何办法。一会儿王友胜看见李云龙来了，马上有了主心骨，这时候对方的师长李粟也来了。李云龙自我介绍之后，为了不让李粟在自己面前装大尾巴鹰，就直接称呼对方"老张"。这个李云龙多么聪明呀，当时他并不知道对方姓什么，但为了礼貌必须有个称呼，李云龙主动报上姓名之后，对方没有介绍自己，那就只能随便叫了。张姓算是大姓了，叫对了正好，叫错了也无所谓。反正，我喊你老张，那就是同志，那就是乡亲。

剧中还有一个有意思的桥段：当时李云龙从团长降为营长，政委赵刚总觉得自己亏欠了李云龙。一看到他，就浑身不自在。李云龙知道赵刚的心思，就故意在赵刚面前晃悠，见面还立正敬礼，他喜欢看赵刚尴尬的样子。

一天，赵刚正在屋子里看书，听见门外有人喊报告，赵刚下意识应道：进来。李云龙推门进来，他脚跟一碰，挺胸敬礼："报告政委，独立团一营营长李云龙奉命来到，请首长指示。"

赵刚马上反应过来，张嘴骂道："老李，你装什么大尾巴鹰？成心寒碜我是不是？"俩人接着斗嘴，都绷着脸，心里却早已乐得快憋不住了。

赵刚照李云龙当胸就是一拳："老李，你装什么蒜？"

"首长，有酒吗？首长可不兴说瞎话，我看见那酒瓶子了。"赵刚拿出了酒，李云龙一把甩飞了帽子上了炕，敲敲炕桌道："给老子满上，满上。"

　　看来大尾巴鹰也要看谁装，坏人装鹰装得再像也不是什么好鸟。本来就是翱翔在浩瀚苍穹的鹰隼，尾巴无论装得多大，也是这么亲切、可爱。

捯饬

捯饬，是指梳洗打扮，整理自己的仪表妆容。也可以说成收拾收拾，拾掇拾掇。捯饬不光针对人，也可以针对物。例如，看你那乱的，满屋子都没有插脚的地儿，跟个抢劫现场似的，还不赶快自己捯饬捯饬。

过新年的时候，大家都会想要好好打扮自己，除了买新衣服，当然也少不了在头上搞点花样。可有的人怎么收拾也不好看，不捯饬还可以看两眼，等捯饬出来，够十五个人看半个月的。又如，茉莉花怕寒，经过冬季休眠期后，我们可以趁这个时候给它捯饬捯饬，这样等到夏天开花的时候就好看啦。

《弟子规》中对怎么"捯饬"有这样的要求："冠必正，纽必结，袜与履，俱紧切。"这些规范，道出了古人对衣着打扮的要求。如果一个人衣冠不整、袒胸露腹、邋邋遢遢，会让人心生厌恶，相信没有一个人愿意亲近这样的人。对现代人来说，仪表更加重要，穿衣打扮，要适合自己的职业、年龄、环境等，根据具体情况进行得体大方的选择。

现代文人邵洵美的衣着器用就相当讲究，据说邵先生 60 多岁的时候还长发飘拂，姿容清奇，皮肤保养得非常有光泽。如果有客人来，先生一定是穿戴整齐，修饰一新，好饭好菜地迎接。他穿长衫，跳西式舞。因为皮肤苍白，出门前要薄施胭脂，自称这是学唐朝人风度。他爱画画，爱藏书，爱文学，在自家豪宅里办文学沙龙，来往的人很多。他爱写诗，而且要在没有格子的白纸上写，落笔字迹秀丽，行列清晰，匀称洁净，甚至可以直接付印。他的英式诗风，追求唯美，有人评价他的诗文是"柔美的迷人的春三月的天气，艳丽如一个应该赞美的艳丽的女人"。

其实今人在打扮自己方面，比起古人来，还是要稍逊一筹的。中国古代文人很喜欢捯饬，可谓文风和姿容皆光彩照人。两千多年前，三闾大夫屈原就喜好打扮自己。"高余冠之岌岌兮，长余佩之陆离"，可以想象一下：屈子从高高的山冈上缓缓走下来，一席灰白色的长袍在山风的吹拂下随风飘摆，汨罗江面倒映着他挺拔的身影。清秀的面容，潇洒的姿态，腰白玉之环，烨然若神人，好一个英俊倜傥的才子。

千古文人第一的苏轼，苏大才子也喜欢戴这种高帽子。《核舟记》中这样写道："船头坐三人，中峨冠而多髯者为东坡，佛印居右，鲁直居左。"关汉卿《谢天香·第一折》中也有类似描述："恰才耆卿说道，好觑谢氏，必定是峨冠博带一个名士大夫。"想必这种高高的帽子、宽宽的腰带，是古代文人们捯饬自己的标配。潘岳在《秋兴赋》中说到晋朝士大夫的生活状况："高阁连云，阳景罕曜。珥蝉冕而袭纨绮之士。"穿着绫罗绸缎的上好衣服，头上还要捯饬许多花里胡哨的东西，这些装饰里肯定也会有花。男人戴花不算稀罕事，唐朝就有。到了宋朝，男人戴花不仅成为一种时尚，还形成了一种风俗。

北宋时期，戴花的风气自上而下流行起来，成了一种国家的礼仪。当然按照级别的不同，戴的花也有所区别。最能称得上"时尚小达人"的宋徽宗，每次出游回宫，都是"御裹小帽，簪花，乘马"。上到王公大臣，下到黎民百姓，看到自己的君主都这么"妖娆"，自己当然也要迎头赶上。于是，宋朝上下都越发"妩媚"，也算是给亡国助了倒霉的一臂之力。

据说北宋大文学家司马光，一次赴宴的时候忘记戴花，他的朋友提醒他："司马，你连御赐的花都忘了戴，你的官不想做了吗？"司马光一听，赶紧把花插到头上。司马光忘戴簪花被视为违君之举，也就可以说明御宴簪花的重要性了。

杨万里诗中也写过："牡丹芍药蔷薇朵，都向千官帽上开。"《铁围山丛话》里记载道：每逢重大节庆，例如郊祀回銮、宫廷宴会等，皇帝都要赐花。不仅大臣、近侍，连看大门的都人手一朵。读《水浒传》，就知道了梁山中不少好汉都是"花痴"，这个花痴可不是喜欢女色的意思，而是看见好看的花就走不动道了，必须亲手摘下一朵最漂亮的，插在帽上或是鬓间。北宋时期，最高统治者和王公大臣等，尚且如此爱花，也就不难理解梁山糙汉子们的爱花之心了。

"时尚"这件事儿，真的是很神奇的。在很多年前曾经风靡一时的东西，经过若干年的轮回，还会出现在大家的视野里，而且会再次成为一股潮流，时尚的本质或许就是一种轮回。如果有一天，大街上的男人们头上戴着各色鲜花，妆容精致的时候，大家不必惊讶，只是男人这么捯饬的时尚又流行回来啦。

二五眼

　　有的人说"二五眼"这个词儿，是从京剧中得来的。常听戏的人知道"板眼"这两个字，有两板三眼，两板四眼，两板六眼，就是没有两板五眼。估计就是因为这个，后来人们就把那些做事不靠谱，说话不着调的叫作二五眼。

　　有句歇后语，叫作"二小拉胡琴儿——吱咕吱"。我感觉，就是对找不着调门儿的二五眼之类的一种绝妙讽刺。有时也用二五眼形容眼神儿不好，视力差。例如，李老师戴的眼镜，比啤酒瓶子底儿还厚，走路自己都可以把自己绊倒了，是单位有名的二五眼。领导一看，这样的甭让他在一线了，还是去后勤安全些。

　　丁玲在《太阳照在桑干河上》有："咱张裕民闹革命两年多了，还是个二五眼。"周立波的《暴风骤雨》第二部中："往年因为地情不明，干部没经验，分地真是二五眼。"这样一看，"二五眼"这个词就是办事太毛糙，不认真，不怎么样的意思。例如，"二兄弟，不是我批评你，你这事儿办得有点儿二五眼，对门儿婶子把人都给你领来啦，你答应不答应的给个准话儿。你可倒好，被窝一钻儿，棉被一蒙，抽上羊角风，摆上肉头阵了"。

　　二五眼还可以是自我生存状态的一种描述，与有板有眼相对。比如朋友问："老李，最近怎么样啊！"老李回答："不太强，二五眼。我们这种单位虽然是旱涝保收，但是就挣俩眼珠子，买甜买不了咸，就是凑合着过日子。"您问他："儿子怎么样，结婚了吧？"回答也是："结什么婚呀，净发昏了，这孩子高不成低不就的，是个难伺候的二五眼。我天天是皇上不急太监急，爱咋咋地吧，儿子指望不上，我也就不盼着抱孙子了。"这些话，虽然也流露出对事情难以掌握的无可奈何。但更多的是老百姓的坦然、知足，以及乐观的生活态度。

小时候，哪个小孩子不听话，顶撞了老人家，就会被这样教训：这孩子可不怎么样，看不出个眉眼高低，说话没大没小的，太二五眼了。二五眼，在这里就是差劲，办事不地道，不稳妥的意思。

古人文献记载中，有这样一个小故事。弈秋，通国之善弈者也。使弈秋诲二人弈，其一人专心致志，惟弈秋之为听；一人虽听之，一心以为有鸿鹄将至，思援弓缴而射之。虽与之俱学，弗若之矣。为是其智弗若与？曰：非然也。这个小故事的意思是讲：弈秋是全国最善于下棋的人，让他教两个人下棋。其中一个人专心致志，一心一意，聚精会神，只听弈秋的教导；而另一个人虽然也听讲，可是心里却想着天上有天鹅要飞过来，便想拉弓搭箭去射它。这个人虽然同前一个人一起学习，成绩却不如那个人。有人说，是他的智力不如前一个人吗？回答：并非这样。

可以想象两个孩子的学习状态：一个孩子聚精会神地学习，另一个在耍二五眼。学习的孩子嘴里背棋谱：三百六十一，入门学围棋。黑先白跟后，轮流下一子。先占右上角，落子不能移。占地多者胜，计算数活棋。活棋须两眼，两眼须真实。除了双活外，缺眼终被提。无气子被提，提多可还一。可这个不认真的孩子说的是：天上有大雁，肉多个又大。用箭射下来，一锅炖不下。再做两个烧烤架，左手抱着右肩挎。半只用秘制，半只调微辣。再来瓶小酒，也是一段吃货的人间佳话。可想而知，认真听讲的人成了下棋高手，而这个吃货儿，则没有学到下棋的真谛，被师傅赶回家了。

子曰：知之为知之，不知为不知，是知也。老先生告诫我们知道就是知道，不知道就是不知道，千万别靠小聪明，更别耍二五眼，这才是对待学习最聪明的态度。

134

逗闷子

逗闷子，在我们天津方言里，就是开玩笑的意思。还有很多人叫逗咳嗽，逗着玩。比如这样一句话："合着我变着法儿地逗您开心，您就贼着我离不开您了呗，见天儿的给我两句不开面的片汤话，跟我逗咳嗽有意思吗？"再有："你是跟我这磨牙来了，没事儿天天逗闷子，搁这贫气。"

逗闷子，开玩笑，也不是完全没有益处。玩笑是一门艺术，轻松欢快的话语，不仅可以放松紧张的情绪，还能够拉近彼此的距离。陆龟蒙是唐朝著名的文学家，人称江湖散人。他不仅为人宽厚善良，还是个逗闷子的高手。陆龟蒙在杭州居住的时候，养了一群斗鸭，每天训练这些鸭子打架，自娱自乐，好不开心。

一天，皇宫的一个太监到杭州办差，在路过陆龟蒙住所的时候，不小心用弹弓打死了一只斗鸭。陆龟蒙听说了，就想和这个小太监开个玩笑。他对这个太监说："这只鸭子，能说人话，我正打算献给皇上，却让你打死了。"太监一听，吓得头冒冷汗，拿出很多银子赔偿。后来受好奇心的驱使，这个太监实在忍不住了，就问陆龟蒙这只鸭子究竟会说哪些人话。陆龟蒙说："教了它好多年了，已经会嘎嘎了。"太监知道自己被耍了，但也没有办法，只能苦笑，真是哑巴吃黄连，有苦也说不出了。

玩笑也分怎么开，没有原则，没有底线地玩笑，会将自己的江山和性命送掉。烽火戏诸侯的故事，想必大家都知道。西周时期的周幽王，因为喜欢上一个美女，因此而亡了国。这个美女到底有多美呢？《东周列国志》中有这样一段话来形容褒姒：目秀眉清，唇红齿白，发挽乌云，指排削玉，有如花如月之容，倾国倾城之貌。褒姒虽然很美，但是从未开颜一笑。为此，周幽王贴出告示：谁要能叫褒姒一笑，就赏他一千斤金子。于是有人想出了一个馊主意，用点起烽火引诸侯前来救驾的办法，换取褒姒一笑。

周幽王为博大美人褒姒一笑，果真点燃了烽火台，引各路诸侯前来救援。褒姒看着诸侯们满面尘土，惊慌失措的样子，果真哈哈大笑起来。周幽王看见美人喜欢看这个，因而又多次点燃烽火。周幽王为了美女上扬的嘴角，不惜和戍边诸侯逗闷子，寻开心。后来无论烽火烧得多么猛烈，诸侯们也都渐渐不当回事了。结果都城被西戎围攻，周幽王这次是真的点燃烽火去寻求救援的时候，早已没有诸侯相信了。都城被攻下，周幽王也被无情杀戮，西周也从此灭亡。流传至今的千金买笑的故事，就是从这儿来的。这个故事，后来引申出了一个童话故事，这就是孩子们小时候都听说过的《狼来了》的故事。总喊狼来了，别人已经习以为常。一而再、再而三，就没有人信了，最终伤害的是自己。

司马曜是东晋时期的一个皇帝，他在位的时候，还是比较有作为的。打过很多胜仗，其中最著名的，被载入史册的就是淝水之战。他在国家渐渐安定以后，便开始饱暖思淫欲。每天醉生梦死，贪杯好物，不理朝政。司马曜最大的爱好就是喝酒，一喝大了，就喜欢逗闷子。而且开起玩笑来，嘴上没有把门的。皇帝爱喝酒也很正常，但没有节制地喝，可就惹祸上身了。

一天，司马曜心情很好，和爱妃张贵人喝酒。酒至三巡，菜过五味，司马皇帝的酒劲儿渐渐上来了，喜欢逗闷子的老毛病又犯了。于是开始"胡吣"。他对张贵人说："你年近三十了，年老色衰，已经不像以前那么漂亮了，又没给我生下一儿半女，还占着一个贵人的名位，明天我就废了你，找个年轻貌美的姑娘代替你。"张贵人听了，五脏俱焚，妒火中烧。而此时的孝武帝司马曜已经酩酊大醉，丝毫没有察觉张贵人的杀心。张贵人佯装好言劝酒，等孝武帝和宦官们烂醉如泥昏睡过去，便招来心腹，合力用被子把睡梦中的司马曜活活捂死了。喜欢逗闷子的帝王，倘若知道随便开个玩笑都可以送命，恐怕早已牙关紧闭，做个不苟言笑，处事严谨的人了。

　　如今这个年代，最不缺少的就是娱乐，甚至无聊到连"恶搞"都成了流行。我们真实的生活，美好的愿景，被所谓的无底线娱乐糟蹋得一地鸡毛。我们无所顾忌地逗闷子，秀下限，自以为娱乐至上是对的，其实把道德的底线越拽越低，肉眼都看不见的时候，也就是娱乐至死的时候。

掉链子

掉链子，本意是指自行车在行驶过程中，链条从传动的链轮上脱落，从而失去了传动力。引申为在关键时刻出现失误，影响了最终的结果。例如，你可是关键时候掉链子，昨天咱都说好了一起支边，早晨一睁眼你就改主意了。现在是打赢脱贫攻坚战和疫情防控阻击战最吃劲儿的关键时刻，脱贫取得胜利的收官阶段绝不能掉链子。

掉链子，也指人在事情的重要环节，失去应有的状态或故弄玄虚而被揭穿，造成失败或窘迫的结果。例如，你看看这事办的，最开始挺好的，可后来还是掉链子了。本以为咱这次能露个脸，结果现了眼，赔了夫人又折兵，真是倒霉透顶。

若论掉链子掉得好，我觉得议政大臣苏克萨哈算一个。康熙登基以后，还没有亲政，政务和军机由鳌拜等四位辅政大臣管理。苏克萨哈和鳌拜两人素来不和，总在私下里较劲。苏克萨哈为了能打败鳌拜，就告诉皇帝，如果扳倒鳌拜，康熙就能提前亲政。皇帝一听热血直往上涌，很是兴奋。在动手前，苏克萨哈拍着胸脯向康熙保证，自己的证据很多，朝廷里很多大臣都是支持自己的。而且手里还有考生陈词鳌拜罪证的试卷，这些都是铁证，只要在朝廷上当面对质，必定扳倒鳌拜。

到了同朝议政的日子，康熙一再给苏克萨哈使眼色，可是由于苏克萨哈准备的证据没有对手的多，朝臣的支持也不多，指证罪行的试卷反而成了他结党营私的证据。这两个人平时还都给对方留几分面子，现在朝堂之上当面锣对面鼓这么一敲，脸面撕开了，这下彻底激怒了鳌拜。

鳌拜权重位高还掌管军务，很多人不敢得罪他，朝堂上出现了一边倒的状态，失去支持的苏克萨哈也在鳌拜的质问下哑口无言。为了赶快惩治苏克萨哈，鳌拜不顾君臣之礼，竟然拉扯康熙的手臂。整治鳌拜没成功，康熙的脸算是丢尽了，回到后宫大发雷霆，又摔东西又骂人。康熙对苏克萨哈失望透顶，骂他成事不足败事有余，真是关键时刻掉链子。

历史上的蒋干是东汉末年的名士、辩论家，小有名气。在罗贯中的笔下，因为做事掉链子，反倒成了尽人皆知的人物。在《三国演义》中，蒋干给曹操当说客，在赤壁大战前劝说周瑜投降。当时周瑜正担心曹操的水军，在蔡瑁和张允二位水军都督的训练下日益强大。于是将计就计，摆下"群英会"，诱导他盗走张、蔡二人的"投降书"。可是蒋干不知是计，以为立了大功，扬扬得意。蔡瑁和张允被周瑜用反间计除去，蒋干也成了后人的笑柄。

虽然周瑜略施小计，让蒋干盗得密信，致使曹操错杀了二将。然而周瑜想打败曹军还是心有余而力不足，此时在江东避难的庞统想出了连环计。周瑜心里盘算如何让庞统平安过江，又如何让生性多疑的曹操不产生怀疑，正在周瑜日思夜想的时候，蒋干又来了。这次来惹的祸更大，他把庞统引见给曹操，曹操轻信了这位名士献的连环计，导致了战争的失败，葬送了曹魏的83万大军，连曹操本人也差点丢了性命。

蒋干是个有学问的人，读的书很多，可以称得上学富五车，还擅长发表各种评论，是个能引经据典的辩士。可是高谈阔论救不了国，两次过江东，两次掉链子。胸中的学问，练就的只是没有用武之地的屠龙术，成了被别人戏耍的小丑。毕竟现实生活里根本没有龙，最好的办法，是在实践中学点真本领，才能成为一个不掉链子的实干家。

干抖搂手

干抖搂手，就是干着急、没有办法可用的意思。隋唐演义中有这样的描写："程咬金知道薛仁贵这个人挺硬，他要说怎么办，九条牛也拉不回来，干抖搂手没办法，这才示意左右亮全队给大帅观阵，实际上就是暗中保护他。""东西南北都是咱的人！陈金定手拿双锤，薛金莲手提大刀，等着追杀，可元帅不发话谁敢动啊？樊梨花的军令如山，错一步就要受军令处分，因此人们干抖搂手瞪眼看着，谁也没敢追。"

"干抖搂手"，这个词儿形象生动地写出了一个人遇到事情，无可奈何只能急得瞪着两眼，双手急促摆动的窘态。这个词，在我小时候的乡村经常听人说起。

春秋战国时期，宋国有个人，见别人家的庄稼长得很好，总觉得自己家的庄稼长得太慢，着急得直抖搂手。有一天他忽然想出了一个好办法，于是便将自己地里的禾苗一棵一棵全部拔高了一些。看着自己家的庄稼一下子比别人家的庄稼长高了，感到非常高兴。回到家里他得意地对家人说："今天可把我累坏了，我一个人让地里所有的庄稼都长高了一大截！"他的儿子听完他的详细介绍，立刻跑到地里去看，结果发现他们家的禾苗全都枯死了。

同样是无计可施，同样是急得抖搂手，可是选择的方式不同，结果也不同。这个拔苗助长的成语告诉我们，有时候太过于急功近利，反而本末倒置。

清朝光绪帝，是一个有理想有抱负的皇帝，然而他的结局却是很悲惨的。他继位的时候大权全都掌握在慈禧太后手上，但他是个急脾气，是个敢想敢干的人。光绪看到当时的中国和世界列强的差距，他想通过学习国外的先进思想，来改变现在的腐朽状况。于是，他选择的办法是和慈禧太后对抗。他推行新政，想通过变法维新等措施，夺回皇帝该有的实权。光绪将强行阻挠新政实施的人革职，任命支持他的人到重要职位参加新政。然而他的这些做法，不能改变以慈禧为代表的守旧势力思想中的那些陈腐不堪的条律。光绪高估了自己，他只是个挂了几年皇帝名号的傀儡，无法和拥有实际权力的慈禧太后抗衡。当拥有军政大权的实权派，都站到了光绪帝的对立面的时候，当慈禧动用祖宗家法，圈禁他的时候，光绪只能干抖搂手，坐以待毙。如果他能隐忍一点，等慈禧去世，将大权掌握在自己手中，再推行变法或许会有不一样的结局。

反过来看汉武帝刘彻，他是一位雄才大略的皇帝，文治武功。在中国历史上的皇帝名录中，他也算是声名显赫的佼佼者。在他的治理下，汉朝成为当时世界上最强大的国家。

汉武帝刘彻刚登基的时候，其实也只是一个傀儡，朝堂大权实际掌握在窦太后手中。刘彻继位之初，年轻气盛，想马上干出一番样子，好给那些平时瞧不起自己的人看看。他推行新政，斩除弊政，这一系列的改革严重影响了以窦太后为主的权贵们的利益。窦太后看刘彻坐上帝位就这么能折腾，一边责备刘彻的做法欠妥，一边将刘彻推行的新政全部废除。朝中支持刘彻的人的结局，不是被免职就是被流放，还有的被窦太后逼得自尽了。这样一来，刘彻没有了权力，什么也做不了，只能干抖搂手，一点儿办法没有了。刘彻明白自己目前羽翼未丰，根本不是窦太后的对手。于是便不再管理朝事，所有大小事情均由窦太后和她的亲信处理。刘彻每天和侍卫们围田打猎，游山玩水，太后见他这样也就失去了戒心。汉武帝建元六年（前135），窦太后去世，刘彻得以掌握大权，从此开启了他的时代。如果不是刘彻聪慧过人，懂得迂回之术，就不会有历史上的一代圣君汉武帝了。

孔子曾经说过："无欲速，无见小利。欲速，则不达；见小利，则大事不成。"这段话的意思大家都知道，就是做事不要单纯追求速度，不要贪图小利。单纯追求速度，不讲效果，反而达不到目的。只顾眼前小利，不讲长远利益，那就什么大事也做不成。

二姨父——甩货

"甩货"的意思是因为换季、拆迁、产品更新换代等，商家为了尽快让商品及早脱手，低价抛售商品的行为。例如"清仓大处理，白菜价甩货"，"裘皮大衣两折甩货"等。记得著名相声演员高英培有段相声《不正之风》，里面有个人物叫二姨父，原词是："这次怎么不找二姨父啦。二姨父？二姨父——甩货，不找啦！"这个包袱抖得很响，在天津家喻户晓，于是"二姨父——甩货"这个当代俏皮话，就这么产生了。

以前，不实行计划生育，每个家庭都四五个孩子，家里的孩子多，所以每个人都按照排行来称呼。结婚生了孩子后，家里人习惯按着孩子的辈分喊，大姐叫大姨，大哥就喊大舅。到了喊二姨父，准会有人在后面加个甩货二字，听的人都觉得有意思，喊的人也很开心，就是二姨父有一些尴尬。

甩，还有一种感觉无用，特别不珍惜，怕给自己添累赘的意思。搞对象的如果过一段时间谈得不合适分手了，别人问起来，对象谈的怎么样了，快结婚了吧。散对象的回答："结吗婚呀，人家把我甩了。"单位的老同志："几年前就被边缘化了，50来岁就算老同志了，现在退休了，成了甩货，更没人理了。"

"甩"字常常透露出无情和决绝。想起菜市场快到傍晚的时候，新鲜水果蔬菜都已经被抢购一空。只剩下卖相不好看的，或者是快要烂的，小贩把这些菜和水果，随便用手扒拉成堆，嘴里喊着"给钱就卖啦，甩完回家啦！"让人有一种感觉，过一会儿如果没有人买，这个小贩也会把东西扔下，自己回家。

"二姨父——甩货"这句话，一般被理解为，不受人待见，被排除在外的意思。不受人待见的程度竟然都到了甩货的境地，让人听起来又可笑又可怜，据说这句话的来历可不是这个意思。

清朝末年，天津卫老城里的鼓楼西，有一户赵姓人家，只有三个闺女。三个闺女都特别漂亮，大闺女和三闺女都已经出嫁了，只有二闺女一直没找着合适的。眼瞅着岁数越来越大了，老两口特别着急，到处托亲戚给说媒。过了些日子，亲戚给介绍了一个卖鲜货的小贩。虽然家境一般，可这个小伙子勤劳朴实，为人还特别厚道，知道疼人。小两口结婚以后日子过得和和美美，一年以后还生了个大胖小子。老赵家的三个闺女都特别孝顺，逢年过节都回娘家，每次回来都不空手，大包小包的给娘家带，老两口吃的喝的啥都不缺。

转眼之间又到了中秋节，三姐妹各自带着丈夫孩子到姥姥家过节。二姨说，其他的东西你们看着买就行，鲜货让他二姨父卖完捎回来。晚上大家都做好了饭菜，等着卖货的二姨父一起回来喝酒，左等也不来，右等也不来，天都快黑了，二姨父才提着一大袋鲜货进门。姥姥忙问："怎么回来得这么晚？"二姨父说："过节进的鲜货太多了，店里没卖完，怕明天坏了，我着急来您这吃饭，就挑着两担鲜货，一边走，一边甩货，走到您这正好把鲜货甩完，这一袋是给咱自己留着吃的。"

大姨和老姨家的两个孩子看见这么多好吃的鲜货，特别开心。一边吃一边说，这是二姨父甩货给咱们留的，真好吃，下次二姨父你还去甩货！二姨说："好，二姨父甩货啦，快吃饭吧，菜都凉了。"这句话正好被街坊大娘听见了，赶紧告诉对门儿二婶："老赵家的二女婿真勤快，为了甩货，吃饭都来晚啦！"后来这句话，一传十，十传百，越传越变味，二姨父上街甩卖鲜货，却被讹传为被甩了。所以，道听途说来的，还真的不能信。这个传说中的甩货，和百姓口中的意思还真不一样呢！

动真格的

"动真格的"，这个词儿是认真严肃地对待事情，不是口头上重视，而是落实在行动上。例如，做什么事情都应该踏踏实实、稳中求进，尤其是学习，更来不得半点马虎。坚持"四个贯彻始终"，在行动中动真格、促实效，扎实推进"不忘初心、牢记使命"的主题教育工作。例如，这次期末考试，教学处决定动真格的，成绩没有合格的考生，不给补考的机会，希望大家真正重视起来，认真复习，考出自己真正的水平。

父亲告诉我，他八岁那年爷爷奶奶为了让他念书识字，就送他到本村念私塾。私塾设在村东庙里一个三连间的屋内，屋内是用土台子搭上二尺多宽的大船板当课桌，学生们自带凳子分坐在船板两边，父亲是坐在靠墙的里边。几个有钱人家的孩子，从家里搬来八仙桌子，把笔墨纸砚放到桌子上，那就宽敞舒服多了。老师吃住在庙里，学费全靠每个学生一年交给老师三至五斗粮食作为生活费用。庙内正殿供奉观音菩萨，西殿供奉柳仙，东殿是土地爷和判官以及龇牙咧嘴的小鬼。

有时村上死了人，孝子们身穿白布孝衣，列队到土地庙来报庙。只见孝子们跪拜在庙门前，哭哭啼啼烧纸钱，祈求土地爷、判官、小鬼们能善待他们先人的亡灵。在这种阴森森的环境中读书，起初父亲和其他的孩子都有点害怕，老师就开导说："《论语》上讲'子不语怪、力、乱、神'。孔圣人都不信鬼神，庙里的鬼神都是泥塑的，何惧之有！"经老师反复的教导，大家也就安心读书了。

现在想想如果不是家长和孩子都有一份念书识字的恒心，恐怕是坚持不下来的。私塾规矩很严，如果学生要去厕所，必须拿着墙上挂着的出恭牌，才能出去。这种出恭牌宽约一寸半，长足有一尺多，是木头做的。学生拿着去出恭，回来再把牌子挂上，这样别人才能再接着去。

老师每天都给学生规定好，当天要会念会背的书，这叫"号书"。学生有不认识的字可以问老师，也可以问年纪大点的同学。学生每天上午念书，中午回家吃饭，下午回来每人写一篇大仿、三行小楷，交给老师，再接着念书。

快到放学时，老师下令："背书！"屋内顿时鸦雀无声，学生们紧张地等待老师点名去背书。老师叫到谁，谁就抱着一摞书放到老师面前，然后扭过身背对着老师开始背书。背书可是动真格的，凭的是真本事。如果背书背不下来，轻则被老师斥责一顿，重则被老师用藤杆子抽。有的学生背书总挨打，就哭着逃学不念了。

父亲说，他也遇到过险情。一天，当父亲背完当天应念的书后，就从头开始背《百家姓》，刚背了几句，老师突然从父亲抱过去的书里抽出一本《大学》。老师提问道："'大学之道，在明明德'，下面是什么？"父亲幸亏没忘书中的内容，就接着背诵："在亲民，在止于至善。知止而后有定，定而后能静，静而后能安，安而后能虑，虑而后能得。物有本末，事有终始，知所先后，则近道矣。"背到这时，老师满意地说："好，回去吧！"

有一次，老师给五个念过《孟子》的，年龄也比较大点的学生讲课。爸爸当时已经念完《百家姓》《三字经》《弟子规》《名贤集》《千字文》《大学》《中庸》和《论语》等书籍，还没念《孟子》，老师让爸爸旁听讲学《孟子》。老师讲解道：战国时期，齐国齐宣王询问"行王道、统一天下"的国策。孟子告诉齐宣王说："五亩之宅，树之以桑，五十者可以衣帛矣；鸡豚狗彘之畜，无失其时，七十者可以食肉矣；百亩之田，勿夺其时，八口之家，可以无饥矣；谨庠序之教，申之以孝悌之义，颁白者不负戴于道路矣。七十者衣帛食肉，黎民不饥不寒，然而不王者，未之有也。"老师逐字逐句地讲解《孟子》书中的原文。

转天，老师把五个大点的学生叫到跟前，让他们复述昨天老师讲的内容，老师问了半天没有一个学生能复述的。老师生气了，拍了桌子，训斥他们一顿。然后老师面向大家问："你们几个没念过《孟子》的，但是旁听了的，谁能复述呀？"

屋内霎时间静了下来，这时爸爸一下子勇敢地站起来说："我可以复述。"

老师说："好，你说说吧！"

爸爸站起来说："我还没念过《孟子》，我就说说老师讲的大概意思，老师讲的是孟子告诉齐宣王让老百姓种植桑树、养蚕、织布，让老百姓养鸡狗和猪等家畜，让老百姓不误农时种好自己的庄稼，多收粮食。这样，老百姓就有饭吃、有衣服穿、有肉吃了。孟子还告诉齐宣王要办好教育，培养人才，教育孩子孝顺父母、尊敬兄长，这样百姓吃得饱、穿得暖、人民安居乐业，实现国富民强，才能统一天下。"

老师听完爸爸的叙述，特别高兴，面向大家说："人家还没念过《孟子》，旁听老师讲学，都能复述出来，这种认真的精神值得大家学习！"说完老师拿出一块"金不换"的香墨奖励给爸爸，从此爸爸念书更加用功了。爸爸每次和我说起这些过去的事情，都郑重地说，学习要动真格的，来不得半点虚假。

二百五

日常生活中，人们常把说话不正经、办事不认真、处事随便的人，叫作"二百五"。二百五，也称半吊子、不着调。关于这个词儿的来源有很多说法，有牌九说、智商说等，其中有三种来源大家是比较认同的。

古代人用银子按两计算，五百两是个整数单位，五百两为一封银子，二百五十两就是半封银子，"半封"和"半疯"是谐音，后来人们把半灵不傻的"大扯子"叫作二百五。

还有一种是来自民间传说。从前有个秀才，自小读书用功，但是时运不济，从年轻一直考到头发白了，也没得上一官半职。为了考取功名，废寝忘食，连婚姻大事都耽搁了，很晚才结婚。到了晚年，老秀才心灰意懒，淡泊名利，也许是心情放轻松了，身体就恢复活力了，竟然老树开花喜得贵子，一连生了两个儿子。老秀才感谢上苍恩赐，高兴得几天几夜都没有合眼。秀才回想自己的一生，喜极而泣，成败得失尽在心头，不由得感慨万千，于是给两个儿子起名：一个叫作成事，一个叫作败事。晚年得子的老秀才自从有了两个儿子哪也不去，就在家教孩子功课，老婆洗衣做饭，日子过得其乐融融。

一天，老秀才嘱咐妻子："我要去集市上逛逛，给孩子买点笔墨纸砚，再添置点家居用具。你在家督促两个孩子好好读书写字，大儿子写三百个正楷，小儿子写二百个仿楷。"安排妥当了，老秀才穿戴好了出门，一上午的时间马上就过去了，快到下午老秀才提着大包小包赶集回来，进家顾不上喝一口水，就连忙询问两个孩子在家的学习情况，老妻回答道：

"写是写了，不过成事不足，败事有余，两个都是写了二百五。"于是这个词就这样传开了。

当然还有一部分人认同"二百五"这个词儿，来自先秦战国故事，这个故事带着浓浓的血腥味，令人不寒而栗。战国时期有个著名的说客叫苏秦，他是鬼谷子的学生。苏秦刻苦读书，出山后也一直在外四处游学，一本《阴符》倒背如流。苏秦出使赵国，得到赵王赏识，后来他身佩六国相印，成为叱咤风云的人物，但树大招风，结下了很多仇人。

一次，他在齐国的时候被人刺杀，齐王很恼怒，要为苏秦报仇雪恨。据史料记载，刺客刺杀苏秦，苏秦身负重伤，虽没有死，但伤势太重，回天乏术。齐王紧急捉拿刺客，很多天也没有结果。苏秦这时候越发病重了，感觉自己时日不多，就对齐王说："我马上就死了，您把我用车拉到菜市口，昭告百姓，就说我是个内奸，作乱犯上，然后施以极刑，再把我的头砍下来挂在城门口，旁边贴一道榜文就说，苏秦是罪犯，杀之有功，杀苏秦者赏黄金千两，望来领赏。"

齐王依计而行，果然不到一个时辰，就有四个人声称杀了苏秦前来领赏。齐王强压愤怒说："这可是头等的大功，千万不能冒充呀！"四个人赌咒发誓咬定说是自己干的。齐王说："一千两黄金，你们四个人打算怎么分？"四个齐声回答："一人二百五。"齐王大手一挥："来人，把这四个二百五给我推出去斩了！"

"二百五"这个词儿，我们小时候一天都要说上不知几回。不管是做什么，都可以用"二百五"一概论之。如果是妈妈们说孩子，那就在嗔怪之中还带着点溺爱。如果是爸爸甩出这句话，那就是相当不满意了，有点生气了。我们孩子们相互说着对方二百五，戏谑的成分居多。

时至今日，这个词儿来源于哪都不是那么重要了。那么多有生命的，带着温度的词语陪伴我们成长，让我们的生活变得厚重有底蕴，充满灵动快乐鲜活的色彩。

点卯

"点卯",这个词儿可以理解为,报个到、看一眼,打个照面儿的意思。大多用来比喻敷衍了事,应付差事的人。古人将一天分为子、丑、寅、卯、辰、巳、午、未、申、酉、戌、亥十二个时辰。点卯的卯,就是十二时辰里面的卯时,也就是我们今天所说的早上5点到7点。

旧时,官署衙门卯时开始办公事。官员查点人数的做法,就叫点卯。吏役听候点名叫应卯,那本点名册称为卯册,若需签到则称为画卯。李存《义役谣》:"五更饭罢去画卯,水潦载道归业晡。"有的人为应付差事,早早起来,去点卯,然后忙别的事情去了。《西游记》第十五回里有,行者道:"你等是哪几个,可报名来,我好点卯。"

我们读新闻报纸常常看到这样的话:"有的领导干部点点卯就走人,搞个样子就完事。群众也不说真话,用形式主义应付干部,长此以往,后果不堪设想。"

领导对不担当、不作为的干部,会严厉地批评说:"目前,你管理的辖区环境污染严重,招商环境较为恶劣,没有投资商看中你们应该感到难为情和痛心。如果干部每天还是点点卯、上班不认真,以为这样就可以混日子了,这样就可以高枕无忧了,那你们的太平日子也就到头了!"

宋朝的英宗,从一开始就不愿意做皇帝,每天上朝就是点卯,应付差事。中国历史上为了争夺皇位,骨肉相残是常有的事情。因为龙椅象征着至尊的王权,象征着无尽的财富。当时宋朝的局势很好,可以称得上是国富民强,还有很多像司马光、欧阳修那样的政治家、文学家。英宗最开始的时候不愿意当皇帝，大臣们跪下来求他，他都不愿意，究其原因还要从英宗的出身说起。

英宗不是仁宗的儿子，他是仁宗皇帝堂哥家的孩子，名字叫赵宗实。仁宗皇帝的三个儿子先后过世，所以就收养了他。对于仁宗来说，他希望自己的亲生儿子接替自己当皇帝。所以，当仁宗的第四个儿子出生后，仁宗就把英宗送回自己的生父家。可是，过了不久这个孩子也夭折了。此时的英宗在老家生活，对他来说，他深知自己不是仁宗名正言顺的接班人，因此善良敦厚的赵宗实并不奢望做皇帝，安安稳稳地度过一生才是他所追求的。

命运就是这样，越不想要的就越能得到。仁宗在此后的20多年里再也没有生出儿子，仁宗只能认命了，想接回赵宗实。赵宗实心想：需要时就接回去，不想要时，就遣送回来，再说自己习惯了轻松自在的生活，不想再回到宫里去。可是仁宗皇帝突然驾崩，这皇帝的宝座，是不当也得当了。于是赵宗实在王公大臣们的多次催促中，才拖拖拉拉启程赶赴首都继位大统。不过他真的是非常不愿做皇帝，每天上朝只是点卯做做样子，还请出皇太后垂帘听政。

英宗为人忠厚亲和，在位期间，继续任用仁宗时的改革派重臣韩琦、欧阳修、富弼等人。英宗考虑到仁宗在位以来的弊政，英宗向执政宰辅们提出了裁除积弊的策略，征求大臣们的意见。还下诏将各品级官员的转迁年限加以延长，在一定程度上缓解了冗官现象给朝廷财政造成的压力。他虽然只做了五年皇帝，但在他的管理期间，宋朝政治清明，百姓和乐安康。

来神儿

来神儿，就是指原本萎靡低落的情绪，因为喜欢的事情，或者喜欢的人和物突然出现，而重新焕发神采。例如"这个大夫好打牌，一天闲着，两位牌友来玩，三缺一，便把街北不远的牙医华大夫请来，凑上一桌。玩得正来神儿，忽然三轮车夫张艳刚闯进来，往门上一靠，右手托着左胳膊肘，脑袋瓜直淌汗。"电视上正在转播女排比赛，解说员这样说："比赛到了白热化的状态，双方一分咬着一分僵持着，我们的女排队员有个最大的特点，对手越强越来神儿。对手越强，我们拼得越狠，结果我们女排最终以三连胜战胜了对方。"

上小学的时候，最喜欢上体育课，不管是跑步，还是打球，我都特别来神儿。有一回下了大雪，同学们觉得这样的天气，可能上不了体育课了，所以一屋子的人都特别沮丧。体育老师一进教室的门，就看出来大家的情绪不对，老师为了不扫大伙的兴，便大声提议："我们去打雪仗吧。"听得此话，大家一下子欢声雀跃，一个个都来神儿了。于是，学生们自发地分成两组，摆开了战场，开始开心快乐地打雪仗。

每个人都有让自己来神儿的喜好，大艺术家们也不例外。比如卡夫卡，他本来是一个忧郁和乖僻的人。在 20 世纪初期，文风有些衰靡，文人们缺少威风和霸气。卡夫卡的作品，因不同于其他人的叙述方式，反而让他成了 20 世纪最出名的作家之一。

卡夫卡一生瘦弱多病，三次订婚又三次悔婚，最后得了严重的肺病，才 40 多岁就去世了。在他这么多的作品里，给我留下深刻印象的是《饥饿艺术家》。这个作品描述了一个表演绝食的人，最后活活饿死的故事。这个绝食表演者，被关在铁笼内长达 40 天，表演终于结束了，绝食者已经皮包骨头，马上就要饿死了。后来他又被一个马戏团聘走，把他和其他动物一样关在笼子里，供人参观。管理者为了让观众很方便地看见他，就把关他的笼子和关野兽的笼子放在一起。可是管理的人忘了更换记日牌，绝食者无限期地绝食下去，最后悲惨地饿死。前来游玩的人们无论是看野兽还是看这个表演饥饿的艺术家同样眼睛冒着光，很是来神儿。在这个世界上，有的时候人和动物的区别已经难以分清界限了。

　　他的长篇小说《审判》，作品讲述的是银行助理约瑟夫·K 无缘无故地受审判并被处死的故事。约瑟夫·K 在 30 岁生日的那天早晨醒来，按铃声吃早餐时，进来的不是女仆而是两个官差，宣告他被捕，并被法庭审判有罪。他虽被捕却仍能自由生活，照常工作。他不知道自己在什么地方有罪，认为一定是法院搞错了。约瑟夫·K 不愿屈就命运。他同这场明知毫无希望的诉讼展开了一生的交战，公然向不公正的法庭挑战。在第一次审判时，他慷慨激昂地揭露法庭黑暗，为自己的无辜奔波，找人帮忙，想搞个水落石出，亲自动手写抗辩书，从各个方面来说明自己无罪。然而一切努力都徒劳无益，约瑟夫·K 终于明白，要摆脱命运的安排，摆脱法律之网的束缚是不可能的。最后，他毫无反抗地被两个黑衣人架走，在碎石场的悬崖下被处死。这个故事让人感觉憋闷得透不过气来，整个社会如同一张无形的网，最后他被杀死在采石场，这就是官僚制度下司法机构对他的"审判"。

　　大作家卡夫卡，生命中的最后两年是在病痛中度过的，日子过得也是穷困潦倒。尽管这样，虚弱的他只要看见高级裁缝定制的质地上等、剪裁精良的服装就来神儿，眼睛就会闪现别样的神采。可以想见长着一对精灵般耳朵的卡夫卡，穿着笔挺的高档西装，在口袋里插上丝绸手绢，并潇洒地露出一角时的帅气样子。还有像 19 世纪末的波德莱尔、王尔德、比亚兹莱这些大艺术家在自己的专业上虽都有建树，但也和普通人没有什么两样，只要看见精美的服装和美食就来神儿。

大作家不仅在自己的作品里，将众多鲜活的人物形象整饬得梦魇迷幻，一个个故事建构得光怪陆离，也把自己捯饬得衣冠笔挺、精致奢华。作家的心就是文字的大花园，种下什么，就会收获什么。虽然，有的人把自己整理成迷宫，也有的人刻意标榜自我简单，从不设樊篱。但心的花园是自己亲手打理的，尽收眼底的各色风情，最后呈现出来的时候，是需要栽种技术和管理要领的，这些可不是谁都能掌握的。

翻呲

　　翻呲，是形容一种情感状态，还没到特别绝情的地步，但已经是心里不乐意了，感受不到友善了。天津人喜欢开玩笑，玩笑开得重了，会收到这样的警告："快别说了，再说，我就和你翻呲了。"

　　办公室的小姑娘告诉我："刚寻思着这周好好干活儿吧，适当地玩会儿游戏。没想到今天刚拿起手机，领导一步迈进来正好看见，弄不好领导一翻呲，我日子就不好过了。"比如，大麻子纳闷儿了："这是咋的了，睡觉前还好好地，怎么这会儿又翻呲了，还哭上了。我明白了，这肯定是看我一脸麻子，这是后悔和我结婚了。嗨！不乐意就明说吧，天亮我套个马车给送娘家去。"翻呲，也可以称为"翻盆儿"。如"你俩刚才还好好的，甜哥哥蜜姐姐的，怎么一会儿就翻盆儿了？"也可以简化成一个"翻"字："没想到啊，这么不识逗，这脸翻的比四川变脸都快！"

　　这个词儿用得挺普遍的，平时聊天中总可以听到。可以这样告诫："这家伙可不好惹，是个翻呲花，最好离她远点儿，省得惹麻烦。"还可以这样劝慰："咱爸爸脾气越来越怪，一句话也不吃，一言不合就翻呲，我们做儿女的必须耐心点儿，凡事都顺着说，可别说翻了。"

　　每个人的脾气秉性不一样，有的敞亮，有的内向，有的识逗，有的一说话就急眼。天津人把爱翻呲的年轻人叫"青皮"，有句俗语"青皮萝卜紫皮蒜，仰脸婆子低头汉"。这句话很多人可能不理解，这句话其实就是用来形容人的。青皮萝卜和紫皮蒜都属于很辣的品种，所以生活中大家把那些脾气大，天天急鼻子怪脸的，特别不好相处的人叫青皮。

北宋建立之前，赵匡胤和赵普是很要好的朋友，又同为武将出身，有很多共同语言。赵匡胤争夺天下的时候，是赵普出谋划策，使得赵匡胤坐稳天下。赵匡胤非常赏识赵普，他使出"杯酒释兵权"的计策，让将军们交出兵权。这些曾经为他出生入死的将领也都是明白事理的人，生怕皇帝翻吡了，老命就丢了，于是各自退隐山林，做起员外来。但赵匡胤对赵普依旧信任，仍然让他担任宰相一职。太祖和赵普关系非常亲近，以至赵普每次退朝后都不敢穿便服。

一天，大雪一直下到夜里，赵普以为皇上不会来了。过了一会儿，听到敲门声，赵普赶忙出来，见太祖正立在风雪之中，赵普慌忙叩拜迎接。太祖说："我已经约了晋王了。"随后太宗也到了，在厅堂铺上双层垫褥，三人席地而坐，用炭火烤肉吃，赵普的妻子在旁斟酒，太祖把赵普的妻子唤作嫂嫂。

赵普这个人"文能提笔安天下，武能上马定乾坤"，文韬武略又善于学习，抽空还研究孔圣人的思想，达到"半部论语治天下"的境界。赵普心思缜密，才高睿智，不阿谀奉承，也不人云亦云，时刻保持清晰的头脑和独到的见解。在《宋史·赵普传》中有记载："普少习吏事，寡学术，及为相，太祖常劝以读书。晚年手不释卷，每归私第，阖户启箧取书，读之竟日。及次日临政，处决如流。既薨，家人发箧视之，则《论语》二十篇也。"

有一次，赵匡胤在朝堂上听各位大臣汇报各地的情况，突然想到一个有意思的问题。高声问道："诸位爱卿，你们当中有很多是学富五车的大儒，有谁能告诉朕，世间何物最大？"此话一出，大殿之上异常安静，群臣都低头不说话。他们想：如果回答的不对皇帝心思，皇帝翻吡了，那可就吃不了兜着走。

见此情景，赵匡胤十分郁闷，点名让一位才学过人的大臣回答。这位状元出身的大臣小声说："皇帝最大，因为普天之下莫非王土，所以陛下最大。"赵匡胤对这个答案并不满意，目不转睛地望着宰相赵普。赵普胸有成竹地站出来大声说道："还是我来回答吧，是道理，道理最大。"赵匡胤听罢频频点头，竖起大拇指认真地说："宰相所言极是，不管是谁，都必须讲道理，朕也认为如此，所以朕赞同宰相的观点，没有什么比道理更大。"

吃不了兜着走

很多年前，央视播放过一则公益广告，内容是告诉大家上饭店吃饭不要浪费。画外音是当时央视有名的主持人说的："吃不了，您兜着走啊！"当时觉得这个广告特别有创意，实际上这句广告词还原了"吃不了兜着走"这个词儿的本来意思。这则广告让观众感觉特别亲切，深入人心。

有人说这句俚语来自民间的传说。黄河边上有个姓潘的人家，家里有祖传做包子的手艺，做出来的包子皮薄馅香18个褶，十里八村的人都赶着来买。过路人只要经过，必定撂下担子，停下脚步吃上几个，觉得好吃，想再买几个带给家人好好尝尝。可是用什么带呢？潘老汉就派人买了些白布，洗干净做成长方形的小布袋，为客人提供方便。过了些年潘师傅去世了，他的儿子接过了包子店。潘老汉的儿子可不如他爹厚道，免费的白布兜子也不给提供了，包子的质量也不如以前了，一来客人就让人家买很多，有时客人不愿意多买就故意推托："我不买这么多，我吃不了啊！"他说："吃不了，可以用衣服兜着走嘛！"结果，这句"吃不了兜着走"流传开来，人们都互相告诫，可别去老潘家买包子了，吃不了还得自己兜着走。

曹雪芹《红楼梦》第二十三回有："不可拿进园去，叫人知道了，我就吃不了兜着走了。"这句话在这就引申为没有办法承担、要倒霉，责任重大承受不起的意思。

从前，郑武公在位的时候娶了一个女子，叫武姜，婚后她生下两个

158

儿子，一个叫庄公、一个叫共叔段。武姜生庄公的时候难产，武姜受了很大的痛苦，差点丢了性命，还因此受了惊吓，病了很长时间，因此武姜给儿子庄公取名叫"寤生"。也是这个原因，这个孩子从小就不招母亲武姜待见。等到两个孩子渐渐长大，武姜还是偏爱另一个儿子共叔段，并多次向武公请求，想立小儿子共叔段为世子，可是武公都不答应。

庄公即位了，武姜替小儿子共叔段请求分封到制邑那里。庄公借口说，虢叔曾死在那里，没有答应她的要求。于是武姜又请求封给太叔京邑，庄公答应了。大臣祭仲上谏庄公，应该遏制共叔段的权力，因为分封的京邑城墙超过了规定，不合法度，这样长久下去，恐怕会生祸端，要及早铲除。庄公告诉祭仲："姜氏想要这样，我也不能不答应。但姜氏和共叔段这么贪心，早晚会吃不了兜着走。"

过了不久，共叔段又收复了两块地方，领土又大了。公子吕觐见说："一个国家不能有两个国君，请您及早决断。"庄公一点儿也不着急，和公子吕说："姜氏想要这样，我也不能不答应。但姜氏和共叔段这么贪心，早晚会吃不了兜着走。"这句话和当初回答祭仲提建议时说的一模一样。接下来共叔段又把两属的边邑改为自己统辖的地方，并一直扩展到廪延。公子吕急坏了，对庄公说："马上开战吧，再不打就晚了！"庄公还是不急不躁，稳稳当当地说："看吧，多行不义必自毙，他们会吃不了兜着走的！"

共叔段车辆马匹都已经准备充足了，准备偷袭郑国。庄公知道共叔段偷袭的时候，果断地说："可以出击了！"命令子封率兵讨伐京邑，共叔段大败，先是逃到鄢城，又狼狈逃窜到共国，最后没有办法，只能自杀了。

《春秋》中将共叔段叛乱、遭郑庄公击败之事，称为"郑伯克段于鄢"，认为共叔段的所作所为不像兄弟，所以不说"弟"字。兄弟相争，好像两个国君打仗一样，所以用个"克"字。把郑庄公称为"郑伯"是讥刺他没有尽到对弟弟的教诲之责。

耍无赖

耍无赖，是指使用无赖手段来达到自己的目的。相当于老百姓的一句骂人话"不要脸"，表示厌恶而鄙视。老舍在《茶馆》第一幕里有："我亲眼看见了，你的生意不错，你甭再耍无赖，不长房钱！"柳青的《创业史》第一部第二十章里有："欢喜没想到老汉会耍无赖，恨得咬牙切齿，怒目盯着那撮不能引人尊敬的灰白胡须。"

大家常常在商场里看到这样的场景，相信不少父母也经历过自己家孩子"耍无赖"的场面。孩子通常的策略都是大哭大闹，让家长下不来台，家长为了避免尴尬，只能买下昂贵的玩具。孩子耍无赖毕竟还有可爱的地方，大人耍无赖那可就是不讲道理了。现实生活中也总能听到，"您可别和他一般见识，这就是一个混人，天生就会耍无赖！""你们营业部简直就是耍无赖！睁着眼说瞎话，我们承认自己有做得不对的地方，可你们一方也不能推掉所有责任，完全赖掉！"

从平凡人靠"耍无赖"成为皇帝的人还真有几个，如汉高祖刘邦、宋太祖赵匡胤、明太祖朱元璋等。若论耍无赖，刘邦绝对是这方面的权威人士，刘邦未发迹之前在当地就是一个出了名的小混混，好吃懒做、游手好闲都占了个遍。他的父亲也是对这个儿子失望透顶，经常打骂和责怪他，嫌弃他不如哥哥争气。

据说赵匡胤年轻的时候，和刘邦差不多，也是到处闲逛，还招惹是非。一天，太阳跟下火一样，特别热，他没有什么正事儿干，就转悠到一个叫作樊舆的地方，一路上又渴又累，满头是汗。正好路过一片瓜果地，他特别高兴，想着摘个瓜吃解解渴。但是他不会挑瓜，随手摘下来一个，用拳头砸开，是白色的生瓜蛋子。就这样砸开好几个都是生的，随手扔在旁边，还招来了一群麻雀，一时间叽叽喳喳、乱乱呼呼的。

这时候，看瓜园的大姐正好走出来，看见遍地狼藉，瓜地里还蹲着个人，大声喊道："你是谁？为什么在地里糟蹋瓜？"赵匡胤正吃着，连头都没抬，吃完一个觉得口还渴，又接着吃。这位大姐看到这么要无赖的人，气坏了，三步并作两步走到赵匡胤的跟前，一把抓住他的脖领子大吼道："你吃瓜我还能原谅你，你糟蹋这么多瓜，我可不原谅，你要给我赔瓜钱！"赵匡胤本就是个青皮，一听让他赔钱，就急眼了，胸脯儿一拍："我有的是钱，可以把你的瓜园买下都没有问题，但是老子今天没带。"实际上，赵匡胤天天东游西逛根本就没有钱，只是屁股后边夹扫帚——愣充大尾巴鹰。这位大姐知道他拿不出来钱，就说："你拿出一文钱当定钱，其余的打借条，我就放你走。"这样一来，赵匡胤更没词儿了，他的口袋比脸还干净，干脆耍起无赖："要钱没有！要命有一条！"赵匡胤以为自己这么一吓唬，这个姑娘肯定害怕就放他走了，没想到，姑娘也急了，两个人就打起来了。赵匡胤一个愣神儿，没想到让姑娘一个绊子给晃倒了，一个跟头摔在地上，姑娘一脚就踩在了他的后背上。

赵匡胤满面通红，恨不得有个地缝儿钻进去，想骂街又张不开嘴，想站起来可在姑娘的脚下让人家踩着，根本动弹不得。赵匡胤是个嘎小子，心眼儿活泛，就说："大姐，我刚才走神儿了，咱俩找个豁亮地方重新比试。"姑娘心想：你的三脚猫功夫我已经领教，我这次要打得你心服口服。二人走出西瓜地，赵匡胤趁姑娘不注意，一掌就朝姑娘耳后袭来，姑娘顺势一躲，回旋身体，反手给赵匡胤一个满脸花。打得他眼前发黑、天旋地转，捂着眼一屁股坐在地上，赶紧求饶。姑娘大笑道："我出个对联，你对出下联，就放你走，如果对不出，我就一拳打掉你的馋牙。我的上联是'吃瓜耍横不给钱，挥拳打倒大无赖'。"还没等姑娘接着往下说，赵匡胤站起身抱拳拱手接了下句："知错能改就是善，一文钱憋倒英雄汉。"

　　虽然这个故事，演绎的成分比较大，但是也可以看出来耍无赖人的嘴脸。这种人能屈能伸，遇见弱的就欺负，遇见强的就认怂。

服软儿

服软儿，就是退让、认错，不再对立的意思。我们常这样说，你虽然感觉自己没有错，但是出于对长辈的尊敬，你也要先认错、服软儿，以后慢慢解释，这也是解决问题的一个好办法。再有，这也不是原则性问题，人家不同意你的观点，也就不必再坚持，也是另一种意义上的服软儿。有时候一件事物从不同的角度观察，得出的结论往往不同，其实都有道理，有时候是出于对方的面子问题而服软儿。

老舍在《骆驼祥子》十四里有："但是，事已至此，他不能服软儿，特别是在大家面前。"还有："那个我说三叔啊，你就别难为姐姐了，前几天是我不好，得罪了你，给你赔不是，对不起了。"我长身向着三叔行礼，直接服软儿算了。

中国自古就不乏有能力的明君，像刘邦、刘彻、李世民、赵匡胤、朱元璋等都算。当然也有很多功高盖世的君主，在这里所说的明君更多指的是有能力的、有作为的。明君能治理出盛世，说明他们不仅有文韬武略的谋划，还可以广开言路，有大胸怀的胆识。

有句老话叫伴君如伴虎，大臣和皇帝的关系很微妙。唯唯诺诺是不作为，太执拗恐怕就是违抗王命。但是皇帝知道，那些勇于直谏的人都是忠臣，所以皇帝如果遇到这样的大臣也是非常珍惜。治国靠的是强权，政治靠的是铁腕，恰恰这些有能力的皇帝崇尚真理，爱惜人才。如果在朝堂之上真的是为了国家大计"呛呛"起来，明君大多会向臣子道歉服软儿。

因为唐朝宣宗皇帝李忱在位时的年号叫大中，所以史学家把他治理的这段时间叫"大中之治"，这就说明已经把他比作唐太宗和汉文帝一样的明君了。李忱最佩服的人是唐太宗，他的座右铭是，"至乱未尝不任不肖，至治未尝不任忠贤"。这句话的中心意思是奸佞之人用好了，国家也能大治。国家没有问题，也不是用的全是忠臣，忠臣用得不当，也会出大乱子，关键的还是皇帝的用人之术。以前李忱流落民间时受了很多的苦，他了解百姓真正需要什么，二十年来的政治斗争经验又锻炼了他的权谋智略。

李忱为了时刻鞭策自己，将《贞观政要》用墨笔写在屏风上，每天都要恭敬地研读一遍，为的是改善中唐以来所遗留下来的种种社会弊端。他学习先帝的治国理念努力做到公正公平、体恤百姓。他十分尊重大臣的奏议，尤其是对待那些冒着得罪皇帝的危险慷慨陈词的臣子，他也经常服软儿。

一次，李忱想到唐玄宗所修的华清宫去游玩放松一下身心，谏官纷纷上奏，争得极为激烈，以至在朝堂上都要打起来了，他马上服软儿取消了行程。唐宣宗有个舅舅叫郑光，郑光的手下人犯了罪，被逮捕了，郑光找到李忱求情。为了自己的舅舅，李忱找到了抓人的韦澳，令他把人放了。韦澳说："郑光的庄吏犯的是国法，怎么能因为是皇帝的亲戚就徇私呢？"李忱听到这里，继续求情要求韦澳把罪犯打一顿放了，结果韦澳还是不同意，唐宣宗最后只得向韦澳"服软儿"，因为他明白依法治国才能长治久安。

在唐宣宗的治理下，开创了唐朝少有的盛世。他总是轻声对自己说："唐太宗纳谏，得了魏征；我纳谏，得了魏征的五世孙魏谟，这些都是上天对我的眷顾啊。"

发小儿

"发小儿"，就是从小一起长大，陪伴了整个童年的最好玩伴。小时候，我有两个小伙伴——小静和玻璃，我们三人同岁。小静是个女孩儿，她家有四个孩子，上面三个哥哥，住我家右边。玻璃是个男孩儿，他家八个孩子，上面是四个姐姐，三个哥哥，住我家左边。玻璃的大名叫郭万征，他这个"玻璃"的小名还是源于我的大姐。

那个年代，小孩子总不洗澡，天天野在外边。玻璃的头上长了疥疮，他妈妈给他推了个光头，俗称"鸡子儿亮"。一天，我们一大群孩子在一起玩，我大姐路过，一眼就瞅见了新剃了光头的郭万征，于是欢喜地摸了摸他的头说："又亮又滑和玻璃一样。"从此郭万征就失去了他的本名，有了人人皆知的"玻璃"这个名字。

小时候，我们三个人天天在一起玩儿。一大早就都聚在小静家，先玩会儿"藏玻璃丝"，然后再玩会儿"过家家"。具体怎么玩，我都记不太清楚了。小静性格乖巧老实，我和玻璃都乐意和小静玩儿，常常争抢小静。有一次，我不知怎么惹了玻璃，玻璃说："小静，和我玩儿。要是不和我玩儿，我就打你！"小静刚想迈步子，我拉着她胳膊说："小静，别过去，和我玩儿，玻璃如果敢打你，我打他就是了。"于是，我和小静在一起玩儿，玻璃悻悻地回家了。

1976年唐山大地震，那年我四岁。记得邻居们都不敢住家里，都在外面搭帐篷住，生怕再地震。小孩子哪懂得大人的苦愁和艰难啊！这下倒好，我和小静、玻璃黑天白天吃住都在一起，玩儿得更开心了。有一次，我嘴里含着一分钱，我们三人在一起捉迷藏。我一跑，一分钱咕咚一声咽下去了，我吓得大哭，以为自己马上就死了，赶紧告诉梅姐，等晚上爸爸妈妈下班了，又告诉了爸爸妈妈。

后来我家搬走了，我们就失去了联系。十一岁左右，我家又搬回老家，我和小静又可以天天在一起，但玻璃已经不和我们女孩儿玩了。我们下午没课的时候，在树上拴上绳子打秋千。打一下午，从秋千上溜下来，头是晕的。兜子里如果有个鸡蛋，也让我俩晃散黄儿了。我和小静在一起走，别人都会问上一句，是双胞胎吗？我们一起回答："不是呀。"记得有个像电工模样的人，拿着一大卷钢丝，他看到我俩儿在路边玩儿，觉得我俩特别可爱，没有什么可给我们的，就把手里一大卷钢丝给我俩了。当然，钢丝的命运是被我俩换成冰棍儿，吃进了肚子。

我和小静有一次特别想念住在双港的老姑（我老姑，小静的老姑奶奶），我俩决定去双港。两个十多岁的小姑娘，手拉手一起从郭黄庄出发，走了4公里，在老姑家玩儿了一天。快傍晚了，我俩才从双港走回家。到家才知道，两家的大人都找疯了，又没有通信工具，刚想骑车去双港老姑家找我们，我们就回来了，那时候的小孩儿能力多强呀。

现在我们三个发小，都已经是中年人了。玻璃是个出租车司机，回娘家的时候，偶尔能看见他。他总是会乐呵呵地喊上一句："大娟子，什么时候请你吃饭啊？"他依旧喊着我的小名。小静的大名叫郭艳媚，但我们之间从未喊过大名。小静变化最大，她一改儿时的性格，变得特别活泼开朗，非常精明能干。一双巧手会做各种美食，让人垂涎欲滴，唱歌还特别好听，让我很是羡慕。

童年多有趣，我们不管白天黑夜，哪顾干净与脏乱，就是那么肆意挥霍开心与难过。想想这一切都恍如昨天啊！我怀念我的发小，怀念我的童年时光。怀念那种时间仿佛被停止，被填满，全世界只有我们三个小孩子的快乐童年。

酒疯子

酒疯子，是指醉酒后导致神志不清、发狂的人。喝酒是种乐趣，是种交际，也可以成为嗜好。但是喝酒过分了，变成酒疯子，那就是令人生厌的一件事了。

萧红在《生死场》中有："一个男人撞进来，看形象是一个酒疯子。"涉酒警情让人头痛，遇到酒疯子，更让基层民警头痛。比如：几个自称黑社会的酒疯子，半夜三更路上拦车打女人抢手机，自称自己刚刚杀人坐牢二十五年才出来，谁惹他就杀谁，法治社会这些人真的太大胆了。

要论历史上因喝酒而最出名的，"竹林七贤"应该榜上有名。这几位晋朝名士，不仅在生活上不拘礼法，还经常聚众在竹林里喝酒，直到饮酒昏醉、遗落世事。而且一边喝酒，一边高声唱歌，在当时算是特立独行的一群人物。

竹林七贤之一的刘伶特别能喝酒，酒量也特别大。民间流传这样一句话，"杜康造酒醉刘伶"。说的就是杜康和刘伶的故事，一个造酒好，一个善于品尝。历史文献记载中说，刘伶不喜欢多说话，也没有什么其他爱好，就是喜欢闲了没事喝大酒，一喝好几天都不停。有时喝了酒，晕晕乎乎的时候，让人拿把铁锹在后面跟着，告诉仆人，如果喝死了，就直接挖坑埋了。

刘伶的妻子见他喝酒已经不顾生死，就天天喊他疯子。刘伶的妻子特别担心刘伶的身体，总是劝他戒酒。刘伶对妻子说："我是凡夫俗子，只能借助鬼神的力量来帮助我，你去置办酒肉我们一起求鬼神吧！"妻子听了很高兴，马上准备了酒菜。哪知刘伶在神前却是这样祷告的："天生刘伶，以酒为名，一饮一斛，五斗解酲。妇人之言，慎不可听。"

一天，妻子酿制了一大缸酒，刘伶见了欣喜若狂，特别高兴。妻子告诉他，一会儿煮熟了就给他喝。他的妻子抱来好多柴草，架起一口大锅，一会儿，酒熟了。妻子把酒倒进大酒缸里晾凉了，喊刘伶来喝酒，刘伶兴冲冲地揭开酒盖子，酒香四溢，刘伶馋得忍不住咽了一口唾沫，顾不上拿碗，俯身就喝。妻子一把将他推进了酒缸，然后压上木头盖子，生气地对缸中的刘伶说："你这个酒疯子，要酒不要命，这回叫你喝个够！"

三天以后，刘伶妻子听缸中一点声音也没有，特别担心，急忙打开缸盖，发现满满的酒缸已见底，刘伶低着头坐在缸底，妻子以为刘伶已经死了，赶忙大声呼叫。这时候刘伶慢慢地抬起头，笑着对妻子说："谢谢啊，你答应我的事情果然办到了，但是酒还是准备得不够多啊，你看，我现在还没喝够呢！"他的妻子也真的是服了他了，以后再也不管他喝酒的事了，刘伶耳边没有了妻子的唠叨，更加日日长醉。

刘伶平时说话、做事的方式和别人不一样。他常常喝醉酒的时候，把身上衣服脱光，光着身体在屋里一边喝一边晃来晃去。外面的人有时看见了，隔着窗户小声笑话他是个酒疯子，他也不介意。

一天，有个读书人慕名去拜访刘伶，正好看见他脱得一丝不挂地在屋里溜达。读书人看他这副模样，有辱斯文，用袖子挡住眼不敢看。刘伶反倒笑着说："没有什么丢脸的，天地就是我的房子，我的房子就是我的衣裳，你怎么未经我的允许跑到我的衣服里来了？"那个客人被问得一句话也说不出，慌忙逃出去了。看来，到达一定境界的"酒疯子"心里是清醒的。

各色

各色，是特殊、与众不同、行为古怪的意思。曹禺《日出》第三幕："你这孩子也各色，放着生意不做，一天就懂得哭。"刘心武《我爱每一片绿叶》里也有："也难怪小余对魏锦星这号难以就范的各色人物不予谅解。"

譬如说待人接物吧，别人看见办喜事的都爱凑个热闹，说句吉祥话，他看见偏紧皱眉头，仿佛有一脑门子的官司；别人看见当官的点头哈腰，尽心招待，他看见冷言冷语，不理不睬。一句话，别人高兴的事，他哭丧脸；别人恭敬的事，他鼻孔朝天，对于这种人，天津人一个词儿概括——各色。

清代文人郑板桥年轻的时候，也是个行为张扬的各色人。他读书的时候家里很穷，当时也没有任何名气，日子过得穷困潦倒。虽然画画很好，但是卖的钱连基本的温饱都保证不了。一天，郑板桥读了一天的书，晚上也没有吃饭，躺在床上休息。突然发现窗外有一个身影，别人遇到这种情况一定挺紧张的，但郑板桥心想，我没有什么值钱的东西，我也不怕偷，但既然小偷来了，我就当是有人来拜访，我给他唱首歌吧。然后他开始拖着长腔大声地唱起来："大风呼呼地刮，月亮也变得昏暗，一个文明的梁上君子前来拜访，可惜我的家里冰凉寒冷。穷到家徒四壁什么都没有，有的只是那万卷的藏书和诗篇。"小偷一听，吓得转身就跑，郑板桥一看小偷跑了，还不忘赶忙提醒小偷："门外有狗别挨咬，翻墙的时候小心点儿，别把花盆摔了。"

后来，郑板桥做了蔚县的县令。一天，一个使者前来报告说，有位州长大人马上要经过蔚县，但郑板桥装作不知道，没有出城迎接。原来这位州长是个大草包，没有读过书，什么学问也没有，这个官是他自己花大价钱买来的。郑板桥从心眼儿里就瞧不上这样的人，怎么可能委屈自己去迎接他呢。后来在接待宴会上，这位州长特别恼恨郑板桥怠慢他，想要羞辱郑板桥来解心头之恨。这时，正好酒桌上有一大盘螃蟹，州长用手指着说："这走道横着的家伙，目中无人，不知眉眼高低，在下久闻郑才子诗名，您就以此为题，吟诗一首助酒兴吧。"郑板桥知道州长的意思，沉吟片刻道："八爪横行四野惊，双螯舞动威风凌。孰知腹内空无物，蘸取姜醋伴酒吟。"这位州长大人听了，脸一下子红到脖子根儿，坐在那一句话也说不出来了。

一天晚上，天气特别好，郑板桥没什么事情打算外出赏竹，刚走几步，就听到远处传来悦耳动听的琴声。这个琴声特别悠扬，不知从哪传来的，板桥便循着琴声四处寻找。走到一个四合院门口，郑板桥停下了脚步，仔细一看弹琴的是南昌城里卖糕点的店主李沙庚。这个店主看见郑板桥起身就拜，原来最初这个点心店以货真价实深受顾客欢迎，但他赚钱后，心也慢慢坏了，假冒伪劣的东西越来越多，对顾客态度也不好，生意日渐冷落。

一次，郑板桥来买点心，李沙庚惊喜万分，恭请题写店名。郑板桥也不推辞，大笔一挥写下六个大字："李沙庚点心店"，墨宝苍劲有力，引得众人前来观看大声叫好。店主得了郑板桥的墨宝欣喜若狂，马上装裱，以为从此生意兴隆，但还是门可罗雀无人进店。

郑板桥本来就是各色的人，做事不按常理出牌，原来他在写牌匾的时候故意把"心"字少写了一点，李沙庚提着贵重的礼物请求他补上。郑板桥说："没有错啊，你以前生意兴隆，是因为你有'心'，心是全的。而今生意清淡，因为你没用心，'心'少了这一点，可就啥也不是了。"李沙庚听后幡然悔悟，于是洗心革面，痛改前非。从此以后他修心修己，又一次赢得了市场，赢得了人心。

叫板

"叫板"的意思本来是指戏曲中把道白的最后一句节奏化，以便引入下面的唱腔上去或者是用动作规定下面唱段的节奏。现在这个词儿多指滋事挑衅，不服挑战一类的事。

在乾隆年间如果要挑一个最受宠、地位最稳的大臣，那么一定是和珅了，他特别聪明、能干，精通多种语言而且对乾隆忠心耿耿，深受皇帝的宠信。和珅曾担任和兼任清王朝中央政府的众多关键要职，封一等忠襄公，官拜文华殿大学士，他的职务主要包括内阁首席大学士、领班军机大臣、兵部尚书、户部尚书、刑部尚书、理藩院尚书，还兼任总管内务府大臣总管、翰林院掌院学士、《四库全书》总纂官、领侍卫内大臣、步军统领等数十个重要职务。在当时，和珅可以说是一人之下，万人之上，在朝堂上他说一句话，满朝文武没有一个敢吱声的。

有一个人叫钱沣，就是这个人敢于和这位大清第一权臣和珅公开叫板。对于和珅这么大的官，钱沣不买他的账，不仅不买账，还多次拒绝他的笼络，甚至当面痛斥他。钱沣在二十多年的为官时间里，一直刚正不阿，为官清廉，不畏强权，不怕得罪比自己官大的人，把自己的生死置之度外。别人不敢做的事情他敢做，别人不敢奏的本他敢奏，这样一来，朝中贪赃枉法的人闻风丧胆，那些大大小小的贪官也收敛了很多。

山东巡抚国泰和皇帝的大红人和珅私下关系非常好，而且是皇亲国戚，他仗着这两条，便一路官运畅通无阻，贪污受贿、敲诈百姓、放纵私欲，疯狂敛财。钱沣叫板和珅就要先打掉和珅的看家犬，他决心将国泰这个贪官扳倒，然后直捣和珅。他给乾隆帝写了一封长长的奏折，弹劾山东巡抚国泰和布政使于易简贪纵营私、纵情索贿、吏治败坏、国库亏空等几大重罪。

钱沣事先暗中查明得知和珅将派人去山东，便暗中记下这个人的长相。后来，钱沣抓住了和珅派往山东的这个人，从他的身上搜出了国泰写给和珅的回信。原来国泰、于易简两个人知道国库已经被挪用空了，准备借钱填充，想使用障眼法蒙混过关。钱沣查明后，没有半点犹豫，马上加急快报将此密信奏递乾隆。和珅害怕事情曝光，想要重金收买钱沣，钱沣没有因为和珅的权势地位而妥协，而是义正词严地拒绝和斥责他。钱沣为了准确知道国库到底亏空了多少，贴出告示要求商人们前来领取属于自己的银两，商人们看到了告示，都赶来取走自己的银子，结果查出银库亏空 4 万两，接着又严查粮仓，结果还是触目惊心，又继续盘查各县的结果也都是有很大的亏空。乾隆大怒，国泰、于易简两个人也都伏法自尽了。

钱沣不畏权贵，敢于和大贪官和珅叫板，的确不是简单的人物，可惜他劳累过度，56 岁就去世了。他的儿子在整理他的遗物时，发现一份参奏和珅的书稿，详细列举了和珅犯有的二十多条大罪，遗憾的是这份奏稿他还没有亲手奏报给乾隆帝，就去世了。后来嘉庆皇帝登基，太上皇乾隆驾崩后，嘉庆帝宣布了和珅的二十条大罪，下旨抄家，真是不抄不知道，一抄吓一跳，和珅所藏匿的财产相等于当时清政府十五年的收入，所以当时的人都这样说：和珅跌倒，嘉庆吃饱。

劲儿劲儿的

劲儿劲儿的，用作褒义是精神头儿足，特别来劲的意思。这个词有时候是贬义，比方说，你看那男的就喜欢和女生说话，只要旁边是女的就劲儿劲儿的。这个词儿还可以形容一个人端着姿态，装模作样、装腔作势的样子。

我小时候就是那种精神头儿十足的孩子，从小到大，哪怕是陌生人见了我也会这样说：瞧瞧小姑娘这个飒利劲儿啊！7 岁的时候，到了上小学的年纪，爸爸带我到北马集小学去报名。我们去的时候，晚了几天，其他的孩子都报完名了。一年级总共有两个班，我被编在了一年级二班，二班的班主任是吕老师，吕老师的名字叫吕秀敏，是民办教师。她梳着齐耳短发，长得特别周正，浓眉大眼的，尤其眼睛毛乎乎的，特别有神。她总是穿着一身蓝衣服，显得格外干净整洁。

因为我报名报晚了，班里已经排完座位了，就安排我和一个留级的男生坐在一起。那个留级生看着脏乎乎的，我特别不情愿，心里就想跟漂亮干净的女孩子坐一块儿。吕老师看出我的意思，就对我说，你看你这孩子一天天劲儿劲儿的，和谁一个座位并不重要，关键是要好好学习。

吕老师不仅教语文，还教数学。那时候，别看是民办教师，却都是全能型老师。有的老师不但能弹琴教音乐，而且会画画教美术。记得第一天上学，前面学的什么都不记得了，就记得下午最后一节课是数学，吕老师让在本子上写"1"和"2"，每个数字写一页，谁写完，找老师判阅，谁判完，谁就可以回家。我从小无论什么事情都有股争强好胜的劲儿，干什么都图快。写"1"我是第一个写完，吕老师很快判合格了。我回到座位上抓紧写"2"，写完后，找老师判，吕老师给我找出几个不合格的来，告诉我擦掉重写。我回到座位连忙拿出橡皮擦，可是开始写得太使劲了，擦不干净，有的地方擦破了，还有的擦成了黑疙瘩。

　　我那时也不懂可以撕了那页，或者每页下面垫个纸板写字，那就会方便、整洁很多。但是，我第一天上学什么都不懂啊，继续用铅笔在黑疙瘩上写"2"，然后又找老师去判阅，这下吕老师的眼眉拧成"疙瘩"了。还是让我回去重写，结果是，破的地方更破，"小黑疙瘩"变成"大黑疙瘩"。再写上的"2"好有一比，黑鸭子在黑泥里打滚儿，脏兮兮一片。经过反复几次，我情绪崩溃，难过得受不了了，眼泪不自觉地稀里哗啦地流下来，一屁股坐在地上，"哇哇"大哭起来。我这一哭，嗓门特别大，把吕老师吓一跳，一时不知所措，忙问我怎么了，还告诉我别着急，慢慢写，放学先别走，改完再走。我一听，改完才能走，哭的声音更大了，嘴里还不停地大喊着。

　　吕老师不知怎么哄我才好，把当时学校管教学的王主任喊来了，那个王主任是个男的，肤色特别黑，个子高高的，走路还一拐一拐的。王主任样子特别凶，把我从地上一下子拽起来，大声训斥我，我当时特别害怕，就记得王主任说："还哭吗？"我说："不哭了。"主任还说："改了吗？"我说："改了。"主任又说："我看你这孩子劲儿劲儿的，挺聪明的，好好学习，改改脾气，肯定差不了。"于是，这个长着大黑脸的王主任就让我回家了。

　　如今做了老师，我看到"劲儿劲儿的"的学生，就会想起我的童年，想起那些五彩缤纷的生活。

放羊了

"放羊了"，在我小时候，这个词是指自由活动、散漫地各自行动，无管束的自由状态。常有人说，某某团体解散了或者是一个人被解约了，一下子放羊了，这个词儿就是说一种没有目的、散漫的样子。

记得小学一年级的时候，因为我写数字"2"没有写好，和班主任吕老师闹了别扭，接着让长着大黑脸的王主任训了一顿，情绪崩溃了。我还能想起当时的情景，夕阳西下，我背着花布书包，一边走一边哭，擦着眼泪，好几次差点儿摔倒，一路跌跌撞撞地回家了。

到了第二天，天还没亮，我就醒了，昨天的事情在脑子里一遍一遍地回放，觉得特别没有面子，想着作业本上的那些"黑疙瘩"，想着改不好作业不让回家的孤单和无助，眼泪还是止不住流下来。一个念头涌进我的脑海：不去上学了。这个念头让我感到很紧张也很害怕，但还是决定不去了。

早晨吃过饭，妈妈把书包递给我，我假装出门，看看左右没人注意。我快速把书包藏在门口的小拉车底下，找来点儿稻草盖上，然后绕过两条胡同，躲过所有认识的人。一边儿走一边儿琢磨，也不知干点什么好。为了打发时间，看地上的蚂蚁打架，一看就是一上午。有时看天上的云，看小鸟，有时发呆。有几个老奶奶在胡同口晒太阳，我假装自己还是个没到上学年龄的孩子，坐在旁边听她们说过去的事情。

有时，正玩儿着玩儿着，一抬头，看见放学的同学们背着书包一路走着，有说有笑，我就赶忙躲到墙后边，生怕被她们看见。等同学们走过去了，我才敢走出来，装成放学了的样子正常回家。妈妈问我在学校的情况，我就说，挺好的，装作什么事情都没有，其实心里特别难受。有好几次，我都想告诉妈妈，可我还是忍住了。这样没人管束的日子并不好受，但我还是不想去上学，偷偷摸摸地逃学，过着这种放羊的日子。

一天下午，玲姐放学回家吃饭，告诉爸爸，说我三天没去上学了。原来我的班主任吕老师发现我没去上学，那时没有通信工具，也不知道我住在哪里。开始以为我病了，后来发现三天都没来，就打听我的情况，听同学说，我有个姐姐在同一所学校，于是吕老师找到了姐姐的班级，就这样逃学的事情终于"真相大白"了。爸爸听了，大吃一惊，问清了怎么回事，耐心地劝解我，给我讲了很多道理，讲了对与错。

第二天，爸爸和妈妈一起送我去上学。爸爸推着车，我坐在自行车的横梁上，妈妈给我拿着花书包。那一天，爸爸妈妈走得很慢，太阳金灿灿的，晒得人特别舒服。一会儿就走到学校了，吕老师正好在学校门口，爸爸一把抱下我，把我的手交给吕老师。吕老师拉起我，拉得紧紧的，身子贴着我，我能感觉到吕老师的亲切，心里也就不那么怕了。吕老师什么都没说，笑容特别慈祥，吕老师的手好暖呀，我抬头看了一眼太阳，太阳好大好亮啊！

我一直记得吕老师牵着我的手往教室里走的那一刻，仿佛心底里有一个声音告诉我：小学生活真正开始了！一切的一切，仿佛电影里的蒙太奇，前一帧坐在爸爸自行车前梁上的是个小女孩儿，下一帧是老师用温暖的大手牵着一个劲儿劲儿的小女孩儿走向教室，这个孩子在两个镜头的交替中已经变成知道学习不再任性的小姑娘了。

出洋相

出洋相，从字面上看应该就是洋人之相，可以形容不可理喻的怪模怪样，也可以理解成闹笑话、出丑的意思。夏衍的《解放思想，勤学苦练》："多读点书不会出洋相，学点基本知识有好处。"浩然的《艳阳天》第四章："你别让我出洋相了。五月天穿个棉猴，还不发白毛呀！"徐怀中的《西线轶事》："女兵班有的人主张照男兵办理，也推光头。有人觉得那样未免太出洋相。"

记得我出洋相，是在学生时代的第一次演讲。小学一年级的时候，我们学校组织演讲比赛，我演讲的篇目是雷锋的一篇日记，题目是《甘愿做这样的傻子》。老师选我演讲，估计不是看出我有演讲的天赋，主要是因为我嗓门儿大，声音特别洪亮，课间的时候就数我能闹腾。

一年级的小不点儿，刚学了几个上下左右、大小多少、山木水火土等之类的简单字儿。整篇的文章想读下来，还要借助于汉语拼音。刚拿到老师给的文章时，字几乎全不认识。我急急忙忙拿回家问姐姐，然后一个字一个字地标上拼音，好在我汉语拼音学得好。

这篇《雷锋日记》，写于 1960 年 8 月 20 日。雷锋是这样写的："有些人说我是'傻子'，是不对的。我要做一个有利于人民、有利于国家的人。如果说这是'傻子'，那我是甘心愿意做这样的'傻子'的。革命需要这样的'傻子'，建设也需要这样的'傻子'。"简单的几句话，我反反复复用了足足半个小时，总算能够流利地背诵下来了。

演讲比赛，定于这个学期末的最后一个星期二下午。可到了真正比赛时，却没让我们一年级参加。可能学校领导觉得我们太小了，取消了我们的参赛资格，而是让我们坐在下面当观众。当老师告诉我，不用比赛了，坐在下面为演讲的高年级同学鼓掌时，我感觉有点儿委屈，还有点想哭。于是等到高年级的同学演讲完了，我举起手来，自告奋勇地说要演讲。一个领导模样的人看着我的样子，可能觉得挺可爱的，点点头说，可以。

现在想想，我要是流利、有感情地讲完这段故事该多好啊。可是事与愿违，可能是这份争取来的演讲机会太难得了，我站在那竟然忘词儿了，急得一脑门子全是汗。结果老师又把我喊下来了，这个洋相出的啊，我都想找个地缝儿钻进去。

过了两个学年，已经三年级了，学校又组织演讲比赛，同学们都积极做准备。我上小学三年级时是 1981 年，那时候，学校过"六一"儿童节这类重要的节日，我们都会穿最"高端、大气、上档次"的衣服，那就是白衬衣、蓝裤子和白球鞋。

白球鞋每次刷完，没干时要刷上白粉，这样干了的时候才格外地白。如果被哪个同学不小心踩脏了，也会用白粉再刷上一遍，要始终保持一尘不染才最漂亮。衣服准备妥了，我让爸爸帮我选文章，爸爸觉得小孩子要选幽默风趣、有童真童趣的。于是，给我挑了一篇题目是《怎么选鸡宝宝》的文章。这次我做了精心准备，词儿背得特别熟，时刻告诉自己千万不能再出洋相了。

"我们的城市很多时候会出现卖小鸡的，一两角就可以买只毛茸茸的小鸡。同学们，你们知道怎么挑选小鸡吗？很多家长拗不过我们就买了，买回家也不知道是小公鸡还是小母鸡。直到鸡开始打鸣吵到邻居了，这才如梦初醒。今天我来教大家如何分辨小鸡公母，小鸡怎么看公母？看外表公鸡要比母鸡大些、重些，威风凛凛。母鸡相对于公鸡，眼睛不那么圆，体形小，性格温驯。"

还说了些什么，已经不记得了，大概里面还有一个引人发笑的小故事。这个类似销售人员的演讲，受到了评委老师们的青睐。这次初登讲坛竟然得个二等奖，让我高兴了好几天。这真的要感谢第一次演讲的不成功，让我从此喜欢上了舞台，也更加喜欢朗诵了。

　　五年级时，三合村有个男学生捡到一只天鹅。那时的人觉悟特别高，全家人没有任何迟疑，就交给了水上公园。水上公园，不仅是我们天津这座城市最好的公园，在全国当时也非常出名。公园里还有个动物园，什么动物都有。这个学生的行为，当时还受到了区里教育部门的表彰。我们学校的音乐老师，就根据这个故事编排了一个舞蹈《小天鹅》。

　　我们这个舞蹈分为四幕。第一幕表现的是四只小天鹅，在一起快乐玩耍的情景。我不是这个舞蹈的主角儿，我扮演的是第三只。演主角儿的是我的同学，她的名字叫郭始美。她不仅学习好，人长得也特别漂亮，大学毕业后结婚随丈夫去了国外生活。我这个配角，虽然戏份不多，但是第一幕和第四幕中都有我。第四幕表现的是天鹅历经磨难，受到人类救助后回到群体后的欢乐场面。

　　为什么要提这个舞蹈呢？因为，我们学校举办的"庆六一"联欢会要在双港镇的大礼堂举行。表演完这个《小天鹅》舞蹈节目后，就是我的演讲《董存瑞舍身炸碉堡》。

　　"董存瑞向四周一看，这座桥有一人多高，两边是光滑的斜坡。炸药包放在哪儿呢？他两次把炸药包放在桥沿上，都滑了下来。要是把炸药包放在河床上，又炸不毁暗堡。这时候，嘹亮的冲锋号吹响了，惊天动地的喊杀声由远而近。"

　　演讲到这时，忽然觉得干巴巴的，人物形象不威武，我灵机一动，要加上点儿动作才够完美。"董存瑞昂首挺胸，站在桥底下，左手托起炸药包，顶住桥底，右手猛地一拉导火线。导火线'嘶嘶'地冒着白烟，闪着火花。火光照亮了他那钢铸一般的脸。1秒钟、2秒钟……他像巨人一样挺立着，两眼放射着坚毅的光芒。他抬头眺望远方，用尽力气高喊着：'同志们，为了新中国，冲啊！'"

此时的我模仿董存瑞的动作，左手高擎着，右手握紧拳头，向正前方伸去。台下掌声雷动，我的声音沙哑了，哽咽了，眼睛里全是泪水。我不知道自己怎么走下的舞台，低下头，看不清路，只记得泪水不由自主地往下落。那一刻，我理解了什么是感动，什么是情怀，什么样的人才是英雄。

谁还会记得一个小女孩儿第一次演讲的冏样儿？有谁记起比舞蹈《小天鹅》还要热烈的掌声？我们不断地长大，汇入人群，在失去天真中似乎迷失了自己。其实从前的那个自己仍在背后，像个影子，从未远离。怀旧，不是因为那个时候多么完美，而是那个时候，我们纯真。

够呛

"够呛"的意思是达不到、做不好、不好办。如你虽然基础好，脑子也聪明，但最近你的状态不是很好，照这样下去，考北大真是够呛！也可以用来表示强度，从这么高摔下来，就算能侥幸活下来，但想恢复成原来的样子，可真是够呛。

三年级时，我家住在乡村。邻居们都喜欢养小动物，看着他们六畜兴旺的宅院，我家也学着养了几只小鸭子。开始买了 6 只小绒鸭，玲姐负责每天从河里捞点儿水草喂它们。日子一天天过去，一晃 8 个多月过去了，小鸭也逐渐长大。每当太阳出来的时候，太阳光把小鸭的周围都涂上一层金色，院子里一片金黄，非常明亮。我眯着眼睛坐在院子的角落里，看着这些欢快地踱来踱去的小鸭子，感觉特别美好，如同自己生活在童话里。

这几只小鸭子，成了我最好的伙伴。每天放学，我回到家，第一件事就是往院子中央撒上一捧玉米粒儿，小鸭子们从四面八方冲过来，小脑袋一颤一颤地吃着玉米，颇让人有些爱怜。它们挤在一起抢食的时候，我必须充当它们的调解员，以免它们互相伤害。它们迈着小步，摇摆着尾巴，鸭头忽高、忽低、忽左、忽右地四下探望，白色的羽毛在太阳的反射下异常光亮，耀眼的光芒把整个院子也映照得亮亮堂堂。小鸭子们胸前与腹部的细绒毛是浅灰色的，柔软而又厚实。看着它们围在一起吃东西的样子，我总觉得自己像是一位运筹帷幄的大将军，威风凛凛地指挥着千军万马。

有一只小鸭，爱出风头，长得也漂亮。头顶上的毛散开，像一朵盛开的菊花，大人们管它叫"咕咕头"，我则叫它"小豹子"。"小豹子"是一只小母鸭，可拥有公鸭一样的性格，显得那么与众不同，很洒脱的样子。当别的小鸭儿懒洋洋晒太阳的时候，"小豹子"却四下巡逻，听到哪有动静，就警觉地昂起头，像是一位很有素养的军官。如果家里来了生人，它就瞪起小圆眼，舞动着翅膀，用嘴拧对方。如果是自家人，它就跑到脚下"嘎嘎"叫着，一副很欢快的样子。因为它能看家护院，所以我们全家都很喜欢它。

　　鸭子能看家护院？当然是，那是绝不夸张的。只要家里来了生人，完全不比狗差。鸭子虽然实战能力不强，但是使劲叫唤的能力却是非常突出的。每当有生人进入它们的领域，鸭子总会大叫，有的时候还会扑棱着翅膀追赶它认为对自己有威胁的人。这就相当于我们人类的报警了，只是不像我们表现得那么清楚罢了。别看我家的"小豹子"走起路来摇摇摆摆，慢条斯理，可谁要敢擅闯家宅，那它可是"巾帼不让须眉"。遇到惹不起的主，它就伸长脖子大叫示警；若遇见能够战胜的，它就正面迎敌，丝毫也不胆怯。

　　我的"小豹子"，很是勇猛。比如用扁嘴去拧生人的衣角，这一招对大人的影响不算大，可是对小孩子还是有一定的震慑力的。我家的这只鸭子特别乖巧，从不四处乱逛，如果我要出去溜达，它则是忠实陪伴者。它温柔地跟在我身后，摇摇摆摆地过街穿巷，那种闲庭信步的样子，看起来很是逍遥自在。

　　我的"小豹子"非常贴心，我去同学家里玩儿，它都会一摇一摆地跟在我的左右。如果有陌生人从我身边路过，它就会警惕地向对方大叫，并且想要冲过去，想与对方决斗一场，大有保护我的意思。此时，我就会蹲下身子，用我的小手抚摩它的小脑袋。这只"小豹子"是很通人性的，它遇见我的玩伴们一点儿也不叫唤，可能已经从心里认定了是自己的朋友。如果我大喊一声，"小豹子"仿佛听见一样，会轻轻地"嘎嘎"两声回答我。"小豹子"不仅能听得懂我的口令，甚至还可以准确地按照我的命令去行动。每次看着"小豹子"精神抖擞地完成指令后的样子，我便会兴奋得脸上散发光芒，感觉是完成了很有成就感的一件事。

天有不测风云，一场鸭瘟悄无声息地开始了。鸭子们开始没有了精神，低着头、缩着颈，给什么都不吃，只喝一点水。走路的时候，也失去了往日的傲慢。走两步就"咣当"一下，趴下了，勉强站起来，扑腾两下翅膀就又倒下了。我们全家都很着急，不知道怎么办才好。

这时候，邻居家的鸡和鸭子也都陆续死去了。我家的这几只情况也越来越严重，鸭子的眼睑都肿了，全都外翻，还流着黏糊的眼泪。还有的头肿得特别大，像个大头娃娃。我看着这些病鸭子，明明知道可能闯不过这一关了，够呛能活下来，心里便特别难受。

放了学，我就坐在院子里的枣树下，无力地看着它们。鸭子渐渐地已经站不起来了，鸭舍的外面全是它们拉的绿色和灰白色的稀便，鸭子的身上也全沾满了，可我一点都不嫌弃它们，而是难受得说不出话。

3天过去了，邻居家的禽类几乎全死了，我家的6只鸭子，只剩下"小豹子"了。我在伤心之余惊叹它生命力的顽强，于是，我想方设法地想让"小豹子"逃过这场浩劫。我先将鸭舍里面打扫干净，然后铺上一层白灰。听别人说白灰能消毒，然后给它喂了几粒牛黄解毒片。因为我看到爸爸妈妈有时不舒服了，就吃牛黄解毒片，然后睡上一觉就好了。想着我的鸭子，明天一定也能药到病除，生龙活虎了，心里又满足又惬意。

第二天早上，我把头探进鸭舍，只见"小豹子"直挺挺地躺在白灰上，别致的"咕咕头"肿胀得辨认不清，小扁嘴半张着，嘴角的白沫已经流到地上，两只脚僵直，两只圆圆的眼睛永远地闭上了。我把"小豹子"拽出来，鼻子一阵发酸，难过得一屁股坐在地上，半天也哭不出来，只是用手捂着嘴。

死亡，是没有任何生灵可以幸免的，无论活着的时候多么风光，多么强大。我用小铁锹在房后松软的土地上，费了好大劲儿挖了一个坑，铺上一层干草，把"小豹子"放进去，上面再铺上一层它平时最喜欢吃的水草。用梳子把它的羽毛梳整齐，再将它掩埋好。当我站起来的时候，有点堵得慌，一种情愫在心怀荡漾。

淅淅沥沥的小雨下了一夜，听着风吹动窗棂发出的"呜呜"声，想着"小豹子"躺在冰凉的泥水里的样子，我再也睡不着了。想着此后村子清晨再也听不见公鸡叫了，水塘里，也没有了大白鹅、麻鸭子的嬉戏，心里有一种从来没有过的感觉，眼泪一下子流了下来。

长大后，我明白了那一夜的难过和凄凉。我没有把这件事和父母说，第一次心里有了悲伤。这是我人生第一次见证生活中的痛苦，第一次经历不眠之夜。那个阴凉的雨夜，我度过了手指缝之间，如沙漏一样无法停止下落的时间。

那一年，我 11 岁。

给面儿

给面儿，是一句典型的天津俚语，那意思就是特别有面子、受尊重。因为民间把受尊重，俗称有面子，反之则称为丢面子。天生幽默的天津人，把"面子"这个词联想成睡觉时盖的棉被面子。有些人为了有面子，便用了一些不正当的手段或者急功近利，反而得不偿失。结果不仅丢了面子，也落得贻笑大方。天津人就用棉被理论讽刺这种人，说他们是为了棉被面子，丢了棉被里子。

人要面子树要皮，连狗都有自尊心。妈妈告诉我，她小时候，家里养了一只狗，这只狗特别可爱，从小就特别听话，耳朵挺大的，像葵花叶子的形状。狗的尾巴特别长，还打着好看的卷，是属于本地品种中比较普通的狗。

小狗长着一身油亮的黑毛，只有肚皮的地方泛着棕黄色，圆圆的肚子胖乎乎的，家里人给小狗起名叫"黑胖子"。黑胖子天生好脾气，特别温驯可爱，是孩子们的好玩伴儿。

妈妈小时候最爱看它吃棒子面饽饽的样子，将一小块儿饽饽向高处一扔，它会跳起来用嘴去接，一接一个准儿，就像个杂技演员一样灵活。闪、展、腾、挪，灵巧异常，一改平时老实厚道的模样。那可爱又有趣的样子，总是能够逗得一家人哈哈大笑。

黑胖子通人性，是个懂事的狗，它好像知道大人们忙，总是自觉担负照看孩子的活计。它基本上一天都依偎在孩子们的身边，任凭孩子们抚摩，挠痒痒，甚至骑它，它也从来不拒绝。平时，黑胖子总是卧在炕边，妈妈小时候个子小，上不去炕，每次都会踩着黑胖子的背，再爬到炕上。黑胖子竟然知道谁个子小，只要是妈妈想上炕时，准会贴心地趴在炕沿边儿，低下头，当板凳子让妈妈踩着它上炕。

黑胖子就像个耐心的保姆，心甘情愿哄孩子们玩儿。妈妈说，有一年村子不让养狗了，还成立了打狗队。队员们见狗就打，说是怕夜里行军进驻时，狗叫声会泄露大部队的行踪。大人们告诉黑胖子，现在不让养狗了，外面有人杀狗，我们管不了你了，快藏起来吧！它竟然真的听得懂人话，瞪着大大的眼睛，眼泪顺着脸颊"哗哗"流，一声也不叫。家里人都不忍心看它，未承想黑胖子那么有自尊心，那么要面子，转天就不见了踪影。

三天后，大人们在小河边一个废弃的、四面漏风的草屋里发现了它。黑胖子精神非常不好，头一直低着，油亮的毛脏得打了卷儿，上面沾满草棍儿和干了的泥巴。黑胖子瘦了一大圈，眼睛也灰暗了很多，任凭谁喊也不答应。黑胖子就这样不吃不喝到处躲藏，家里人看见它就喂个饽饽，有时一连几天也看不见它的踪影。

有一天，妈妈远远看见一个瘦瘦黑色的影子，像是黑胖子。妈妈赶紧追过去，但是那个黑瘦的影子只是回了下头，就又不见了。再后来，怎么找也找不到了，最后连尸体也没找着。妈妈一边讲，一边低声叹息着告诉我，这个黑胖子和人一样啊，也是要面子的，它可能觉得东躲西藏的，又怕给自己家里人惹麻烦就死在外面了。黑胖子就像家里的一口人，就这么死了，太让人伤心了。

我听完后，特别心疼这只叫黑胖子的狗，也许黑胖子没有死，而是去了很远的地方。爸爸听完叹了口气接着说，狗的确要面子，还听得懂好赖话，特别仁义。他喝了一口热茶，茶的热气升腾到脸上，眼睛里很湿润，满是水雾。爸爸也慢悠悠地说起他小时候家里养的一条大黄狗。

狗的名字叫大老黄。新中国成立前，爷爷在给英国大使馆的领事馆当司机时弄来的小伢狗，经过一年的喂养，很快长成一条大狼狗。大老黄的品种是德国黑贝，足有一米多高，通身黄褐色短毛，脊背上还夹杂有黑条纹很是好看。大老黄两只耳朵直直竖立着，尾巴像把大刷子很帅气。那个年代，老百姓根本没有人养这种狼狗，对狗的品种也不重视，也不太懂，一般都是家养菜狗。大老黄可是看家护院的一把好手，它经常卧在大门过道里，外边一有动静就立刻警觉起来，前腿又粗又壮，站起来，虎虎生风，真是让人望而生畏。

大老黄有个最拿手的本领，就是追驴。那时父亲和大伯两家合住一个院儿，大伯养了一头小毛驴，为的是磨面用。小毛驴脾气犟，一不顺意就乱叫乱跑乱踢，孩子们都不敢靠近。

有一天，小毛驴挣断了拴它的缰绳跑出去了。大伯发现驴跑了就引着大老黄一起去找，大老黄很快就发现了小毛驴，只见大老黄飞奔过去又叫又咬，小毛驴吓得撒腿就跑，边跑边踢。大老黄不顾一切地紧追不舍，小毛驴犟不过大老黄的猛劲儿，跑了几圈之后，只好回家了。从此，大伯家的小毛驴只要犯犟脾气跑出去，大伯干脆自己也不去找了，就唤一声："老黄，追驴去！"大老黄准能把驴追回来。为此，大伯总是拍着大老黄的脑袋称赞它："兄弟，你可真不赖，有两把刷子！"大老黄受到表扬高兴地耷拉着舌头咧着嘴笑。大老黄在家里养了八年，也没见它生病。

一天，大老黄突然趴在过道不吃不喝了。任凭家里人拿来什么好吃的都不吃，连闻都不闻一下，家里人特别着急，可也没有办法。就这样，大老黄连续 7 天不吃不喝，死的时候，肚子瘦得都塌下去了。家里人心疼得要命，爸爸说，连一向不太理会它的大娘也直掉眼泪，爸爸更是哭得像个泪人，好几天都吃不下饭。大伯哽咽着说："我的老伙计，你可真坑人呀，怎么说走就走了呀！"家里的小犟驴好像也知道失去了好伙伴，不但不犯脾气，最奇怪的是也不尥蹶子了，竟然再也不跑了。

能耐梗

能耐梗，是指过分逞能的人，这种人喜欢出头露面，显示自己多知多懂。

我家以前养过一条狗，名字就叫能耐梗。那年我上小学五年级，大年三十儿这天，邻居二姑家的大黑生了一窝小狗，一共6只。我太开心了，天天去二姑家看小狗，这一窝小狗里有一只特别胖，跟个小肉团似的，眼睛亮晶晶的，实在太可爱了，我央求二姑，把这只小狗送给我。二姑同意了，我生怕二姑反悔，一把拎起小狗塞怀里，抱回了家。

小狗通体金黄色的，只是右前腿上有点儿黑色。刚抱回来就不认生，湿湿的小鼻子在我们的手心里蹭来蹭去，一家人的心一下子就被它俘获了。小狗虎头虎脑的，后脖子上长着一撮黑毛，爸爸说，我看就叫"能耐梗"吧。

一眨眼，四个月过去了，小狗渐渐长大，成了半大小子了。妈妈每天中午，在单位的食堂捡一些别人吃剩的包子馒头，下班时给它带回来。小狗吃得饱、睡得香，长得特别快。妈妈每天上班，小狗就一路小跑追着妈妈的自行车护送到单位。傍晚时分，会安静地卧在妈妈下班的必经之路上。"能耐梗"一看见妈妈的自行车从远处骑过来，就会欢快地跑上前，一路蹦蹦跳跳高兴地陪伴妈妈回家。

有一次，家里买了二斤肉，切好小块儿打算做小炖肉，谁也没注意小狗怎么进去的。一会儿，小狗出来了，只见它顺着墙边儿走，眼睛斜斜地看别处，肚子特别大而且圆圆的，快蹭到门槛上了。我们特别纳闷儿，跑进去一看，桌子上的肉块儿不见了，菜板也被它舔得特别干净。我们又生气又好笑，生气它偷吃肉，害得全家晚饭都没吃好，笑它竟然知道自己做了错事，走路时故意不看人，只看天，那个眼神太像个做错事的小孩子了。

一转眼，一年过去了，小狗长成了体格健壮、虎头虎脑、特别威风的帅小伙儿，全家人也越来越喜欢它了。可能是太宠溺了，小狗在外面也是特别冲。比如，邻居家有客人了，它也要叫上几声。外面来个走街串巷卖东西的，它也刷存在感。爸爸说，小狗太显自己能耐了，容易让别人恨，千万别让坏人陷害。

有一天，大姐夫来家里送东西。家里人没注意，狗子竟然跟着大姐夫的自行车跑远了。大姐夫也没有想到，狗子竟然一路跟着自行车，沿着外环线跑了20多公里。等到了大姐夫家，狗子傻眼了，它除了大姐、大姐夫谁都不认识，吓得钻到了床铺底下，谁喊也不出来。大姐夫一看也没有办法，第二天早上，又骑自行车沿外环线把小狗送回来了。这下可把狗子累坏了，虽说已经长成大小伙子了，可是也没跑过那么远的路呀。等到了家，狗子累得都站不起来了，把我们全家心疼坏了。这个给拿馒头，那个给端水，我用手摸着它的头和脖子，狗子眼里亮亮的，湿湿的。看到我们为它忙碌着，把尾巴用力地摇晃成了小风车，表示它回到家的舒坦和欢愉。

爸爸单位忙，有时下班晚。冬天黑得早，爸爸如果回来得晚了，狗子会一直在门口守着。远远地瞧见爸爸回来了，狗子赶忙跑过去，用嘴叼爸爸的大衣，拽着爸爸走，可能它觉得这样可以帮爸爸省一些力气吧。爸爸不让它咬衣服，怕咬坏，它就前蹿后跳，忙前忙后的，不知干点儿什么好。在它的心里，估计觉得自己工作特别繁忙和重要，觉得自己帮了全家人，狗的内心是多么善良可爱啊！

我上小学六年级的时候，去同学家写作业，会把书包放狗身上，让它帮我背着。休息时和同学们一起丢沙包、踢毽子，它就安静地看着。有时我把沙包丢远了就喊"能耐梗"，狗子就知道要干什么，马上把沙包捡回来。毽子踢飞了，一声令下，狗子欢快地把毽子叼回来。写完作业回家时，狗子又继续高高兴兴地给我背书包。如果有鸭子或大鹅不识趣地敢朝我叫，我的狗子马上"汪汪"两声，就把来犯之敌吓得仓皇逃窜了。此时的我威风凛凛。

我和玲姐可能从小就有文艺青年的潜质，不仅喜欢在小河边散步，也喜欢在河边的大柳树下看书。微风拂起发梢，伴着暖阳，偶尔有一两只蝴蝶飞过裙角，一只大黄狗静静地趴在脚边。不知名的昆虫飞过来，飞过去，一切静谧安详得如同一幅画。

一晃三年过去了，狗子每天尽职尽责接送妈妈上下班，爸爸晚回时，负责拽爸爸衣角，帮爸爸省一些力气，给我背书包，陪伴我写作业、做游戏。我们对狗子不是宠，更多的是尊重，其实就是当成家中一员。据说大年三十儿是狗王生日，而我家狗子恰好是那一天的生日。所以一到年夜饭必须让小狗子吃饱吃好，当然也是感谢狗子一年来的辛苦和付出。

那一天是星期四，雷雨天。空气中弥漫着浓浓的味道，闻起来一股腥气，心里烦得不行。狗子一天也没回家，全家都担心死了，分头去找，也没找见。第二天正好是星期五，作业留得特别多。放学后，没有心情写作业了，我和姐姐去找狗。我们沿着村里的小路找遍了，也没有找到。我们喊得嗓子都冒了烟，喉咙也哑了，狗子依然没有找到。我和姐姐又去河边儿找，最后在一个草垛后面发现了狗子。它斜斜地躺在那，身体肿胀，头也肿得特别大，已经死了。没想到，当年爸爸的断语还真一语成谶。狗子估计是吃了有毒的食物，难受得不忍回家打扰家人，就躲在草垛后静悄悄地死去了。

我和姐姐哭着回到家，告诉爸爸狗找到了。爸爸拿着铁锹，带着一个旧毛巾被，跟着我俩找到那个草垛。爸爸挖了一个坑，把毛巾被先铺上一半，把狗子放在被上，又用另一半盖在它身上，然后用土掩埋好狗子。爸爸说，狗太能耐了，也太仁义了，可能误食了别人投的毒食儿，发病后，怕死在家里，才自己藏在草垛后死去的。晚上，全家都没有吃饭，哥哥那时是 20 岁的男子汉，已经上班了，竟然心疼的"呜呜"哭出了声，更别说我们了。

　　第二天，下了一夜的雨。一合上眼，就是狗子朝我跑来的样子，想着狗子躺在冰冷的泥地里，我尽管盖着被子还是止不住发抖。自此，我家永不养狗。那一点一滴的回忆，如潮水般让我透不过气。回忆，有时像是一把利器，划开过往，伤了自己和过去。

弯心眼子

弯心眼子，就是绞尽脑汁、费尽心思的意思，也指故意做某事来达到自己的目的。老人们常这样说，这孩子是弯心眼子的淘啊！在这里，弯心眼子，就是故意的意思。

奶奶去世得早，父亲和我说起过，他当年为了上学，可以说是把心眼转了好多弯弯，费尽了心思。父亲说，从前的赤龙河连通运河和海河，一天两次来潮。春季螃蟹秧子顺流而下，寄生在沟渠里，多得是。真是靠山吃山，靠水吃水，靠赤龙河活水捉螃蟹就成了当地老百姓养家糊口的一条活路。

父亲生长在津郊海河支流赤龙河畔，小时候吃河蟹算是平常人家的平常菜。那时庄户人家都是种什么吃什么，基本上生活中的衣、食、住、行都是自给自足。肉是没钱买的，想吃肉要等到过年。那时哄小孩子有句话：小孩小孩你别馋，过了腊八就是年；小孩小孩你别哭，等到过年就杀猪。平时的饭桌上，没有任何东西打牙祭，所以河蟹就成了家家户户用来改善伙食，给老人、孩子补身体的最佳食物。河蟹煮着吃、腌着吃、用土豆辣子炒着吃、拌蒜捣成酱吃，怎么吃都是最好吃的美味。所以那时农村的孩子没有一个不是捉蟹高手，父亲也不例外。捉蟹方法很多，用苇帘子插蟹篓、用网拉、用手掏蟹窝儿等，其中夜间钓蟹是最普通、最省本钱，收获也最大的一种。

新中国成立初期，父亲刚上中学，那时家境比较困难，为了攒钱补贴上学费用，父亲整个暑假几乎每夜都参加夜钓螃蟹的行列。

七八月份正是钓螃蟹的好季节，每到夜晚，村子河洼草丛中灯火闪闪，流光荧荧，简直成了"夜游神"的世界。干什么活儿也是"工欲善其事，必先利其器"，钓蟹也要有适当的工具。父亲学着长辈们多年积累的经验，先用柳条截成尺半长的钓竿，一头拴上二尺来长的线绳儿，用蛤蟆肉子或是猪肉皮煮熟的玉米粒串作钓饵，制成一百多颗蟹钓子。趁天不黑到野外寻好可钓的沟渠，用镰刀打净相隔七八步距离远的一个个钓窝儿，插上缠好的钓子占上位。

　　待夜幕降临的时候，迅速将每根钓竿上的钓饵放到水里，插牢钓竿后，就立即挽起袖子和裤腿，左手拎着煤油提灯，右手拎着一个铁桶，按顺序从头逐窝巡钓。巡钓必须眼尖手快，只要见钓绳绷紧或是摇摆，那就马上放下铁桶，左手提灯照亮儿，右手顺绳而下，十有八九能抓上一个螃蟹，顺势扔到铁桶里。说是巡钓，就是马不停蹄地跑完这一百多个窝儿，"鞠"完一百多个躬，否则时间一耽搁，钓饵吃光，螃蟹逃之夭夭，落个空忙一场，还得重新更换钓子。

　　用手抓蟹要有个狠劲儿，螃蟹甲壳和胸肢很硬还有尖刺，尤其是像一对钳子的"大夹"要是夹上手指准是个口子。有时候顺绳抓上来的不是螃蟹而是蛇，或是鳝鱼，准会吓一大跳。几夜下来父亲的手被螃蟹扎得大小伤口连成一片。

　　鲁迅曾称："第一个吃蟹的人是勇士。"我想，鲁迅先生当年若是看到父亲抓蟹的手，说不定也会称钓蟹人为"勇士"。父亲说，螃蟹上钓有个规律，天刚黑和天快亮时上钓快，这可能是螃蟹饿的时候，所以父亲总是两头跑得勤，半夜可以多歇一会儿。

　　夏秋时分夜间草丛中蚊子一抓一把，胳膊、腿上总有一些蚊子叮着，吸得像小红灯笼一样，由于巡钓紧迫，精神集中，顾不上蚊叮虫咬，也不觉得疼。巡一遍钓子，尽管汗流满面，可总有二三斤的收获，一夜巡六七遍钓的河蟹二三十斤是平常的事。

天亮了，父亲和小伙伴就成群结队把螃蟹背到复兴门一带鱼市上去卖，换回几元血汗钱，就冲淡了一夜所有的疲劳。听到这些，我就想，那时的螃蟹要像现在的价钱，钓蟹人不也成大款了嘛！可惜，那时螃蟹尽管好吃，可不值钱。父亲小时候夜钓河蟹有几年的经历，也称得上老手了，不管刮风下雨，也不管手脚扎得多厉害，只要钓蟹卖钱就高兴极了。钓蟹没有钓鱼那般休闲，更没有《红楼梦》大观园中的贾宝玉那种"持蟹更喜桂阴凉，泼醋擂姜兴欲狂"的雅兴，可父亲说，他们在巡钓间歇时三两人凑在一块说笑话解解困苦中找乐也是有的。半夜三更的绝对不让说鬼笑话，因为都胆小害怕。

　　父亲说，他们小时候还编顺口溜："夜游神，夜来欢，钓螃蟹，换来钱，一家不愁吃和穿。""不怕夜黑，不怕草扎，不怕蚊虫咬，不怕螃蟹夹，只怕螃蟹回老家（天冷螃蟹回窝冬眠）。"别看这些村夫野调难登大雅之堂，但颇有写实的韵味。

　　父亲说，我现在太羡慕你们了，你们现在赶上好时候了，不像我们那个年代，为了上学，弯着心眼子赚钱，把"机关"算尽，不过也感谢那个时候，真的是太锻炼人了。父亲说，他长大后胆子大，不怕天黑走夜路，不怕吃苦受累，哪怕在劳动中受伤了也不在乎，这都是与小时钓蟹的锻炼有关系。

五脊六兽

五脊六兽，原指皇宫大殿屋顶，五道屋脊上矗立的六个神像。在我们家乡，指的就是，怎么待着也不好受，也形容心烦意乱，忐忑不安。常常听到老人们说，看看他，每天闲得无事，整得五脊六兽的。这个词用在这里，是描述一个人无所事事，闲得发慌。老舍《四世同堂》："这些矛盾在他心中乱碰，使他一天到晚的五脊六兽的不大好过。"

肖才宏的妈妈在超市里当理货员。这些日子，很多临期的食品都打折，花上十几元钱就能买一大堆，肖才宏为这没少埋怨妈妈，说他自己减不了肥都是因为妈妈在超市上班。肖才宏的妈妈于燕才不管那些，天天照买不误，弄得家里跟个小超市似的，用于燕的话说，哪有放着便宜不捡的啊！

最近，于燕特别高兴，在超市遇见熟人就会告诉人家儿子写诗的事情。而且她跟人家说的是"我儿子肖才宏都在报纸上写诗了"！结果好几个耳朵背的老邻居都听成了"我儿子肖才宏都买保时捷了"。也难怪这些人误会，主要是于燕说这些话时那个眉飞色舞的样子的确让人感觉她的儿子可能中彩票了，因此肖才宏常常被邻居问起买保时捷的事情。在肖才宏看来被人当面问起一夜暴富的事儿还不算丢面子，相比和女朋友李莹见面的事情才更让肖才宏尴尬。

肖才宏家和好兄弟罗光才家是邻居，罗光才从小就聪明，没经过任何专业训练，却可以把老虎呀还有大公鸡什么的画得跟真的似的，这些都让肖才宏特别羡慕。肖才宏从小就在罗光才家玩儿，还总在他家吃饭。

吃完饭他们一起捕蜻蜓、粘知了，还到河边钓鱼打鸟，肖才宏的游泳也是跟罗光才学的，所以他俩从小到大就是无话不说的好朋友。恰好罗光才妈妈的同事有一对双胞胎女儿，罗光才的妈妈就托人把这对姐妹介绍给了自己的儿子和肖才宏。

肖才宏在一家单位任质检员，他从小就喜欢文学，上中学时，因为上课看小说没少让老师批评。肖才宏尤其喜欢写诗，一直在诗刊和自媒体上发表作品，点击率还挺高的。邻居李阿姨从小看着肖才宏长大，看他厚道实在，家庭条件也说得过去，就想把自己本家侄女介绍给他。肖才宏说，自己和罗光才跟亲兄弟似的，要先和这个李莹见面，如果成了呢，我俩就成"一担挑儿"，这多好啊！

罗光才告诉肖才宏，双胞胎的姐姐李晶和他一见面就说："我们都快30了，也不算小了，应该知道老百姓过日子是什么了，就是好好挣钱，现在结婚都是男方把房子、汽车什么的都准备好，而且还应该给女方几十万元的彩礼。"肖才宏两眼直直地瞪着罗光才问："那你怎么回答的啊？""还能怎么回答啊，拜拜了呗！"肖才宏觉得发小分手是对的，女人不能太拜金了，哪能第一次见面连个客套话都没有，就"直奔主题"要彩礼钱，这要是结婚了，还不得把罗光才逼得劫道去啊！

李晶的妹妹李莹在社区上班，平时工作特别忙，一直抽不出时间和肖才宏见面。肖才宏也不催，因为发小罗光才见面了也没谈成，所以自己心气也不高了。一天，罗光才妈妈通知肖才宏周六早上9点见面，肖才宏和李莹见面前是有成见的，他提前准备了一番说辞，如果李莹一上来和他提彩礼的事情，他就狠狠地怼回去。肖才宏抱着应付的心情，也没怎么收拾，就去相亲了。李莹长得胖乎乎的，脸圆，皮肤挺白的，眼睛也挺大，整体看起来肉嘟嘟的，还挺招人喜欢的。这么一来，他对李莹挺有好感，顿时有点后悔没把自己收拾得精神一些。

李莹说："介绍人告诉我，你喜欢写诗，是个才子啊，你把你写的诗拿出来，我看看。"肖才宏一听还挺高兴，就把最近写的一首比较满意的《秋天的遗憾》给她看。没想到，李莹看了几眼，挺不屑地扔到了桌上，对肖才宏说："你这是写的什么呀，光知道悲春伤秋的，其实就是太闲了，一天天的五脊六兽没事干。难怪你能写出这样的诗，你看看你，头发那么长也不剪剪，看着萎靡不振、老气横秋的，都不像个新时代的年轻人。"肖才宏一听这番话，就知道李莹是个开朗、积极向上的人，性格是属于有什么就说什么，直来直去的那种，这种人没有什么心机，是肖才宏喜欢的类型。肖才宏心想：老话说的还真对，一娘生九子，九子各不同，这双胞胎姐妹的性格和价值观一点都不一样啊！

　　肖才宏这些天听惯了别人夸他诗写得好的恭维话，乍一听李莹的话一下子就有点儿发蒙。肖才宏心想：罗光才，我要失信了，不能和你当"担挑儿"了，我要和我的爱情鸟先飞了。肖才宏有些惋惜的感觉如果早些天见面就更好了，心里特别后悔也没给李莹准备个小礼物什么的，还懊悔，要是提前能买一束玫瑰花该多好啊！想到这，肖才宏小声对李莹说："我们一起去吃个饭吧，然后再去超市，给你买点喜欢吃的东西。"李莹说："哪有那闲工夫去溜达啊！今天见了面，感觉还不错，我们以后在工作中慢慢了解吧！"

　　肖才宏告诉李莹："我现在调到镇工会了，负责宣传报道工作。"李莹还没等他说完，高兴地说："太好了，肖才宏你正好练练你的笔杆子，今天我们社区的党员义务护绿队成立，你和我一起去看看，正好帮我们把把关。"李莹没等肖才宏回过神来，就一把拽起他，肖才宏笑着说："你这风风火火的性格和你姐姐太不一样了。"李莹大声说："对，我们不一样，就是不一样！"

吃挂落儿

　　吃挂落儿，是受连累、受牵连的意思。可以这样说："你倒是逞英雄了，你再这样干下去，大伙都得跟你吃挂落儿。"

　　福军的右胳膊佝偻着伸不直，还特别细，看着像螳螂。按照福军的母亲董莹的话讲，福军的胳膊是吃了大夫的挂落儿了。孩子的胳膊可不是在娘肚子里就这样的，那是出生时，遭了妇科大夫李彬的暗算。董莹的骨盆小，孩子又大，下了两次产钳都夹不出，李彬用手往外使劲拽孩子，把孩子的右胳膊拽成这样的。

　　有句俗话是胳膊肘往外拐——吃里爬外。福军的右胳膊不是"原生态"的往右拐，而是冤有头债有主的。董莹本来就不是吃亏的主，刚出了月子，就抱着福军天天往医院跑，一进挂号大厅，董莹就一屁股坐在地上，如同装了电喇叭的大嗓门就喊起来了，什么难听说什么，什么难听的话都骂，把李彬的十八代祖宗都骂个遍。医院也报了警，警察把董莹按照医闹处理，可董莹出来了，第一时间又跑到医院大喊大闹，医院一看总这样也不是办法，感觉这个董莹有些偏执，又考虑到孩子摊上这样的事情，妈妈也是不容易，为了让孩子能够生活得好点，医院领导一商量，就让董莹在医院负责保洁，工资给开得高高的，顺便方便给孩子治病。

　　董莹找到了工作，心情自然放松不少，加上保洁工作有些便利条件就是可以顺便捡废品，这些纸夹子和瓶瓶罐罐，放在一起也不少卖钱。董莹在医院后院捡了件半新不旧的白大褂，穿在身上，在大厅里做卫生的时候，总赶上患者着急地问大夫，我这个病挂哪个科啊或是化验在哪拿单子之类的问题。董莹在医院待的时间长了，看见的也多了，也明白不少医学知识，每次给患者指点的都对，为此，董莹很是开心。

董莹初中毕业，学习也跟得上，后来董莹的父母相继过世了，董莹就不上学了，在街道的小工厂里打工。过了几年，就和同一个厂的保全工福洪全结了婚，再后来，福洪全在一次维修机器的时候，出了工伤事故，触电死了。当时董莹肚子里的孩子才三个多月，董莹当时哭得晕死在机器旁，为了肚子里的孩子，也为了给福洪全留个后，董莹坚持留下了孩子。

董莹当然知道，孩子的胳膊不是吃挂落儿造成的，李大夫不但不是罪人，而且是恩人，如果不是李彬冒着风险把孩子一把拽出来，不但大人和孩子都有危险，很可能连命都保不住。现如今，董莹也只能是睁着大眼说瞎话了，只有这样，才能让自己和孩子活下去。董莹知道对不起李大夫，每次见到李大夫，董莹都不好意思抬头，李大夫也不说话，侧着身子，给董莹一个落寞的背影。

一晃十多年过去了，福军长成大小伙子了。年轻时的董莹不胖，人长得挺飒利的，脸虽然黑了点，但眉眼之间还是很清秀的。这些年董莹做保洁，练的力气越来越大，加上小时候和父亲练过几年李氏太极拳，董莹的身形也越发饱满圆润了。

事情就是这么巧，今天上午是李彬大夫值班，所以董莹做李大夫办公室门口卫生的时候也就格外地卖力。因为诬陷李大夫的事情，其实董莹早就心怀愧疚。这些年日子越来越好了，儿子也长大了，董莹心里也越来越觉得对不住李彬。有很多次，董莹想把整个事情说出来，只是不知道怎么开口。董莹擦着地，听到李大夫一边打着电话一边哭着说："你从澳大利亚回来，就闹着和我离婚，还要把孩子带走，你知道，我这么多年过得多压抑吗？自从十多年前出了医疗事故，我在医院里就再也抬不起头，心里天天就像压着一块大石头，你不在家，我又不能和父母说，天天自己带着孩子，承受着这么大的压力，那段时间，天天夜里睡不着觉，天天哭。有好多次站在江桥上，想这么跳下去，一死了之，可是想想孩子也只能活下去。你这次还想把孩子带走，可真是把我往死路上逼了。"

董莹再也听不下去了，赶快放下手里的墩布，来到自己的小更衣室。她心里很乱，如同怀里揣了很多只兔子一样"扑通扑通"地乱跳，嗓子像是堵了什么东西，喘不上气，胸口仿佛有很多的小虫子一样抓心挠肝地难受。董莹脱下白大褂，锁好门，骑上电动车朝自己家里走，骑到江桥上，发现前面好像出了什么事情，压了很长的车队。她觉得很纳闷，就顺着车流的右边慢慢往前蹭。桥上站了好几个警察，董莹问，出什么事情了？一个警察看看她说，一个人跳河了。董莹只觉得脑袋"嗡"的一声，天旋地转的，差点要晕倒，大声问道："是女的吗？是穿着白大褂的女人吗？因为什么跳的啊？"警察说："刚跳下去没几分钟，我怎么知道为什么跳，听有人议论，受了别人的诬陷，准是想不开了吧。"董莹踉踉跄跄要冲过去被警察一把拦住，警察呵斥道："太危险了，你要干什么？"董莹骑上车，赶紧往医院赶。董莹脑子一片空白，冷汗顺着毛孔流，衣服湿了一片。到了医院门口，董莹三步并作两步赶快来到李大夫办公室，发现李大夫和往常一样坐在桌旁给病人看病，董莹悬着的一颗心这才放了下来。

董莹脑子很乱，像有一团麻拧着解不开。她先给儿子福军发微信，让他马上赶到医院门口的咖啡厅见面，越快越好。福军坐在咖啡厅靠窗户的座位时，看见母亲董莹的脸色很不好。没等儿子问自己，董莹把压在心底十八年的秘密和儿子福军和盘托出。

第二天，李彬一上班就发现医院里站着很多人。大家都微笑着看着她。保洁员董莹和儿子福军手里拿着一个大红的条幅，上面写着：欠你一个公道！李彬心说，这是怎么了？她意外地发现，站在人群里的还有自己的丈夫赵桂元。李彬一上午脑子都是晕的，理了半天头绪，她终于听明白了董莹说的整个事情，领导握着她的手说，这些年让你受委屈了。李彬听着这些，明明想笑，可是眼泪却像是断了线的珠子一样噼里啪啦地往下掉，怎么擦也擦不干净。丈夫赵桂元说，董莹找过他了，把整个事情的来龙去脉和前因后果都讲明白了，而且还告诉他，在这个时候选择离婚和带走孩子真是太不应该了。

丈夫赵桂元接着说，其实，这些年生活在国外，我的思想、观念发生了改变，我把孩子带走，是为了让孩子更好地学习他自己喜欢的专业，孩子有自己选择的权利，无论是在国外求学还是回国工作，将来都尊重孩子的意愿。丈夫接着说，你这些年这么不容易，我心里还埋怨你总是一副愁眉苦脸的样子，不知道你的压力这么大，我真是太不体贴了。离婚的事情我们过一段时间再商量吧。李彬忽然觉得一切都想开了，孩子去国外读书也是好事情，离婚也没有关系，一点也不难过了。

李彬心里也明白，如果董莹有父母和丈夫，如果董莹有一份稳定的工作，如果董莹的孩子先天没有残疾，那么董莹根本不会讹医院和自己，这一切都是什么造成的啊？只能说是造化弄人了。生活的无奈，有时并不源于自我，别人无心的筑就，形成阴差阳错啊。

吃饱了不认大铁勺

吃饱了不认大铁勺，这是一句典型的天津俚话，是指吃饱了就不认人了，形容忘恩负义。如"太了解这个人了，说到他心里去了，他还就是看不起身边这些人，都什么货色啊，除了街头混混就是吃饱不认大铁勺的主儿"。还可以用来形容人目光短浅胸无大志。"瞧瞧，你是吃饱了不认大铁勺啊！一天三顿饭，两顿酒，还有一个大澡，不闻不问天下事，神仙也没你自在逍遥！"

庙会是古老的传统民俗文化活动，作为一种社会文化风俗，庙会也在多年的形成、兴起、沉淀、升华出自己独有的文化内涵——祈福上天、感恩生活。庙会，在以前又称庙市或节场，一般都是在农历新节、元宵节、二月二龙抬头等节日举行。举办庙会时，商贾云集，热闹非凡。在"中国农民丰收节"的优秀乡村文化活动评选中，津南区小站周公祠文化庙会是天津仅有的两个入选文化项目之一。

自津南区小站镇向西南走1000多米，有一排古色古香的建筑，这就是周公祠。周公祠是为纪念晚清时期周盛传和其兄周盛波修建的。周氏兄弟曾经率领自己的部下开挖了马厂减河，这条河在周公祠前静静地流淌了百年，滋润了两岸的稻田。后人在《小站纪胜诗》中曾歌咏道：引水马新肥稻粮，靳关碑记记沧桑。一篙御河桃花汛，十里村罋玉粒香。

周氏兄弟引来运河水大力垦荒种稻，使荒芜的小站地区成了鱼米之乡，对小站稻的推广和发展起了巨大作用。现在流经小站镇的马厂减河，以及月牙河等，还有许多水闸，都是当年开挖建设的，直至今天，还发挥着巨大作用。

周公祠，农闲时有两次盛大的庙会。一次是在农历三月二十八，这是春耕过后，等待着灌水插秧。一次是农历的七月二十八，这是水稻刚刚秀穗，初结果实。这次秋季庙会从农历七月二十七到七月二十九，为期三天，这次庙会以祈求丰收为主题。每逢庙会，周公祠方圆几里的地方，都会洋溢着浓浓的喜庆气氛。商贩们早在庙会前几天就会划好地盘，搭上席棚，开锣演戏，善男信女前来烧香拜佛、祈福许愿的摩肩接踵、络绎不绝，再加上做小买卖的，打把式卖艺的，把周公祠四周，围个严严实实。

小站的屯兵史和兵营文化给周公祠的文化庙会注入新鲜活力的同时，也让周公祠的庙会与众不同。周公祠花会中，具有鲜明的兵营文化特色的两道花会。有一道叫"舞花棍儿"的，舞会的人头上都扎着彩色包头，上衣穿着短款彩色外套，手里拿着一米多长的竹竿，竹竿上挂满古铜钱，随着锣鼓的节奏，舞花会的人手持竹竿上下舞动，竹竿上的铜钱"铮铮"作响，显示出一派整齐划一、团结奋进之感，再加上威风锣鼓震天响，一派生机与威严。

第二道彰显尚武之风的花会名字有些不雅叫"耍狗熊"。舞花会的人拿着一个长把的大铁勺在前领舞，另一位耍会的人穿着狗熊的衣服，追着大铁勺做出各种动作，时而打滚，时而跳跃，时而前扑，时而后翻，特别逗笑可爱，每次这道会一出场，观众无不拍手称赞，大笑连连。更会有嘎小子逗趣："快看，这只吃饱了不认大铁勺的傻狗熊！"

庙会一片热闹景象，舞龙舞狮、高跷、河北梆子剧团等民间自发组织秧歌都来到周公祠助兴表演。各种传统手工艺品：风车、剪纸、风筝、草编等都能让人想起悠远的历史。庙会上民间小吃也大放异彩，什么糖堆儿、豆根儿、烤山芋、炸泥鳅、炸铁雀等，应有尽有。只有你想不到，没有你找不到的。此时的周公祠抖落一身肃寥，享受着传统文化带给它的热闹和荣光。民俗传统文化越来越凸显出它的魅力，在周公祠庙会中我们深深地感受到中华民族的文化自信。

"要记得住乡愁"，而这一份乡愁就是承载像周公祠庙会这样的具有民族特色的传统文化中。庙会作为非物质文化遗产的一部分，不仅是为百姓带来节日的气氛，而且是一种文化滋养和传承。传统文化浓郁的周公祠在现代的改革创新中绽放着勃勃生机。

传统与现代，民俗与创新的庙会，让我们感受着中华民族博大精深，文化盛会又处处呈现出热闹祥和的喜庆氛围，周公祠文化庙会彰显了今天人们对幸福生活的向往和追求。

地根儿起

地根儿起，这是天津特有的一句俚话，是从最初、最开始的意思。例如，"我地根儿起跟他就不认识，现在他非说和我是朋友，真是无中生有"。

单位新来了一个门卫，姓冯，大家就叫他老冯。据消息灵通人士介绍，这个老冯以前在石油公司干过，还是个不大不小的干部。如今，退休了，发挥余热来这当门卫。可能是老冯以前当过干部的缘故，所以跟别的看门大爷比起来，为人处世，待人接物显得很严谨，加之勤劳、朴实，很快老冯在厂里为自己赢得了好口碑。

王师傅是个老光棍儿，无牵无挂的，所以总爱打电话找老相好的聊天，打情骂俏，口无遮拦。这天，王师傅在传达室像往常一样给老相好打着电话，聊到得意处，哈哈笑起来，正在兴头上，不经意瞥见门卫老冯咧了一下嘴，表情看起来也有点怪异，王师傅心里顿时"咯噔"一下，心想：别看老冯平时不言不语的，可"哑巴吃扁食，心中有数"，以后说话可得注意点，想到这里，聊天的兴趣也大减，撂下电话头也不回就走了。

老冯是个勤快人，平时院子里要是有废纸、破纸板什么的，他都给归置到一块儿，等收废品的老张来了，一块儿让他收走。收废品的老张是单位的关系户，单位的废品全归他收。每次废品过完秤，他都给负责过秤的李会计50元钱，说是给李会计买饮料喝，李会计每次都高高兴兴地帮老张推车出厂。

门卫老冯打开门，李会计帮老张推车，关大门的时候，李会计发现老冯的嘴很不自然地咧了两下，脸上的表情也怪怪的。李会计的脸"刷"的一下就红了：莫非，刚才老张给我钱的时候，老冯看见了？这事传出去可不好，虽然老冯平时不爱言语，但是，俗话说得好"蔫萝卜挤辣水"，想到这，李会计红着脸走了。

过了不久，单位对老冯有意见的人多了，说什么的都有，说老冯卫生打扫得不及时，说老冯发报纸有错误，说老冯爱管闲事。

经理决定辞退老冯，单位有规定，辞退员工要给双薪。老冯领完工资来到经理室，老冯一推门，经理一愣，他发现老冯又咧了一下嘴，脸上那种神秘、怪异的表情又出现了。

只听老冯诚恳地说："谢谢您呀，地根儿起我的嘴角就有抽搐的毛病，现在越来越厉害了，本来我打算这个月辞职不干了，去治病，正好您辞退我，还多给了我一个月的工资，真得好好感谢您。"

显摆

显摆，是摆阔或卖弄的意思，也有显示并夸耀的含义。老舍《骆驼祥子》十五："他以为这么来的一个老婆，只可以藏在家中；这不是什么体面的事，越少在大家眼前显摆越好。"例如，你别在这儿显摆了，哪儿凉快快到哪儿待会儿去！"显摆"，这个词儿，一个"显"，一个"摆"，把这个人的夸耀行为表现得挺充分。

"显摆"这个词，属于北方方言，就是炫耀的意思。显摆在网络上很普遍，网络也利用了现代人喜欢张扬的特点，提供了各种显摆的平台。购物回来可显摆自己的购物成果，自己有好看的首饰也可拿出来亮一下，如果是个家常菜烹饪高手，还可晒一下自己的手艺。

津南区葛沽镇自古以来是华北八大古镇之一，是天津市"一轴、两带、三区"总体发展规划的重要节点。葛沽于现代的都市有着对于她的标准定位，葛沽于古代沧海桑田有着千年历史。

葛沽作为历史文化古镇，有太多可显摆的地方了。葛沽的厚重历史，始于明代。她是天津地区著名的水旱码头和贸易中心。渔业、盐业十分兴旺，当时水陆两运十分发达。葛沽最早开通漕运是在元代中统二年（1261），那时葛沽以北地区驻扎军队，也就是海防军、漕粮离船入仓后，由地方驻军统管。当地的民粮，也归属当地驻军管理，漕运粮成为驻军和百姓混用的口粮。在粮船上常常兼带各种土产商货，如木材、布料、纸张、油蜡及各种生活用品和日常百货。漕船在返回时，也捎带一些北方的物资和土特产，但多以食盐为主。这样葛沽就成为南北货物的集散地，一时商贾云集，热闹非凡。

葛沽镇的居民靠山吃山，靠水吃水，镇上的大多百姓家里养着渔船，渔船多，码头自然多；河多，桥就自然多。百姓出海打鱼向上天祈求平安，建了很多寺庙，这些庙宇是百姓的信仰所在。旧时葛沽渔民在每年冰冻封河前停止海运，等到来年开春农历二月十九才正式出海打鱼。出海前，要沐浴更衣、焚香叩拜诸位上仙女神，祷佑行船平安、人员康泰。养船的家里也有很多讲究，做饭用的锅碗瓢勺不能扣着放在那，烙饼翻个不能说翻个，叫"划樯"或"划一樯"，目的就是讨个好彩头，图个吉利。每年入冬，冰封了河，海船停止运输，等到来年农历二月十九日出海。起航时要敬告天地，张灯结彩，燃放鞭炮，敲锣打鼓，焚香敬拜海神娘娘和白衣大士。出海平安归来，仍叩拜海神娘娘和白衣大士，置办供品，谢恩女神的庇护，拜完以后，在船上打锚校舵、喊号子。

天津葛沽宝辇花会以"八辇二亭"为中心，每座宝辇里都端坐着一位娘娘，有海神娘娘、痘疹娘娘、子孙娘娘等，形成了葛沽地区独有的酬天喜民、祷天奉神的信仰体系，尤以女神信仰为更突出的文化特色。2008 年，葛沽的宝辇花会入选天津市非物质文化遗产保护名录。

葛沽从千年厚重的贝壳堤，到屹立不倒的娘娘宫，从祭祀女神的老非遗宝辇高跷，到新非遗泥塑、刺绣、剪纸等，可以说新旧葛沽跨越千年，说不尽，道不完，还有葛沽独特的饮食文化，也可以小书几笔。葛沽最高的地方叫慈云阁。登上慈云阁，可以看到沽水淙淙，流霞点染，大好风光，尽收眼底。慈云阁有着千年的历史，她修建于明崇祯年间，阁内上下分别有如来佛祖和观音菩萨像，接受着从四面八方前来跪拜的善男信女。慈云阁的门前有一对石狮蹲在台上，一只头朝左，一只头朝右，这对石狮来头可不小，头朝左的狮子掌管水患，镇河之宝；头朝右的狮子负责司火，防止火患。

千年葛沽数不尽道不完的瑰宝很多。贝壳堤上的贝壳诉说着中国自有庙宇以来，独一无二的鱼骨庙。这座庙宇的神奇之处在于它是用巨大的鲸鱼骨为层脊，整根鱼骨为海神塑像底座。鱼骨庙旁有一眼泉水像鸟翼一样拱出于贝壳堤。据当地百姓口口相传，这就是通海的海眼，人如果趴在泉眼上，可以听到涛声拍岸，震耳欲聋，此起彼伏。而且这座神庙，赶上旧时葛沽大旱三年而不枯竭，如果是发大水，泉眼也不往外溢水，而且灌入泥沙也是常年清澈。

在葛沽所有的庙宇中，马神庙也非常著名，不同凡响。康熙皇帝当年多次巡幸重镇葛沽，曾信步游览马神庙，听百姓讲述马神庙的传奇故事，龙颜大悦，兴致勃勃亲自御书庙联，从此马神庙，陡然而贵，声名大振。

所谓九桥十八庙，是对葛沽众多桥庙的一个笼统的称呼，葛沽的名胜古迹众多，但九桥十八庙是众多古迹中最为著名的。九桥十八庙其实反映的是整个葛沽著名的人文景观和自然景观的一个象征性具体的代表而已，更为了突出葛沽古老的文化底蕴，厚重的历史意义和重大的文化内涵以及丰富的艺术氛围。

葛沽的景致很多，在诸多的景观中更有著名的"葛沽八景"。这八景分别是蛤岸遗迹、慈阁朝辉、行宫禾黍、柳影九桥、海艘帆篷、渔盐旧迹、水分三带、平潮晚渡。这八景既是葛沽历史上的绚丽色彩，也代表新旧葛沽跨越千年的时光链接。历史上许多的名人雅士、迁客骚人，多会于此，有着共同的偏好，那就是葛沽之游。尤其自康、雍、乾三大帝数次巡幸葛沽之后的二百年间，更是达到一种前所未有的状态。

这些说不尽、道不完的优势，不足以把葛沽的军事地位和经济、文化繁荣的昌盛显摆完，这个有着千年历史的文化名镇，她的悠久历史会赋予这个古镇新的历史使命。

矬子

矬子，就是矮子的意思，是对个头矮小的人的蔑称。《花城》1980年第 7 期："他是个小矬子，腿脚灵便，短发里还没有多少银丝。"

肖克峰没有任何缺点，就是个子矮。

他从小就喜欢看书，后来还迷上了写诗，单位里的人一看见他中午吃完饭一动不动坐在那，就知道肖克峰在写诗了。有一次，下班的时候赶上突然下大雨，大家都在背雨，就肖克峰骑着自行车往雨里走，同一个工段的老大哥逗趣他：要不人家肖克峰是诗人呢，这大雨天都不怕，真是"大湿人"。从此，肖克峰的绰号由"矬子"变成了"大湿人"。还有的嘎小子看见肖克峰就说："峰哥，晚上多喝点水啊，这样湿可以多做会儿，湿做的大小，取决于水喝的多少。"肖克峰也不在意这些，他在意的是和他一起进厂的几个哥们儿都已经成家了，就他自己因为个子矮，还没有女朋友。肖克峰的父母觉得自己的儿子不一般。肖克峰在工厂开了大半辈子叉车的爹逢人便说："我儿子个子矮，可是喜欢读书，早晚成贾平凹。"

肖克峰的诗发表了。《2021 年度区县作者优秀诗选》选了他的一首诗。肖克峰的爹说，我儿子告诉过我，一般的诗人写的是十四行诗，而我儿子写了很多行，比中国著名的大诗人还多，你们说说，我儿子厉害吧，还真说中了，简直就是文曲星下凡了！

还有一件事的发生，肖克峰为此彻夜难眠了。他想自己简直太了不起了，简直是不敢想象啊，这太光荣了。写出来的作品竟然成了刺向拜金主义和不良风气的匕首和红缨枪。

事情是在这样的，出版社在出版这本诗集时，觉得里面有的诗还不错，就请了一个比较著名的评论家为这本诗集写个序言。这个评论家在写序的时候，选了几首诗当例子，其中肖克峰的这首《今天北风五级》被评论家着重提了出来。肖克峰开始设想自己有可能在不久的将来会成为像北岛、顾城那样的诗人，或者是成为余秀华那样的也行啊，对，成为余秀华也行！如果是那样，我就不担心找不着对象了。想到这，肖克峰"扑哧"一声，笑出了声。

肖克峰翻开这本诗集，找到自己写的这首《今天北风五级》轻声地读着："昨晚听了天气预报，今天会有北风呼啸，穿上最厚的衣装，再戴上高高的皮帽，衣服束缚了腿脚，扔了难缠的膏药，是什么武装了你的内心？是什么抵挡了你的骄傲？抵达的是目标，凝滞的是心跳。北风，吹乱了你的鬓梢，吹不乱我的娇娆，仰望天空的北斗星，找寻新时代的正方向。"

然后又郑重地翻回到书的第二页，评论家在序言里是这样评论肖克峰的："这首诗由'昨晚听了天气预报'想到了'衣服束缚了腿脚'，由'抵达的是目标'想到了自己'凝滞的是心跳'，诗人在此用'呼啸的北风'暗喻了歪风邪气和那些拜金主义，结尾句'北风，吹乱了你的鬓梢，吹不乱我的娇娆，仰望天空的北斗星，找寻新时代的正方向'寄托了诗人要为清明正气振臂高呼的决心和勇气。全诗虽然只有十五行，但抒发了诗人内心的苦闷和焦虑以及对新时代的讴歌和赞美。这正如古人云，'我心悲伤，莫知我哀。'失意和彷徨萦绕在诗人心头，带来的痛苦挥之不去，字里行间流露出诗人热爱自己的生命现实又想要逃离现实生活所带来的痛苦，空有一身豪情，又苦于无处施展的情绪在里面。"

肖克峰读着读着，眼泪不由自主地流下来了，这评论也写得太好了！本来写的时候自己当时也没想这么多，可看评论家竟然从诗中悟出这么深刻的含义，肖克峰自己都崇拜自己了。单位工会知道了肖克峰的诗歌编进诗集的事情，让他在全体工人大会上说说创作心得。肖克峰准备了一晚上，搜了一个小时的百度，复制粘贴了一些内容，又自己改动了一点，对着镜子反复练习了几次。心里寻思，是昂着头走上台，显示一下气宇轩昂，还是稍微弓腰显示自己的谦虚谨慎呢？他在心里暗暗发誓，这次一定抓住机会不鸣而已，一鸣惊人。

第二天下午两点，全体工人大会准时召开，肖克峰含着眼泪对着话筒说："无论诗歌与长行文字，俱以意为主。意犹帅也，无帅之兵，谓之乌合。苏轼也说：'诗者，不可以言语求而得，必将深观其意焉。'这是强调意的重要性，实际上意不光重要，还应该新颖，应该写出'人人心中有，人人笔下无'的新意来，应该有独特新奇的发现和感受。"工人们哪听过这么艰涩难懂的发言啊，一时掌声雷动，经久不息。

回到家，肖克峰翻来倒去地睡不着，他想起那句名言：文学可以照亮生活，让矮子变成巨人。

鸡飞狗跳

　　"鸡飞狗跳"的意思，是把鸡吓得飞起来，把狗吓得到处乱跳，现在多指场面被人搅得有点混乱。茅盾《锻炼》中有："然而陈克明却在这里想象，一方面疑神疑鬼，又一方面畏惧怨恨所造成的鸡飞狗跳、人人自危的情形。"可以这样说："鬼子进村扫荡，把好好的一个山村搞得鸡飞狗跳。""我们马上集结民兵，带上干粮和水，我们人多，很快就把他们赶得鸡飞狗跳的。""您说，这么大点儿事，没完没了的，值得吗？还能真的为这事儿闹个鸡飞狗跳的不成？"

　　看到这个词儿，我的思绪一下子回到了30年前。小江他爸因赌博曾经闹得家里"鸡飞狗跳"。"真是不争气的东西，日子刚好过点儿，他却添上了玩钱的毛病，整天吼着，'开，开！连过年也不得安生。'"奶奶面带愠色地唠叨着。

　　爷爷瞪了一眼埋怨道："都是你惯的，40多岁了还没个正形儿！"

　　"谁惯的？你这当老子的是干吗吃的？"小江奶奶反驳着，"走，咱找他去！这回让他知道知道锅是铁打的！"

　　小江他妈见二老真动了气，只好让孩子搀扶他们出了家门。他们深一脚浅一脚地左问右转终于找到位于村东头的赌场。只见小江他爸正在吆五喝六地玩儿着二八杠，这可是要人命的玩儿法，俗话说："二八杠不要命，一翻牌输掉腚。"爷爷一看怒火中烧，大喊了一声："你给我出来！"这一声把玩钱的人们都震住了。小江他爸先是一惊，后来又觉得在众人面前丢了面子，红着脸歪着脖子扔出一句："管我干吗？"奶奶见

213

他还不挪窝儿就没好气地去拽，不料他用胳膊一挡，这可了不得了，奶奶气得当场瘫在地上。众人见状慌了手脚，小江他爸后悔得连忙呼救。

这场闹得"鸡飞狗跳"的风波，惹的全家唉声叹气没了年味儿。小江是个懂事孝顺的好孩子，今年上中学了，就主动承担起劝慰长辈的责任。他先是给爸爸斟了一杯热茶安慰说："您别光抽烟了，抽空看看我写的作文给指点指点。"他给爸爸递过作文，就跑到爷爷奶奶那了。别看小江他爸对老人有时犯愣，可对孩子却很疼爱。他拿起作文本看着，突然被一篇题为《我爱我家》的作文吸引住了，只见其中一段文字写道："我虽然有个吃穿不愁的幸福之家，但总有不愉快的事情发生。原因是我爸爸染上了玩钱的坏毛病，爷爷奶奶为此总是互相埋怨，妈妈也总是抹眼泪。自从学校开展孝敬活动以来，老师多次讲了孝敬方面的知识，使我更加关心自己的家事。老师讲过，孝敬老人是中华民族的美德，人生在世就应该知孝行孝。羔羊尚知跪乳，乌鸦尚能反哺，人若是不孝顺父母岂不是禽兽不如。我爱我家，我得让老爸提高认识，把赌博的坏毛病改了。我相信我老爸一定会把以前他教育我的话想起来，什么'不听老人言，吃亏在眼前'，什么'在家敬父母，何须远烧香'之类的，我多盼望我老爸能改掉赌博的坏毛病，变成孝敬爷爷奶奶，疼妈妈，顾家的好爸爸呀！"小江爸爸反复看着儿子写的作文，看着看着情不自禁地流下了热泪。

真是"人不学不知，木不钻不透"。小江的作文中那些发自内心的文字深深触及了他爸的灵魂，他再也躺不住了，一骨碌爬起来跑到东屋扑通一声跪到二老面前啜泣着："爸——妈——别生气了！都是我的错，我一定痛改前非，不再赌博。"

"快把你爸扶起来！""快！"爷爷奶奶擦着眼泪吩咐着小江。小江爸爸紧紧抱住儿子自愧地说："是你写的作文提醒了我，我要听你爷爷奶奶的话，以后不赌钱了。"

事后，小江他爸自编了几句誓言贴在床头，上写道："为人者，严律己。敬老人，明礼义。守法纪，戒赌癖。"

　　自此，小江他爸说到做到，没放空炮。一家人"勤俭春来早，孝敬喜事多"。

糊弄局儿

糊弄局儿，指弄虚作假，敷衍蒙混的行为，也指做一件事情光图表面过得去，不讲求质量。

1979年，我上小学一年级。这一年不同寻常，一切万物复苏，一切欣欣然睁开了眼。爸爸为了让我们能够接触点新鲜事物，省吃俭用买了一台二手的9寸黑白电视。电视台正好播美国动画片《森林大帝》，小白狮子雷欧，憨态可掬，聪明伶俐，是我最喜欢的。小雷欧继承了父亲狮子王的英勇性格，在经历了种种磨难之后，最终成为百兽之王，这个故事我至今记得。那时候，是第一次接触动画片，真是太好看了呀！每天到了看动画片时间，就拿个小板凳早早坐在电视机前静静等待。我们家孩子多，每到看电视时，几个孩子分前后排坐在电视机前。现在想想，就跟个小型电影院似的。

可是没过多久，电视机坏了，这种9寸的黑白电视机去哪修都没有配件，结果废弃了，妈妈说爸爸："你啊，就爱糊弄局儿，图贱买瘸驴，还不如当初就直接买个新的呢！"

我家虽然孩子多，但个个都是父母的心头肉。我家特别重视过年时置办衣服，可能是爸妈觉得，孩子们平时也不买新衣服，只有过年时才买一次。看着孩子们穿戴一新，尽管他们劳累了一整年，心里也是暖暖的，嘴角挂着甜甜的笑意。

除夕夜为了让每个孩子都能从里到外全是新衣，爸爸妈妈为我们置办起来煞费苦心。孩子多，不可能把我们全都带商场去，爸爸妈妈自有

216

办法，买东西时自是不用带上我们。买鞋之前，会用苇子棍儿比好我们每个人脚的尺寸，然后把苇子棍儿用皮筋扎好揣口袋里。临出门时，我们会嘱咐爸妈，别弄折了我的苇子棍儿，因为那是属于我们的鞋子的尺码。衣服，妈妈则是用手掌做尺子，妈妈用大拇指和中指伸开大约20厘米，一扎一扎地仔细量，然后记在纸上，纸上写着，梅：上衣要格的，衣长三扎，裤长五扎；玲：上衣红色，两扎半，裤长四扎等。

平时工作不忙时，爸爸也会带我们去商场玩儿。有一次，梅姐要演节目，爸爸打算带她去商场买衣服。我和爸爸说，我想要一个布娃娃和一条新裙子。爸爸说："你都多大了，还要布娃娃。"

我回答："8岁了。"

爸爸说："8岁已经是大人了，不能玩儿布娃娃了。别看电视里小孩子玩儿什么，你就要什么。"

我一想，我的确是看见电视剧里有个小女孩儿抱着个娃娃。现在想想，爸爸坚决不买布娃娃的原因，肯定是他自己的娃娃太多了，看到布做的娃娃也会头疼吧。我就答应不买娃娃了，但依然坚持我最初的要求，让爸爸为我买新裙子，爸爸答应了。下午，爸爸和梅姐回来了，果真买回了新裙子，那是一条印着淡紫色斜纹的，领口还有个动画片中小公主才有的蝴蝶结的裙子。我高兴极了，赶紧试穿，又肥又大，裙摆已经都垂到了脚面。爸爸说，衣服买大了，只能先给梅姐穿，等她穿小了，你再穿。我一边埋怨爸爸没有记好我的尺寸，一边不情愿地脱下漂亮的新裙子。当时的小脑袋不知道爸爸是为了省钱，才说出了买大了这样的话来糊弄我。一连几天，我都埋怨爸爸量错了我的尺寸，爸爸只是一个劲儿地点头笑。

爸爸生性节俭，每个月有限的工资，是要精打细算的，不可能为每个孩子，平时都添置漂亮的新衣服。可能是希望能用较少的钱买回很多东西的心态，所以爸爸总是显得太节俭。有一次，爸爸看见路边有卖黄瓜的，黄瓜特别大，跟个小菜瓜似的，颜色已经有些泛黄，但卖得非常便宜，一元可以买 10 斤。爸爸一听这么便宜，二话没说，买了 10 斤。等到家我们一吃，皮特别硬，黄瓜籽特别大，味道也是酸的，没法儿下咽。妈妈怪嗔道："你就爱糊弄局儿，这样的黄瓜也就你买，快扔土箱子里去，介黄瓜都老得成妖精了！"

等到爸爸退休了，我们也都长大了，成家立业了，爸爸再也不糊弄局儿了。如今的爸爸变得特别大方，什么好买什么，没事还请我们下馆子吃一顿。俗话说：江山易改，禀性难移，可爸爸糊弄局儿的脾气竟然变了，若问让爸爸的脾气改变的真正原因，答案只有一个，是改革开放带来的翻天覆地变化。

会来事儿

　　会来事儿，是指善于处理各种事情，做完的事情能让人满意，也指小辈对长辈的尊重。比如长辈嘱咐自己的孩子，客人来了要主动打招呼，斟茶倒水，让座递烟等。但也有的会来事儿，是投机钻营，溜须拍马，这当然就不可取了。

　　电视剧《潜伏》，相信大家都看过。只看第三集就能看出什么人会来事儿，什么人不会来事儿。余则成刚到天津站与站长第一次见面时，站长手里就在把玩古董花瓶，可见站长是非常喜欢文物古董的，刚见面寒暄几句，余则成就投其所好，送的是宋代的夜明珠。所以，余则成算是会来事儿的人。

　　这种会来事儿的人，在古代也很多。清人钱泳在《履园丛话》有过这样的记载：在大清朝的雍正年间，有一个读书人聪敏过人，口齿清晰、有辩才，干事情有眼力见儿，特别会来事儿，深得知府喜爱，让他当了自己的助手，协助办理官文。

　　一天，雍正皇帝有事召见知府，这位知府和助手一同前往。赶路太急了，官帽中爬进一只蝎子都没有察觉。朝堂之上，雍正皇帝正在问询情况，这位助理此时疼痛难忍，差点儿昏厥过去，鼻涕眼泪都流下来。皇帝感到非常诧异，就问他到底发生了什么事情？这位助手灵机一动，顺势摘下帽子，把毒蝎子裹在里面，俯下身子朝皇帝叩了三个响头，哭着说："臣子看到您就想到了先帝，听您一说话，心里感念先帝在位六十一年来的大仁大德，臣两代人受到先帝恩惠，想到这些浩荡如海的

219

隆恩，难以把持自己，忍不住涕泪纵横啊！"

雍正皇帝大为感动，又看到知府助手的头都肿了，以为是刚才磕头太使劲了，心想：这个人也太实诚了，磕头都使这么大的劲儿，这个人对我实在太忠心了。于是令左右记下了他的名字，当即提拔为知府。

像这样火线提拔的事情，历史上记载的还真挺多。南北朝时期，宋国的第五位皇帝宋孝武特别好色，后宫的妃子个个花容月貌，美艳动人。刘骏特别宠爱叔父刘义宣家的二女儿，也就是他的堂妹，后来还和她生下了第八个儿子刘子鸾。刘骏对这个堂妹百依百顺，非常疼爱，册封其为殷淑仪。南朝宋大明六年（462）的时候，殷淑仪因病去世了，刘骏整天茶饭不思，精神恍惚，干什么都打不起精神。每晚睡前，都要在她灵前倒酒对饮，一想到爱妃就痛哭不已，还时常带领大臣们到殷淑仪墓前悼念。

一天，他无心上朝，思念殷淑仪，就带着几个大臣来到墓地。回头一看随行的人中有一个是秦郡太守刘德愿，这个人武将出身，是个粗鲁人。刘骏对他说："我看你的表情很哀伤的样子，你现在就哭吧，如果哭得特别悲痛，我定重重赏你。"刘德愿听完之后，马上跪倒在地，放声大哭。声音时长时短，忽高忽低，眼泪如同关不住闸门的水龙头，擦都擦不净，一会儿的工夫，袖子都湿透了。随行的其他大臣，本来不难过的，看他哭得那么悲痛，都想起了自己去世的亲人，也都跟着"哇哇"哭了起来。刘骏一看群臣这么悲伤，心里得到了很大的安慰。皇帝见刘德愿这么直率粗糙的人竟然还这么会来事儿，给足了自己面子，况且哭出了忠心，哭出了水平，哭出了高境界，马上提拔为豫州刺史。

其实，会来事儿现在也不全是贬义。有的人知识面比较广，社会经验也比较丰富，在和各种人打交道时，都能应付自如，该办的事情都办了，对方非常满意，这样的人我们说他会来事儿，会办事儿，或者说他社交能力很强，这是褒义的会来事儿。我们都应该向这样的人学习，能应付各种复杂的人际关系，并且处理得都很好。贬义的会来事儿，是说这种人"见人说人话，见鬼说鬼话"，做人很不地道，这样的会来事儿，是不会长久的。

与人相处，一定要真诚。你真诚对待别人，换来的是别人对你的真诚。除了真诚相处外，在朋友遇到困难的时候，能热心相助才是朋友，甚至成为患难与共的朋友。

架秧子

"架秧子"，这个词儿本来是指藤本植物，小苗出秧后，需要一个架子，让逐渐长大的秧苗顺着架子长。我们小时候常说的俚语架秧子，指的是起哄、捣乱的意思。也有把互相开玩笑叫起哄架秧子的，这个词儿，在老百姓口中也有看见干什么的就跟着学的意思。

柯岩在《特邀代表》里有："他打人，多半是从劝架开始的……哪边不听，他就跟哪边打起来，成了主角。这说明动机还是好的，比袖手旁观好，比在边上起哄架秧子更好。"

最近我喜欢听京剧，究其原因是我听了二姐唱京剧。我家五个女儿，名副其实的五朵金花。二姐在我家属于"家之娇女"，因为她个子高，长得俊，又聪明，用现在的时髦词儿夸她的话就是：这个人最大的缺点，就是浑身上下没有缺点。

俗话说：金无足赤，人无完人。可二姐在我们全家人的心目中，就是完美的人。从小到大，只要有二姐的地方，耳边总是响起这样或那样的赞叹声："啧啧，怎么长的，小姑娘咋这么漂亮呢！""瞧瞧人家这孩子，真是 360 度无死角呀，横看竖看都挑不出一丁点儿不好看的地儿呢！"

长大后才知道，诗经上是这么形容美人的，"手如柔荑、肤如凝脂，领如蝤蛴，齿如瓠犀，螓首蛾眉"。美人笑起来是要，"巧笑倩兮、美目盼兮、明眸皓齿、笑靥如花"，用这些好词儿再比照二姐，才知道啥叫恰如其分。

有一次，我们坐在一起聊天。二姐说，最近在学京剧，我就让二姐给我们唱一段。二姐想必是胸有成竹，也没怎么推辞，就坐在椅子上唱起来，"海岛冰轮初转腾，见玉兔，玉兔又早东升。那冰轮离海岛，乾坤分外明，皓月当空，恰便似嫦娥离月宫，奴似嫦娥离月宫。"

我一时听得入了神儿，半天都动不了地儿。真的太好听了！听着悦耳动听，清丽舒畅的"咿咿呀呀"，眼前真的出现一幅画面：天上有一轮圆月，洒下万丈清辉，月下一个美丽的女子，拿着扇子，低眉抬腕，轻舒云手，玉袖生风，似彩凤飞舞，典雅高贵。

我半天缓不过来神儿，唱戏怎么可以唱得那么好听呢？看着姐姐稳稳当当地坐在椅子上，唱着贵妃醉酒的时候，我觉得世界上最美妙的天籁也不过如此。那个时候由于不懂戏词儿，不知道姐姐具体唱的是什么，只是觉得"咿咿呀呀"真是好听。

我从小也算是看过几出戏的。那时，我也就八九岁的样子，电视里放《锁麟囊》《七品芝麻官》《白蛇传》《陈三两爬堂》《卷席筒》等，我都陪妈妈看过。二姐唱京剧唱得这么好，应该也是遗传了妈妈的爱好。妈妈喜欢看戏，我也像个小大人一样坐在那看。有时妈妈会随着剧中人物的伤心掉眼泪，我也跟着哭。这次听二姐唱戏，勾起了我的儿时回忆，我也要学一段京剧。爸爸看我要学唱京剧，笑着说："你的嗓子粗，快别跟着你二姐起哄架秧子了，你不适合唱京剧，唱通俗歌曲还凑合。"我可不信邪，我打定主意要学一段儿，我先从哪段学起呢，我就从《三家店》学起。

我每天上班开车的时候打开网易云音乐，设置成单曲循环模式，由于我家离单位很近也就 5 千米，开车就七八分钟的路程，这个选段只听两遍就到单位了。然后中午休息的时候，插上耳机，点上循环模式，再听两遍。下班回家的路上再听上几遍，这样经过一周的时间，基本上就听会了。

我最想学的是《贵妃醉酒》，这是我第一次听姐姐唱完之后，就特别喜欢的，这也是梅派代表曲目。我坚持听了很多遍，终于会唱了，我高兴得差点儿跳起来，迫不及待地录了一段，赶紧放在朋友圈。大姐听了之后说："听你唱这段曲目之后，我一宿都没睡觉，耳边一直回响着这段唱腔。我就想，这是我老妹的声音吗，平时说话这么粗门大嗓的人，突然间变得这么细腻，还挺好听的。"爸爸也笑着说，我再也不说你起哄架秧子了。

　　我心里又激动又高兴，感觉特别神奇，觉得不可思议。看来生活中起哄架秧子也不全是坏处，也能给生活带来很多的乐趣。

出河工

出河工，是一项很重的体力活。出河工有两种说法，去河边出河工，称为上河堤；挖村庄里的河流，则为挑河泥。在过去，农村劳动力都有一项出河工的义务，每年春秋两季河工，生产队的壮劳力都要架着推土车，或带着抬筐出河工。

妈妈是 1942 年春天出生的，新中国成立那年妈妈 7 岁。妈妈从 15 岁就参加了生产队劳动，16 岁那年赶上出河工，那是妈妈头一次干这么重的活。

二月的天还是很冷，土还是硬的。早上，用头巾裹上两个玉米饼子，再撕上半块咸疙瘩头揣在怀里，这就是一天的干粮了。出河工的地方，离村子不算远，但要走 5 里路。如果抄近路，必须经过一片小树林。冬季刚过，树林里的枯木很多，风刮起来，感觉有些阴森。树林中间化雪的地方，还有冰碴子，走不好就会来个大屁股蹲。妈妈万分小心，走着走着，还是滑倒了，脚正好踹到裸露的老树桩坚硬的根上，把解放鞋都穿透了。妈妈赶忙把裤子挽到大腿上，脱下鞋，发现脚没破皮，只是紫了，也没在意，继续赶路。

到了地方，就赶紧干活了，一上午的时间在劳动中过得很快。中午吃干粮时，感觉两只脚都是麻的，感觉不到温热气。旁边的大婶是个明白人，慌忙对妈妈说，快把鞋脱下了，你这个是寒凉引发的聚筋病，赶快拿酒点上火搓，不然明天就会肿成馒头，出不了河工了。正好，出河工里有个邻村的三大爷带着烧酒，大婶找三大爷借了烧酒，点上火，抱着妈妈的脚搓了半个小时，妈妈干了一下午的活，也没太疼，回家又用烧酒点上火，搓了一个时辰，第二天没耽误出河工。

妈妈说，出河工虽然累，可大家都愿意干，因为分值高。最开始，自己带干粮，中午有人给做汤，热乎乎的胡辣汤，里面还有肉末，把饽饽泡里面，实在是太香了，一会儿就吃一大碗。再后来，自己不用带饭，中午由队里免费提供，而且是馒头。这下出河工的人乐坏了，很多人舍不得吃，把领的馒头用布包好偷偷揣怀里，回家给老人和孩子吃，自己每天还是揣着两个饽饽来出工。

那时候的妇女用现在的话说，个个是女汉子。干起活来生龙活虎，出河工不比男的少干，在生产队干活也处处争先。有一次，队里让人们推麦秸秆，她们女子小队比男子小队还要多推上 200 斤。队长都赞叹说，这群妇女是铁做的人。妈妈说，她们当年的工作方法用现在的话说叫：实干加巧干。推的时候一人一辆车，回来的时候把小推车连起来，前一人坐在后一辆车架上，依此连成车龙，这样十几人都坐车上只有最后一人在地上走，坐在车上的就可以休息，这样轮换着休息，大家都不累，所以干得多。

俗话说：妇女能顶半边天。还有一句俚语，三个女人一台戏。妇女们在一起不仅可以唠嗑，还能够耍嘴皮子，调节身心，活还不少干。如果是拔草，或者是挠秧，那就可以一边聊着家常一边干。互相问问晚上打算给孩子大人做点什么吃的，谁的鞋样又多剪了几双。一边干活，一边说笑，一点也不累。

每个自然村为一个生产大队，再分成若干小队，按土地亩数上交公粮的款，除去各种上交的和队里费用，再加上杂七杂八收入，就是工分值了，男劳力每天 10 个工分。也有搞得好的，男劳力每天一角五分的，如果是女劳力一角，那可就美上天了。

村里有牲口棚，养着马和骡子还有两头驴，有两个饲养员负责养护。

饲养员每天的任务是铡草、淘草、喂食。妈妈说，我们也学习别村搞得好的小队，弄弄运输。正好，乡里那年要修拦水的大坝，需要大量石头，人家石头钱不拖欠，当天结算。妈妈和几个胆子大的妇女，合计了一下，就把养牲口的活接下来。女人养牲口比男人心细，妈妈她们铡草之前，先把草放到直径近一米的大竹筛里拿到河边淘洗干净，然后把野草秸秆之类的东西放在铡刀下铡得特别细碎。喂牲口的时候再加上一些提前用热锅炒好的黄豆和黑豆拌匀，这样的饲料，牲口特别喜欢吃。牲口在队里极受重视，它们在这些妇女的精心照料下，越发精壮焕发神采了。

自从妈妈的运输小队干上了拉石头的活，天天挣活钱，天天有进项。到了年底一核算，工分值到了一元二角钱。也就说，别的小队，一天挣七角钱，妈妈的女子运输队，一天挣一元二角，远远地和男子小队拉开了距离。后来，别的小队也都成立了运输队，但是只能是模仿，不能超越了。很快乡里的大坝建成了，大家又都在田里干活了。

生产队里的犁耙、耧套，个人的锄、镰、锨、镐，使用频繁，磨损严重，损坏要修理更新，各个小队为了省钱都是自己修理，这样就可以省下一部分钱打制新的农具。都说女人应该耍的是锅铲子和布剪子，有锅铲子的好手艺，就能粗粮细作，家里老少不但吃得饱，还能吃得好。有好剪子手艺，就能夏单冬棉样样有，家人穿着得体不寒酸，贴身小棉袄，千层衲底鞋，虽不时髦洋气但结实耐用。

"上炕一把剪子，下炕一把掸子"，家里收拾得干干净净，大人孩子都舒坦。可妈妈的铁姑娘队，不仅耍得好剪子和铲子，更耍得好犁耙和铁锨。那时每个社员都有一个记工分的小本子，每晚集中到一个固定地点记当天应得的工分。"分、分、分，农民的命根儿"，年终除了按人口，还要根据每家的工分，分配口粮和余额款。有的人家，到了年底，一分也领不到，还欠着队里的钱，这种叫"红笔"。红笔，如同以前上学的时候，考试考了最后一名，老师会在最后一名学生的名字上挑个红对钩，我们把这种叫"坐红椅子"。年底是红笔的农家和考试坐了红椅子的学生一样,都是见了人不敢抬头,灰溜溜的。

年终岁末,结算完分值,就要准备过年了。农村人最重视的就是过年。平时家家户户很少吃上肉,年底队里会把平时养的猪杀掉,然后平均分。红笔的农户虽然领不到钱,但东西都可以分,平时生活的东西都在队里领,基本的生活能够保障,又能分到肉,大家都喜气洋洋,兴高采烈的。

过年那几天,村子里的每条胡同都飘着肉味。妇女们的身影最为忙碌,把家里的老人孩子都拾掇得干干净净的。大人们说说笑笑,互相打着哈哈。孩子们你追我,我追你,蹦蹦跳跳的。一大家子团团圆圆地围在一起,喝着小酒,说着家长里短,一年的辛苦都值了。